# 李退溪文学研究

李　瑛◎著

北京出版集团
北京出版社

**图书在版编目(CIP)数据**

李退溪文学研究 / 李瑛著. — 北京 : 北京出版社,
2024.6

ISBN 978-7-200-18663-5

Ⅰ. ①李… Ⅱ. ①李… Ⅲ. ①李滉(1501-1570)—古
典文学研究 Ⅳ. ①I312.006.3

中国国家版本馆CIP数据核字(2024)第092667号

**李退溪文学研究**

LI TUIXI WENXUE YANJIU

李瑛 著

*

北京出版集团
北京出版社 出版

(北京北三环中路6号)

邮政编码:100120

网 址:www.bph.com.cn

北京出版集团总发行

新华书店经销

北京建宏印刷有限公司印刷

*

787毫米×1092毫米 16开本 16.25印张 241千字

2024年6月第1版 2024年6月第1次印刷

ISBN 978-7-200-18663-5

定价:59.00元

如有印装质量问题,由本社负责调换

质量监督电话:010-58572393

编辑部电话:010-58572835;发行部电话:010-58572371

# 目　　录

# 第一章　绪论

李退溪，姓李名滉，字景浩，是朝鲜李朝时代的朱子学大家，因其晚年定居于家乡的退溪之上，故自号退溪，又称陶翁、退陶。他生于朝鲜李朝燕山君七年（公元1501年，即明孝宗弘治十四年），卒于宣祖四年（公元1570年，即明穆宗隆庆四年）。李退溪在学术方面宗法朱熹并结合实际情况有所发展，创立了令人瞩目的退溪学派，被誉为“海东朱子”“朝鲜五百年第一儒宗”，在韩国古代儒学界享有很高的声誉和地位。陈来在《宋明理学》一书中专门开辟章节来介绍退溪思想，他认为：

> 李退溪是朱子哲学的继承者，从理学发展的历史来看，重要的不在于李退溪复述了朱熹的哪些思想，而在于他对朱熹思想的发展。总的说来，李退溪对朱子哲学有深刻的理解，对朱子哲学的某些矛盾有深入的认识，并提出了进一步解决的积极方法，揭示出某些在朱子哲学中隐涵的、未得到充分展示的逻辑环节，从东亚文化圈的观点来看，朱子学及其重心有一个东移的过程，明中期后，朱学在中国大陆再没有产生出有生命力的哲学家，虽然朱学从明中期至清代仍然维持着正统哲学的地位，作为有生命力的哲学形态在中国已日趋衰落。而与“心学”的盛行刚好对应，嘉靖后朱学在朝鲜获得进一步发展的活力。退溪哲学的出现，一方面表明朝鲜理学的完全成熟，一方面表明朱子学重心已移到朝鲜而获得新的生命，为此后在东亚进一步扩大影响准备了条件。[1]

① 陈来：《宋明理学》，生活·读书·新知三联书店，2011年，第448页。

杨宪邦也将退溪在儒学中的地位、作用和影响等问题概括为：

> 李退溪在中国程朱理学走向衰弱、陆王心学盛兴于世的明中期，以朱子学为宗，折衷各家各派，形成独具特色的博大体系。如果说朱熹是中国古代儒学的集大成者，那么李退溪则是宋元明朱子学的集大成者，成为“朝鲜之朱子”“东方百世之师”。他弘扬新儒学于东方，远播日本，给日本新儒学以极大影响，对弘扬东方文化作出了重大贡献，其学说已成为人类共同的财富。[①]

日本朱子学的巨擘山崎暗斋对退溪也很崇仰，他看了《朱子书节要》和《退溪先生文集》后说道：“《朱子书节要》倾注了退溪毕生的精力，我从读《退溪先生文集》四十九卷之后来看，退溪真的是朝鲜第一人。”[②]除了理学方面，退溪在文学、美学、教育、书法等各个领域都取得了辉煌的成就。韩国学者李家源把退溪学从总体上划分为经学、性理学、文学、数理学、礼学、史学、教育、政事、选学、书法十个领域[③]，可见退溪学的内容之博大、体系之恢宏。

中韩两国是近邻，自古以来文化交流广泛而深刻。贾顺先在《退溪全书今注今译》的前言中写道：

> 李退溪从六岁起，便向邻居一位老者学习中国梁武帝（502—549年在位）时，周兴嗣编的《千字文》。十二岁便向叔父李松斋学习孔子的语录——《论语》。十七、十八岁时，便开始钻研中国朱熹、程颢、程颐的哲学。他能潜心学习，领悟深刻，常常表现出一般人不能达到的水平。[④]

---

① 杨宪邦：《在儒学中退溪学的位置》，《退溪学报》第63辑，1989年。

② 徐首生：《退溪文学的研究》，《退溪学与儒教文化》，庆北大学退溪研究所，1973年，第154页。

③ ［韩］李家源：《退溪学研究之诸课题》，《退溪学报》第14辑，退溪学研究院，1977年。

④ 贾顺先主编：《退溪全书今注今译》第一册，四川大学出版社，1992年，第1页。

在退溪的诸多著作当中，就文学方面而言，《退溪先生文集》一共有《内集》49卷，另有《别集》1卷，《外集》1卷，《续集》8卷，《遗集》9卷，《外篇》8卷，总共为76卷。其中绝大多数内容都是用古汉语写成，而且文体类别相当丰富，有书（51卷）、诗（11卷），还有教、疏、劄、辞状、序、记、跋、箴、祝文、祭文、墓志、行状、杂著等。这些作品与中国古代诗文有着较为密切的关系，本身也具有丰富而深厚的文学价值，对于了解古代中朝两国的思想文化交流、文学理论与文学创作的成就、域外汉文学的传播与影响等方面都具有重要的意义。本书即围绕《退溪先生文集》中的这些古汉语作品，以韩国精神文化研究院1980年出版的《陶山全书》为主要版本和研究依据[①]而展开论述。

## 第一节 学界的研究现状

中国学界目前关于退溪学的研究，主要集中在其思想方面，取得了令人瞩目的成就。例如，朱七星在《论20世纪中国对李退溪思想研究的概况及特点》[②]一文中，从八个方面进行了概括总结。

一是在出版发行退溪的主要著作方面，取得了一些成果。例如，中国第

① 关于《退溪先生文集》的版本问题，韩国教授李家源在《陶山全书·解题》（见《陶山全书》第一册，韩国精神文化研究院，1980年）中进行了详细阐释，其中提到了退溪后人痴翁即汇溥公（1809—1869）于1869年正月邀请当时的宿儒学者40余人聚集在陶山书院，将光明室内的文集草本进行了统一编纂整理，之后将这105册的草本照数奉还给了光明室，还有《遗集》和《外篇》不能采录，所以痴翁又另外搜集，重新誊写，合并而成了70余册的《退溪先生文集》，并悉心保存在樊南家塾，世称"樊南本"，而1980年出版的《陶山全书》就是依据"樊南本"《退溪先生文集》编纂而成的，其中包括了《遗集》中的诗歌201首，是目前收录退溪诗歌作品较为完整的版本。因为本书的研究中心是退溪的文学成就，而诗歌是其文学创作当中最具代表性的作品类型，所以采用《陶山全书》作为研究所依据的主要版本，同时结合韩国成均馆大学大东文化研究院在1987年出版的《增补退溪全书》以及韩国景仁文化社在1996年出版的《韩国文集丛刊》中的相关资料进行综合考察，力求较为全面和细致地展现退溪文学的全貌。

② 朱七星:《论20世纪中国对李退溪思想研究的概况及特点》,《延边大学学报》(社会科学版)，2013年第5期。

一部退溪学的著作是张立文主编的《退溪书节要》[①]。该书的出版，有力地推动了李退溪思想的研究。贾顺先主编的《退溪全书今注今译》给中国学术界提供了难得的研究资料。周月琴的《退溪哲学思想研究》[②]系统论述了退溪的人生哲学思想体系，极具创新和启发意义。

二是对退溪学形成、发展、历史地位和社会作用的研究。有关这方面的论文很多，例如退溪学的渊源，学界普遍认为退溪学上承孔子、孟子的儒学思想之精华，下继周敦颐、张载、程颢、程颐、朱熹之理学道统，又结合朝鲜李朝政治实际的需要，形成了独具特色的理论体系。

三是退溪对朱子哲学的发展、退溪哲学的性质与特点、退溪理数思维和哲学逻辑结构的研究。如在退溪对朱子学发展方面，学者们认为退溪对朱子哲学作出了重要的理论贡献。他在理气观上，提出了“理”有动静，故能生“气”，从而在根本上解决了朱子学“理为死理而不足以为万物之原，理何足尚”的诘难，维护了以理为主宰的朱子体系；在“四七论”上，提出了“理气互发”；在方法论上，将“一分为二”与“分二为一”结合起来，提出“周悉而不偏”的“分合”方法论，发展了朱子“一分为二”的辩证思想；等等。

四是关于退溪哲学思想的研究。退溪的哲学思想包括理气观、心性论、格物致知论、四七论、居敬穷理说、方法论以及修养论等，中国学者从各个不同侧面对其进行了全方位的研究，成绩斐然。如周桂钿的《退溪〈圣学十图〉评述》[③]一文，充分揭示了退溪学的精髓和价值。退溪将自己对儒学思想的综合理解凝结在这些图中，献给国君，教导君王如何立身行政，治理好国家。周桂钿对《圣学十图》的宗旨、渊源和内容作了系统而全面的评述。

五是比较研究有长足发展。比较研究主要是从儒学与退溪学、朱熹与退溪、退溪与栗谷等不同侧面进行深入比较和探讨，取得了很多新成果。如张立文的《朱熹与李滉的易学思想比较研究》[④]从研究方法和内容、理气与数的

① 张立文主编：《退溪书节要》，中国人民大学出版社，1989年。

② 周月琴：《退溪哲学思想研究》，杭州出版社，1997年。

③ 周桂钿：《退溪〈圣学十图〉评述》，《退溪学报》第83辑，1994年。

④ 张立文：《朱熹与李滉的易学思想比较研究》，《退溪学报》第43辑，1984年。

关系、“变易”的流行和“交易”的对待等各个方面，对两人的易学思想异同点进行比较。关于二者所产生的影响，文章认为朱子学和退溪学是中朝古代哲学长河中的一个高潮，这是相同的一面。不同的是，如果说朱熹道学统治地位的确立是适应了宋朝“一学术”“一道德”的时代需要的话，那么退溪则是在“破邪显正”的旗帜下，改造、修正、阐发朱子学，使其更适合朝鲜的国情和统治者的需要，巩固了朱子学的统治地位。

六是关于退溪对天人关系与人际关系的研究。比较重要的有步近智的《论李退溪的天人之学》[①]，该文认为退溪的思想远在西方之前就已解决了古代哲学中寻找第一推动力的重大理论难题，并在理论逻辑上作出了杰出的贡献。退溪是在继承和发展宋明理学思想的基础上，对天人之学进行了较为深入和全面的研究，建构了较系统的天人之学的思想体系。特别是该文提出退溪所设想的自然界和人类社会和谐一致的理想境界，对解决当今世界由于经济发展造成工业污染而使生态平衡遭到破坏以致严重危及人类生存和社会发展等问题具有重大的现实意义和深远影响。

七是关于李退溪治国安邦、爱国爱民等政治思想的研究。如田博元在《退溪的经世思想》[②]一文中提出，退溪论政治，主张德治，而以孝悌为本；论治世，主张君明臣贤，天下致治；论教育，则重视书院规则，而以为国育才为重。在实践上，他无论在野在朝，都关心君国大事，忧国忧民，关怀世务，为民兴利除弊。退溪一生追求的都是“圣贤之学”，关心世道人心，注重国计民生，即以明理为体、以经世为用等，从各方面系统概括了退溪的经世思想，见解深刻。

八是对退溪的经学、实学、教育思想的研究。如贾顺先的《李退溪对儒家经学的继承和发展》[③]认为李退溪对儒家经学的研究成果最集中地反映在《三经释义》和《启蒙传疑》等书中。退溪在研究的过程中，既沿袭了宋儒重义理的思想，又吸收了汉唐注疏的成果，并在此基础上提出了自己的创见，

① 步近智：《论李退溪的天人之学》，《退溪学报》第69辑，1991年。

② 田博元：《退溪的经世思想》，《退溪学报》第53辑，1987年。

③ 贾顺先：《李退溪对儒家经学的继承和发展》，《退溪学报》第90辑，1996年。

特别是对《周易》的进一步研究，具有很大益处。葛荣晋的《李退溪理学体系中的实学思想》[①]重点阐述了李退溪理学体系中所包含的丰富的实学思想及其研究价值和现实意义。认为在中韩学术界尚未对此问题进行深入探讨的情况下，具体分析李退溪理学与实学之间的内在逻辑关系，可以为研究朝鲜李朝前中期理学与中后期实学的发展梳理出一条清晰的线索。

总而言之，从20世纪70年代中期开始，中国对退溪思想方面的研究，无论是研究范围的扩大，还是研究深度的扩展，都取得了长足的发展，对李退溪思想的研究已经形成了体系化。文章最后指出：

> 中国学者之所以孜孜不倦地研究退溪学，取得了如此巨大的成绩，主要是被退溪先生的博大学识，以及他对学问的科学精神与实事求是的学问态度所吸引，同时也与国际退溪学研究和韩国退溪学研究院的大力推动等分不开。[②]

相比起退溪思想研究方面的多角度、多层次的深入探讨与蓬勃发展，中国学界对退溪文学方面的成就还没有足够的关注，研究成果也相对甚少，呈现出不太均衡的发展态势。有关退溪文学方面的研究，期刊论文计有5篇，学位论文有3篇，主要是围绕退溪与中国古代诗人、理学家之间在诗歌作品和文学观方面的比较，还有在探讨退溪美学思想的时候涉及了一些文学观的内容。如《朱熹与李滉之诗论、诗风联姻关系考》[③]一文中提出李滉不但在学术上努力以朱熹为学习的榜样，而且文学思想也与朱熹大致相同，即他们都认为文学的本源出自天理本体，“文从道出”，“文道合一”，共同追求从道心中自然发溢出来的平淡自摄、但求适怀的艺术风格，强调诗人“居敬存养”的心地

① 葛荣晋：《李退溪理学体系中的实学思想》，《退溪学报》第96辑，1997年。

② 朱七星:《论20世纪中国对李退溪思想研究的概况及特点》,《延边大学学报》(社会科学版)，2013年第5期，第46页。

③ 金东勋：《朱熹与李滉之诗论、诗风联姻关系考》，《延边大学学报》（社会科学版），2003年第2期。

工夫。文章指出二人的诗歌创作在中朝两国诗歌发展史上都具有相当高的地位。《朱熹与朝鲜李滉之汉诗创作联姻关系考》①选取了朱、李二人的一部分诗歌作品，分别从山水诗、梅竹诗、田园诗三个方面进行比较与分析，指出李滉的山水诗基本上都是效法朱熹，借以阐发其性理学的端绪。两人的梅竹之诗，都是借用梅花与青竹傲雪耐寒之特性，比喻隐士的高风亮节和不与俗世同流合污的精神。但是李滉的咏梅诗比朱熹的素材更加广泛，议论也更为深刻。二人的田园诗都同源于陶渊明的诗歌。《韩国朱熹关联题画诗研究——以儒学大师李滉、李珥为中心》②指出朱子学说在朝鲜李朝时期广受推崇与敬仰，朱熹的《武夷棹歌》《武夷九曲图》传入韩国后，引起学者们的广泛关注。他们纷纷作诗唱和或者将《武夷九曲图》画在屏风上，成为一时风尚。更有人效仿朱子，游览各处风景胜地，经营自己的九曲及书院。现存最早与朱熹相关联的题画诗是徐居正的《武夷精舍图》，而创作诗歌最多的则是李退溪。从李退溪、李珥等人创作的与朱熹相关的题画诗中，可以体会到当时文人对诗画美的向往与追求。《从退溪诗看李退溪与陶渊明》③一文中首先介绍了退溪名号的由来，将退溪隐居的环境和人生经历与陶渊明的田园之境和坎坷仕途进行对比，指出陶渊明对李退溪思想产生的影响。通过退溪仿陶渊明《饮酒》二十首而写的和诗与陶渊明的诗作，在诗歌意象、情感表达、思想意境等方面进行比较，从而揭示二者之间的关系。透过这些诗歌作品，可以看到一位立体的、色彩丰富的、真实的朝鲜大儒形象，希望大家重视对李退溪诗歌的研究。

《退溪李滉对陶渊明文学的接受》④以李退溪作品对陶渊明文学的接受为研究对象，首先阐释了退溪接受陶渊明的社会背景和途径，然后围绕退溪的汉诗和国文文学两方面来考察陶渊明对其的影响，特别是退溪作品中对陶渊

① 金东勋：《朱熹与朝鲜李滉之汉诗创作联姻关系考》，《延边大学学报》（社会科学版），2003 年第 1 期。

② 孙晓：《韩国朱熹关联题画诗研究——以儒学大师李滉、李珥为中心》，《延边大学学报》（社会科学版），2015 年第 5 期。

③ 徐志啸：《从退溪诗看李退溪与陶渊明》，《韩国研究论丛》，1999 年。

④ 孟群：《退溪李滉对陶渊明文学的接受》，延边大学硕士学位论文，2011 年。

明诗歌的效仿和诗句的借用，以及其中所反映出的陶渊明精神。退溪在学习和模仿陶渊明诗歌的基础上也进行了创新。《张栻与李滉的诗歌比较研究——以交游诗和山水诗为中心》[①]选取了中国南宋时期著名理学家张栻与退溪的诗歌作品进行比较。该文分析了两人生活的社会环境和时代背景以及各自的诗学创作观念，并在此基础上以交游诗和山水诗为重点，进一步分析二人的诗歌在素材选取和主题思想方面的异同，并阐释了出现差异的原因。如退溪交游诗中的对象身份比较多样化，而张栻的交游诗对象主要是自己的官场同僚，这与他长期做官有关系。退溪的山水诗描写对象主要是自己隐居地周围的景物和亭台楼阁，而张栻的山水诗描写的对象主要是他任职的地方，即江西、浙江、湖北、湖南等地的风景，显示了他的宦路踪迹。二人的山水诗都有两个相似的主题：一是理学思想的探索；二是表现经世致用的政治理想。但是二人实现经世致用的理想的方式不同：张栻是通过做官，而退溪是通过在隐居地钻研学问和教育后辈来实现的。

另外，《李退溪文艺美学思想探寻》[②]认为李退溪的文艺美学思想是相当丰富的，并与他的理学互为表里，二者是一个统一的整体。李退溪的诗文著作是其理学的感性显现，也是其文艺美学思想的具体实践。在李退溪看来，只要文以载道，正心明道，文道一致，文艺就非常具有价值。《退溪美学思想研究》[③]围绕自然美、文艺美、社会美三个方面来阐释退溪的美学思想，其中文艺美这一部分与文学关系密切。文章具体分析了退溪的文道观与诗教。退溪与其他理学家一样，认为诗歌为末技，强调通过学文之途以正心。虽然诗歌是末技，但是具有正心的功效，所以提出诗不可忽。退溪的诗教，继承了传统儒家温柔敦厚的思想，通过诗歌作品发挥社会教化的功能，语言平淡朴素，风格清严简淡。

综观以上这些研究，主要集中在比较方面，从不同角度揭示了退溪与朱

① 瞿佳丽：《张栻与李滉的诗歌比较研究——以交游诗和山水诗为中心》，华中师范大学硕士学位论文，2019年。

② 陈锦：《李退溪文艺美学思想探寻》，《美育学刊》，2013年第5期。

③ 马正应：《退溪美学思想研究》，山东大学博士学位论文，2008年。

熹、陶渊明之间的关系，重点还是放在退溪接受中国影响上，文章数量少，选取的材料和案例也比较有限，退溪文学的整体面貌和个性特色并没有呈现出来。整体而言，中国学界目前对退溪文学成就的了解比较少，还没有出现一部专门研究退溪文学的著作。

韩国学界目前对于退溪文学的研究，不仅著作、论文的数量众多，而且研究深度持续扩展，取得了许多极具创见的研究成果。其中，在文学观方面，比较有代表性的有以下成果。

《退溪先生的文学观》[①]结合退溪的诗歌作品分析其作为儒学家、思想家所具有的文学观。作者认为，退溪隐退并不是因为单纯喜欢大自然或者是为了明哲保身，而是源于儒学者内心的一种积极性的选择。退隐的目的是崇道、倡学，淑人心、开正学，积累德行以达到圣贤的境界。道学者的文学，其主要目的是为了正心、修己、治人。在创作方面，退溪重视锻炼、力戒虚夸。作者认为退溪的文学作品有两个特质：一是规戒，一是劝善。退溪的文学是求道成圣的文学。

《朱子和退溪的文学观》[②]将文学观按照体裁不同划分为诗观、文章观与小说观，并围绕这三个方面对朱熹和李退溪进行比较研究，指出朱熹不仅在理学思想上，更是在文学观各个方面都对退溪产生了重要的影响。二人都继承传统儒家孔子的斯文精神，坚守"道文一本、道文一致，道本文末、道重文轻"的观点。在诗观方面，义理之学，为己之学，即从学问出发，作与学问结合的诗是最上乘的诗人之诗，而为了利禄而作的场屋之诗是最下层的。在文章观方面，"六经"是斯文的典范，古文与时文在舍本逐末的程度上是差不多的。朱熹强调了小说是掉进了一切唯心造的佛说，把这些虚无的东西误认为是现实中实际存在的是不可取的观点；退溪也认为小说是索隐行怪之徒的文字，看不到任何高见远识。退溪时调作品《陶山十二曲》，表明了文学的自觉性，对儿童的情绪纯化教育具有重要的影响。

---

① ［韩］李源周：《退溪先生的文学观》，《韩国学论集》第 8 辑，1981 年。

② ［韩］金周汉：《朱子和退溪的文学观》，《退溪学报》第 56 辑，退溪学研究院，1987 年。

在《从与朱熹的比较看李滉的文学观点》[①]一文中，作者鉴于李滉治学处处以朱熹为圭臬，以及他们二人在各自国家儒学史上的重要地位和对后世的影响，所以主要通过与朱熹的比较来考察李滉的文学观点，通过总论即文道观、修辞立诚，还有对诗文创作的观点，具体包括“本于性情”“有体有格，不可易而为之”“学古、锻炼”“诗歌之标榜”等各方面详细对比与分析，来凸显李滉文学观点之特色与意义。作者指出，朱熹与李滉对待文学态度的差异是二人所处的学术环境和立论立场的不同所导致的。该文见解深刻，观点独到。这种把退溪文学观点放到中国古代理学家文学理论批评史的高度上去考察其所受影响和创新因素的做法，可以弥补某些偏于片面和孤立研究的缺陷，对于准确把握退溪文学观的整体面貌与特色具有积极的意义。

《退溪的文学论》[②]围绕退溪的文学作品阐述其文学论和诗歌论，认为退溪的文学作品忠实继承和执行传统儒家的文学观，是真正儒者思想指导下的文学创作。在退溪看来，文学并不是最重要和紧切的事，做学问、圣道之学、经纶之道才是学者毕生追求的终极目标，诗文只是末技。退溪认为学文主要是为了正心，所以对《长恨歌》《翰林别曲》这样的作品进行批判，认为应该创作引导人们心灵的温柔敦厚的诗歌作品。退溪在歌颂自然美景的同时，时刻挂念着现实，深切地体会到跟随圣贤做学问的困难，领悟到了“乐中有忧”“忧中有乐”的心绪情感。退溪并不否定和排斥文学，但是主张不能一味沉溺于文辞的精巧而忘记儒者的本分。文章侧重从儒者退溪这一角度去认识他的文学观。

《退溪的文学观》[③]阐述了孔子、朱熹的文学观具体内容以及他们对退溪的影响，并在此基础上进一步总结了退溪的诗文观。孔子重道轻艺之观念、尚用主善之思想，朱熹“道为根本，文为枝叶”，“文道合一”，虽不尚文辞亦不废文辞，无论作诗作文都要充实学问、涵养性情等观念都对退溪产生了重要的影响。总结退溪的文观，主要有六点：文以明道，文以达意，文以正心，

---

① ［韩］安赞淳：《从与朱熹的比较看李滉的文学观点》，《中国语文学论集》，2019 年 10 月。

② ［韩］郑尧一：《退溪的文学论》，《退溪学研究》，1990 年。

③ 王甦、成宜济：《退溪的文学观》，《退溪诗学》，退溪学研究院，1981 年。

文以述情，识蹊径，尚行气。退溪的诗观一共有六个方面：诗以言志，诗以适情，诗以善群，诗以为教，知体格，尚简淡。退溪虽以诗文为末事，但亦不废诗文，且用功颇深，取得了很高的成就。

《退溪的诗学与诗教》[①]从诗论、诗式、诗教三个方面分析了退溪在文学方面的观点与成就。在退溪看来，文学是理学的附庸，但是他对文学创作持积极的态度，认为有了灵感，兴之所至，自然而然就能创作出优秀的作品，犹如鬼神相助一般。诗可以作，但不可多作，目的是正心。诗要遵循规矩法度，合乎音律，千锤百炼。在诗歌形式方面，作者经过研究，发现退溪受到苏轼、杜甫的影响很多。文中阐述了理语诗和理趣诗的概念，并分别举例分析。退溪作为性理学大师，诗歌是他的余事，但是他却创作出了各体兼备、内容丰富的作品。他的诗歌创作受朱熹的影响最大。

在退溪诗歌作品研究方面，比较有影响力的成果有《退溪李滉的诗文学研究》[②]。该文分析了退溪文学中所包含的儒学价值观和文学正心的效用。围绕理语诗和理趣诗两个方面，文章探讨了诗歌作品中所蕴含的诗教观，即（1）理语诗，特点是敬义夹持、动静互用、知行相资、明诚两进、博约交修；（2）理趣诗，特点是依靠大量的诚、敬工夫完成自我内心世界的修养，通过诗歌作品的创作得到了理想的升华。退溪的诗歌作品超越儒家思想，进入了神秘主义的诗的世界。退溪是道学的巨峰，他的文学作品中包含了民族的情绪，是一代文学巨匠。他的诗文学对现代的人们来说仍具有充分的教育示范作用。

《朱熹与李退溪诗比较研究》[③]将朱熹与李退溪的诗歌作品进行了多角度、分类别的系统比较。首先考察他们二人的生平和思想、各自的时代背景和社会环境，以及他们的文学理论，并将其作为研究二人文学创作的前提与基础。然后从形式结构、思想内容、诗趣与诗境等方面对二人的诗歌作品进行比较研究，分析彼此的异同之处，总结各自的诗歌特点，凸显这两位理学大师的文学面貌，对于以后的退溪诗歌研究颇具启发和指导意义。

---

① 王甦、李章佑：《退溪的诗学与诗教》，《退溪学报》第19辑，退溪学研究院，1978年。

② ［韩］李权宰：《退溪李滉的诗文学研究》，朝鲜大学硕士学位论文，1995年。

③ ［韩］李秀雄：《朱熹与李退溪诗比较研究》，北京大学出版社，1991年。

《退溪诗研究》[①]认为以往学界对退溪的诗歌研究，多偏重于从诗中分析他的哲学思想，退溪作为诗人的形象并没有被很深刻地确立，所以为了凸显诗人退溪的形象，重点对其诗歌作品进行了偏重于文学性特色的分析。根据退溪一生所处的不同阶段，将其诗歌分为静物诗（修学期）、抒怀诗（出仕期）、性理诗（讲学期），并总结了每种类型诗歌的主要表现内容，即自然与人生、学问与思维、生活与友情。作者指出，退溪对后人的文学作品创作产生了深刻的影响。她认为诗人退溪的道学抒情诗的特征是今后汉诗史乃至韩国汉文学史上都需要进一步深入探讨的重要课题。

《退溪诗的特征》[②]提出退溪诗以儒家传统的温柔敦厚的诗教为宗旨，温柔之音是引领人类社会向平和的方向发展，敦厚是将民风向笃实、立诚的方面转化。退溪秉承儒家正统的诗教观念的同时，又发展出新的格调，从而达到了自成一家的境地。退溪诗的特征概括为四点：一是道文一致；二是道德熏陶；三是忧国忧民；四是不专陶杜。

《李滉与曹植的文学想象力及同异问题》[③]以李滉的诗歌作品《野池》和曹植（南冥）的《江亭偶吟》为考察对象进行对比分析，探讨二人所具有的想象力以及文学性的展开。这两首诗在以“心”为基础的修养论的诗意化呈现方面具有同质性，体现了朝鲜李朝性理学者存天理、遏人欲，进入圣人境界的努力与追求。但是在修养的方法论层面，这两部诗歌作品却呈现出相当大的异质性。李滉以“池塘”来喻示人的本真之心，确保池塘的周边与现实隔绝的一定空间，以“恐”的态度来保存天理，而曹植则是在大海和池塘之间的“江”中不断经历现实干扰的同时，试图用“憎”的态度来消除贪婪的人欲。这是未发状态的存养和已发状态的反省的一种相对强调的结果。二人在文学想象力方面的不同意味着他们接触事物的方法不同，李滉是观物察理，而曹植则是观物察世，这是二人具有明显差异的地方。全文通过详细比较与深入分析，更加清晰地展现了退溪文学的特色，颇具指导和启发意义。

① ［韩］李贞和：《退溪诗研究》，淑明女子大学博士学位论文，2002 年。

② ［韩］李家源：《退溪诗的特征》，退溪学国际学术会议主题论文，1984 年。

③ ［韩］郑羽洛：《李滉与曹植的文学想象力及同异问题》，《韩国思想与文化》第 40 辑，2007 年。

《退溪李滉的山水诗研究》[1]主要从退溪山水诗的主题特征和形象化两个方面进行探析。该文将主题分为怜民和忧国、出仕为官的苦恼、超越的世界志向、幽居和静的自然观四个方面。形象化表现为：一是欣赏自然和乐山乐水的风趣；二是自然景物和内在性的相互协调；三是自然美和道体的理趣之兴会；四是实境的理境化。

《退溪李滉的诗文学论》[2]提出退溪作为性理学大师，他的诗作反映了深刻的理学思想，并以退溪的一部分诗歌作品为例，重点分析理学思想对文学创作产生的影响以及理学与文学的关系。他的理语诗以哲学思想为归宿，不是单纯的词章创作；理趣诗在不知不觉间体现出道德思想，言有尽而意无穷。

《退溪李滉的诗学思想研究》[3]通过退溪的诗歌作品来考察他的哲学思想。退溪通过追求天人合一的境界来达到圣人的境地。该文具体分析了退溪诗的道学性格和退溪梅花诗的美学特征。退溪诗的道学性格主要体现为：道学的真理追求，社会的正义实现，万物一体的人生具现。梅花诗的美学特征包括梅花的特性和象征美，通过梅花诗展现出的人间美和超越世俗的超越美。

《退溪诗的自然观研究》[4]主要通过诗歌作品总结退溪思想中作为基础的重要的自然观。该文首先分析了退溪诗创作的思想背景，即中庸的审美意识和性理学的文艺观，然后探析退溪诗歌作品中诗境的对象和主体以及退溪诗歌中呈现的自然观。在退溪的意识世界里，自然山水是审美的客体，将自己的精神移入作为主体，进而实现主客体的融合统一。通过这些诗歌作品可以看出朝鲜李朝前期性理学在审美观方面所追求的美善一致的思想。

《海东朱子李滉的和苏诗》[5]以退溪的和苏诗为研究对象，将其创作目的分为三类：一是与苏轼的情感交流；二是与苏轼比肩诗才；三是和同时代文人交游时所作。该文总结了这三种和苏诗的特点，从中反映出退溪与苏轼在文

① ［韩］郑东华：《退溪李滉的山水诗研究》，檀国大学硕士学位论文，1993 年。

② ［韩］李琎：《退溪李滉的诗文学论》，东国大学硕士学位论文，1982 年。

③ ［韩］金显中：《退溪李滉的诗学思想研究》，成均馆大学硕士学位论文，2009 年。

④ ［韩］李在植：《退溪诗的自然观研究》，公州大学硕士学位论文，2010 年。

⑤ ［韩］柳素真：《海东朱子李滉的和苏诗》，《中国语文学》第 83 辑，2020 年。

学方面的关联，以及苏轼对性理学大师退溪的文学创作所产生的影响。

《李滉诗歌的苏轼关联用典样相》[①]整理总结了退溪诗歌作品中对苏轼语句的借用情况以及和苏轼相关联的故事的活用情况，从中显示了虽然学术思想不同，但是退溪对苏轼的文学作品十分喜爱，并且从中学习借鉴了很多。

《退溪李滉的诗世界》[②]对朝鲜李朝性理学者中最出色的退溪李滉的诗歌作品进行考察，探寻道学者退溪的面貌和诗人退溪的面貌如何融合在一起，其道学思想如何通过文学的方式来呈现。该文将诗歌分为明道诗、自乐诗、梅花诗和交游诗，总结了退溪诗歌在修辞手法与内容上的特征，即修辞的特征是用事性和象征性，内容的特征为修身正心与格物致知，揭示了退溪性理学思想基础上的诗歌作品的境界、位置以及对之后学者们所产生的不可估量的影响。

《李滉梅花诗的素材研究》[③]以退溪的梅花诗作为研究对象，探究其中所蕴含的理学思想和神仙思想。通过梅花诗中所出现的各种素材，如雪、月、春、鹤、花、雨、风、酒、楼亭，以及它们与梅花之间的关系和发挥的功用，揭示退溪梅花诗的特点与价值。退溪在接受中国古代梅花诗影响的基础之上，进行了创新和发展，具有自身的风格与特色。

综合文学观、汉诗、时调作品进行总体性研究的主要有《退溪文学的研究》[④]。该文认为退溪强调文学的重要性，醉心于道学的同时，绝不轻视文学的功效，特别是陶渊明、杜甫、苏轼、朱熹等中国文学家对其诗歌创作产生的重要影响，形成了清严、简淡、自然、纯净、深思的诗歌风格；探究了《陶山十二曲》的创作年代、创作动机，文学性、音乐性、诗观和诗情；认为退溪不仅是理学大贤，受到世人的敬仰，他的文学作品更是自成一家，是艺苑中的巨擘。但遗憾的是，文章没有涉及退溪的散文作品。

退溪的散文历来以实用性强、学术气息浓厚而著称，目前对此方面的研究

---

① ［韩］柳素真：《李滉诗歌的苏轼关联用典样相》，《中国语文学志》第 70 辑，2020 年。

② ［韩］俞洪在：《退溪李滉的诗世界》，清州大学硕士学位论文，2015 年。

③ 张艳娇：《李滉梅花诗的素材研究》，嘉泉大学硕士学位论文，2014 年。

④ ［韩］徐首生：《退溪文学的研究》，《退溪学与儒教文化》，庆北大学退溪研究所，1973 年。

主要集中在作品的数量比例、形式特点、思想意蕴等，如《退溪碑志文研究现状和过程》[①]《〈退溪集〉的体裁和意味》[②]等，而《退溪先生文集》中还有相当一部分抒发个人情感，叙述事件，描写人物，议论、阐发思想观点的散文作品，颇具艺术价值与审美意蕴，目前对这些散文的文学性之研究尚未充分展开。

综上所述，中韩学术界目前关于退溪文学的研究现况可以概括为以下三点。

（1）中国学界目前对于退溪学的研究主要集中在思想方面，也取得了许多成绩，对于退溪哲学所具有的宝贵价值认识较为充分，把握也相对准确。但是对于退溪文学方面的关注明显不够，还没有深刻而全面地认识到这些古汉语文学作品所具有的价值与意义。

（2）韩国学界对于退溪文学方面的研究不断深入，在退溪文学观和诗歌创作方面都取得了较为丰硕的成果，但是对《退溪先生文集》中数量最为庞大、内容也相当丰富的散文作品，目前在文学性方面还未展开充分的考察，这就导致无法完整地把握退溪文学的全貌。

（3）对于退溪用古汉语写成的诗歌作品，因其作为性理学大师的身份以及理学思想的巨大影响力，很多学者都把侧重点放在思想性方面，主要以诗歌作品为材料和案例来探讨其中反映的哲学思想，关注作品本身的文学性方面的研究相对不太多，诗人退溪、文学家退溪的面貌还需要进一步地彰显。

## 第二节　研究目的与意义

退溪是朝鲜李朝儒学界代表的最高峰，其地位堪比朱熹在中国儒学界而世代受人敬仰。首尔市有专门以其名字命名的街道，韩国许多大学都建有退

① ［韩］李钟浩：《退溪碑志文研究现状和过程》，《退溪学论集》1号，岭南退溪学研究院，2008年。

② ［韩］郑锡胎：《〈退溪集〉的体裁和意味》，《东洋哲学》第33辑，2010年。

溪研究院，韩国的千元钞票上印有退溪的头像……然而他的影响力远不止于此。不仅是韩国，还有中国和日本，三国的专家学者都对其进行高度评价。

> 韩国的李珥称他是“儒宗”；赵穆、金诚一称他是“东方第一人”；张志渊说他阐明正学，启导后生，是阐明孔孟程朱之道的唯一者；文一平说，如果佛宗是元晓，儒宗就是李滉。日本的薮孤山说他是继承程朱的韩国儒学第一人，尤其是对《朱子书节要》评价极高，而且称赞他是把道统传给日本儒学的主人公。渡边豫斋说：“朝鲜李退溪，东夷之产而悦中国之道，尊孔孟崇程朱，而其学识所造，大非元明诸儒之仪。”高桥亨也说：“四端七情分理气之义，《退溪集》十六数书论之，《自省录》所载最备，道诸儒道不到之处。”而且，李退溪先生的学说对侍讲给明治天皇的元田东孚编成《教育敕语》有很大影响。中国的北京尚德学堂说退溪先生的遗著是先圣先王的传心宗统，并且普及过《圣学十图》。梁启超曾写五律称颂李滉：“巍巍李夫子，继开一古今；十图传理决，百世昭人心。云谷琴书润，濂溪风月寻；声教三百载，万国乃同钦。”李退溪先生对韩、日、中三国的儒学作出了卓越的贡献，其道德文章足为万世楷模，学术思想堪称儒学瑰宝。①

从以上材料中可以看到退溪学在东亚地区的影响力。退溪先生遗留的著作，内容广博宏大，对其进行深入研究、挖掘各方面的学术价值，是各国学者应该担负的责任。这其中除了理学思想外，有很大一部分涉及文学方面。本书基于目前中韩学界的研究现状，拟从总体上对退溪的文学做一宏观的把握与介绍，概括基本情况，总结主要特点，还原退溪作为文学家的真实面貌，以期为退溪文学的进一步深入研究抛砖引玉。有鉴于此，本书主要有以下三个方面的价值与意义。

---

① 栾兆玉：《朝鲜之朱子——李滉的生平、著述及影响》，《山东图书馆季刊》，1999 年。

## 一、更加完整地把握退溪文学的总体面貌

如前所述，关于退溪的文学成就，目前中国学术界还没有充分的认识与了解，对此方面的研究也尚未深入系统地展开。韩国学术界虽然针对退溪的文学思想和诗歌作品进行了较多的研究，但是这种针对某一个类别的单项研究，无法从总体上对退溪文学进行全局式的观照和完整性的考察，特别是对退溪在散文方面所取得的文学成就缺乏总体和深入的总结思考，导致这一区域的某些缺失。本书针对目前的研究现状，不仅单列一个章节专门考察退溪的散文作品，以补苴学界在此方面的缺憾，而且将退溪的文学思想、文学活动、诗歌创作和散文创作全部放在一起，从而进行总体上的把握和系统化的观照，客观评价其在文学方面所取得的成就，力求能够更加完整和全面地把握退溪文学的总体面貌，更加深刻地认识退溪在中韩文化交流中的作用与意义。

## 二、更加清晰地了解理学家的文学特点

退溪与一般文学家相比，最大的不同就是他的理学家身份，这就使得他的文学作品呈现出别样的特点与风貌。理学与文学分属于社会意识形态的两个不同领域。理学家重“理”，文学作品主“情”，“情”与“理”之间存在着很大程度上的矛盾、冲突与对立。二程提出“作文害道”，将重道轻文观念推向极端，对文学创作方面产生了一些负面和消极的影响。“然则理学固重道轻文，以理抑情，但其论理言道毕竟要借助文的形式，所以在实践上理学家却并不废文，有的甚至在诗文方面取得了较高的成就。”[①]朱熹就是理学家中诗文俱佳的代表。而理学家的文学与文学家相比，有着自身不同的特点，融合了理学思想的文学作品也成了文学史上特别的存在。那么以退溪文学为考察样本与案例，从中探寻理学家文学的特点与风貌，把握理学与文学之间既冲

① 许总：《论理学与宋代诗学中的情理关系》，《社会科学研究》，2000年，第134页。

突又融合的关系，这对于正确看待理学家文学作品的价值与成就、深刻认识理学与文学之间的关系问题具有重要的意义。

### 三、更加鲜明地彰显中华文化的国际影响力

中华优秀传统文化源远流长、博大精深，是中华民族得以延续和发展的精神命脉，为全面推进中华民族伟大复兴提供了强大的精神力量。树立文化自信、建设社会主义文化强国必须要传承与弘扬中华优秀传统文化，不断挖掘和提炼中华优秀传统文化中具有当代价值的思想精髓，不断提升国家文化软实力和彰显中华文化的国际影响力。退溪作为“朝鲜之朱子”，在中国儒学思想、中国古代语言文化方面有着很深的研究和造诣，其用古汉语写成的两千多首诗歌和各种类型的散文作品受到了中国古代思想家和文学家很深的影响，杜甫忧国忧民的仁者情怀、陶渊明自然直率的恬淡心境、苏轼豁达洒脱的豪迈气度和朱熹智慧深邃的理性光辉都在退溪文学创作中有着较为集中和深刻的呈现。因此，对退溪文学思想和文学作品进行总体考察和分类研究，对于促进域外汉文学的深入研究和不断彰显中华文化的国际影响力具有重要的推动作用。

## 第三节　研究视角与思路

### 一、研究视角

退溪在运用古汉语进行文学创作时，并不是凭空臆想和闭门造车，而是受到中国古代文学很深的影响，同时又结合自身经历和实际情况进行了种种扩展与创造。阅读退溪的诗文作品会发现，其与中国古代文学和思想之间存

在着较为密切的关系。比如在文学观方面，退溪受到孔子、《诗大序》的影响很多。孔子的“中和之美”，提倡文学创作在表达情感时要节制有度，做到“乐而不淫，哀而不伤”，实行“温柔敦厚”的诗教。《诗大序》推行崇实尚用的文学观，要求诗歌内容有助于经世致用、讽谏时政、教化民众。退溪非常重视文学作品的思想价值与教化功能，写了很多载道的诗文，他在诗歌中的情感温婉含蓄、理性从容。退溪在文道观方面与朱熹一脉相承，都提倡道本文末、文道一体、重道轻文而不废文辞等。在文学创作方面，退溪十分喜爱中国魏晋时期的著名田园诗人陶渊明，《退溪先生年谱》中记载他14岁的时候：“好读书，虽稠人广坐，必向壁潜玩。爱渊明诗，慕其为人。”①成年以后历经宦海沉浮，退溪更加喜欢陶渊明回归田园的心境和平淡自然的诗风。《饮酒》是陶渊明最具代表性的诗篇，退溪专门创作了《和陶集饮酒二十首》，最集中地表现了他慕陶、爱陶的情怀。他的诗歌作品频繁引用与陶渊明有关的人名、地名及诗歌意象，多处化用陶渊明的经典诗句，至于表达与陶渊明内在思想和精神内涵一致的诗作就更多了。退溪在学术上宗法朱熹，被誉为“海东朱子”，在文学创作方面也受到了朱熹的很多影响，写了许多效法朱熹的诗歌。他们的诗歌形式、题材、风格等方面都有很多相似的内容，“两人的不少诗以说理为主，但理趣和谐，达到了相互交融的境界，他们的诗歌‘格调如出一手’，共同追求平淡、萧散的艺术风格，共同为东方诗史谱写了灿烂的篇章”②。此外，退溪在诗歌形式方面借鉴学习杜甫的有很多，在用典和化用诗句方面又受到苏轼很大的影响，因此退溪的文学研究不能仅仅是孤立化的本体研究，在关注退溪作品本身的同时，还应注重挖掘其与中国古代文学家、思想家的文学观和文学创作之间的关系。将退溪置于中国古代文学发展的大背景中去考察其地位与价值，通过比照、考察与研究，从中凸显退溪文学的特色与风貌，这是本书的研究视角和所侧重的探察方向，以期能够开辟退溪

---

① 《退溪先生年谱》卷一，见贾顺先主编：《退溪全书今注今译》第一册，四川大学出版社，1992年，第9页。

② 金东勋：《朱熹与朝鲜李滉之汉诗创作联姻关系考》，《延边大学学报》（社会科学版），2003年第1期，第59页。

文学研究的新思路与新方法，进一步扩大退溪文学的研究空间与价值，从而更好地促进中韩两国在古代文学方面的深层次交流与互动。

## 二、研究思路

本书围绕退溪文学这个主题，在中国古代文学的视角中展开研究，一共分为六章。第一章“绪论”和第二章“退溪文学研究的背景”是为全书的主体部分奠定基础，做好准备。“绪论”部分包括中韩学界目前关于退溪文学研究的现状，所取得的成果以及存在的不足、研究的目的与意义、研究的视角与思路。第二章的背景研究从三个方面来展开，即退溪生平、为学之道和文学活动。退溪与一般文学家相比，最大的不同就是他身兼理学家和文学家的双重身份，所以除了生平经历以外，对其为学之道所反映出的学者面貌和从事各种文学活动所显示出的文学家形象这两个方面的考察也很重要。

接下来的主体部分是第三章至第五章。考察一个人的文学成就，主要包括文学思想和创作实践两大方面。其中，文学思想是指导作家进行创作的理论基础，所以第三章首先研究退溪的文学思想，主要有三点：一是文道观。文道观是古代文学理论当中的一个核心问题，涉及文学本质论、文学功用论等。首先梳理概括中国古代文道观发展演变的主要历程，然后将退溪文道观放入其中进行综合考察，并将其与同时期的中国明代理学家的文道观进行比较。二是文学创作论。概括总结退溪的创作主张，分析比较退溪与中国古代作家的异同之处。三是文学批评论。主要是指狭义的文学批评，也就是文学鉴赏的深化与提高，从中可以探寻和把握退溪的审美趋向与艺术追求。退溪的文学作品主要有诗歌和散文两种体裁，所以第四章和第五章分别针对退溪的诗文作品进行探察研究。第四章“退溪的诗歌创作”首先介绍退溪诗歌创作的总体情况，包括作品的数量与形式、内容与分类、意境与风格。其次是退溪对中国古代诗人文学创作的接受与扩展。重点探讨陶渊明与杜甫、朱熹、苏轼与退溪诗歌创作的关系以及退溪在接受影响的基础上结合自身情况所做的创新与扩展，从而更加凸显退溪诗歌作品的特色与价值。第五章“退溪的散文创作”重点从两个方面展开论述：一是选取以行状和墓碣志铭为代表的这一类写人叙事类散文，从塑造人物形象、运用文学手法、抒发哀悼之情三个方面来考察退溪散文的文学风貌；二是围绕奏疏、札、经筵讲义等议论说理类散文，从说理方法、语言运用、结构安排等方面来探究退溪散文的艺术成就。第六章是结论部分，对全书内容进行总体上的梳理、概括与总结，以期更加深刻地凸显退溪文学的研究价值。

# 第二章　退溪文学研究的背景

## 第一节　退溪生平

根据退溪《年谱》所记载的主要事迹，并参考各项资料，韩国学者李权宰将退溪的一生划分为四个时期：

> 第一期是幼年期，从出生到6岁开始学习《千字文》。第二期是修学期，从6岁开始到33岁结束。第三期是出仕期，从34岁科举及第到49岁在任丰基郡守时做了弃职的决断为止。第四期是讲学著述期，从50岁开始到末期。①

韩国学者崔大宗则认为总共分为三个时期，即幼年期是包含在修学期中的：

> 第一期为修学期（1501—1533年），从1岁到33岁结束；第二期为出仕期（1534—1549年），从34岁到49岁；第三期为讲学期（1550—1570年），从50岁到70岁。②

本书采用崔大宗提出的三期分类法，对退溪生平作系统的梳理与考察。

① ［韩］李权宰：《退溪李滉的诗文学研究》，朝鲜大学硕士学位论文，1995年，第5页。

② ［韩］崔大宗：《退溪的歌辞研究》，建国大学硕士学位论文，1990年，第6—14页。

## 一、修学期

退溪于燕山君七年（1501年）十一月二十五日，诞生于庆尚道礼安县温溪里。其祖上本是真宝县人，先祖李硕和五代祖子修都在高丽时出仕为官。李硕起初为县吏，后参加科举，考中了司马试，去世后被追封为密直使。子修因为讨伐红巾贼叛乱而立了功，被封为松安君，迁居安东府的周村。高祖玄候官至军器寺副正，去世后被追封为司仆寺正。曾祖李祯，官至善山都护府使，后被追封为户曹参判。祖父李继阳为成均馆进士，后被追封为吏曹判书，因其十分喜爱礼安县北边温溪泉水山石的优美风景，于是定居在此，温溪里就是退溪出生的地方。退溪的父亲李埴也是成均馆进士，先后被追封为崇政大夫和议政府左赞成。他的弟弟李堣，也就是退溪的叔父，官至户曹参判，号松斋。兄弟二人皆热衷读书，学识渊博。李埴起初娶了义城金氏为妻，金氏生下两男一女之后不幸去世。李埴又娶了春川朴氏，也就是退溪的生母。朴氏一共生下四个儿子，退溪就是这个大家庭中七个子女当中最小的儿子。

退溪出生才七个多月，即1502年的六月，他的父亲就去世了，年仅40岁。李家虽然是书香门第，世代为官，但家境却不太富裕。其母朴氏在丈夫去世之后，看到家里这么多孩子，丈夫又早早过世，担心自己不能支撑门户，养育孩子们长大成才，因此深深地感到忧虑。痛定思痛之后，她决定担负起家庭的重担：一方面辛勤从事农业生产和栽桑养蚕，在当时赋税沉重，许多人家都遭遇破产的情况下，渡过了难关，保住了家业；另一方面十分重视孩子们的教育，从拮据的家庭收入中拿出钱安排他们去远方或近处读书学习，并时常提醒训诫他们说："世常訾寡妇之子不教，汝辈非百倍其功，何以免此讥乎？"[①]她以此激励孩子们奋发学习。退溪回忆母亲，说她秉性质朴、美好和顺、勤俭持家，虽然没有专门读书识字，但是受到丈夫的影响，还有经常听到孩子们相互之间研讨学问，所以知晓事理，处理问题时就像是一个有学问的读书人。正是她的深谋远虑、辛勤劳作及言传身教，才使得退溪在幼年

① 《退溪先生文集·内集》卷六十三，《先妣赠贞夫人朴氏墓碣识》，见《陶山全书》第三册，韩国精神文化研究院，1980年，第322页。

失去父亲的情况下依然成长为卓越的人才。

退溪从小就聪慧过人，喜爱读书。《年谱》附录中说："盖先生才半岁，失其所怙。年未髫齿，已好读者。虽无父师勤勉程督之劳，而日谨课诵，不敢少懈。应对拜跪，温恭恪顺。见者已知非常儿矣。"[①]他6岁开始跟随邻居老人学习《千字文》，每日勤恳读书，恭敬求教，未有丝毫懈怠。《年谱》记载："先生温恭逊悌，对尊长不敢有惰容，虽中夜熟寐，长者有呼即觉，应唯甚谨，自六七岁已然。"[②]12岁时，他跟随叔父李堣学习《论语》，当学到"弟子入则孝，出则弟"的时候，警告提醒自己：做儿子的规矩就应该是这样的。有一天，他向叔父问"理"字的含义："'凡事之是者，是理乎？'松斋喜曰：'汝已解文义矣。'"[③]李堣性情严肃，很少赞扬子弟。退溪和他的哥哥李瀣一起接受叔父的教导，李堣多次称赞说："亡兄有此两儿，为不亡矣！"又对退溪说："持门户者，必此儿也。"退溪非常喜爱读书，即使在人多的时候，也面向墙壁默默背诵，他尤其喜欢陶渊明的诗，很仰慕陶渊明的为人。15岁时，他写了《石蟹》一诗："负石穿沙自有家，前行却走足偏多。生涯一掬山泉里，不问江湖水几何。"通过描写居住在狭小空间中的石蟹自足快乐的心态，表现出类似陶渊明的悠然情怀与恬淡心境，颇有哲理意趣。18岁时写《游春咏野塘》绝句："露草夭夭绕水涯，小塘清活净无沙。云飞鸟过元相管，只怕时时燕蹴波。"诗中恐怕飞燕在宁静清澈的水面掀起涟漪，已显现出性理学思想的萌芽。

退溪19岁似已得入性理学之门径。他研读《性理大全》时，"试读之，不觉心悦而眼开，玩熟盖久，渐见意味，似得其门路矣。自此始知性理之学，体段有别也"[④]，并作《咏怀》诗："独爱林卢万卷书，一般心事十年余。迩来

① 《退溪先生年谱》卷三，《附录》，见贾顺先主编：《退溪全书今注今译》第一册，四川大学出版社，1992年，第204—205页。

② 《退溪先生年谱》卷一，见贾顺先主编：《退溪全书今注今译》第一册，四川大学出版社，1992年，第7页。

③ 《退溪先生年谱》卷一，见贾顺先主编：《退溪全书今注今译》第一册，四川大学出版社，1992年，第8页。

④ 《退陶先生言行通录》卷二，见《增补退溪全书》第四册，成均馆大学大东文化研究院，1987年，第23页。

似与源头会，都把吾心看太虚。”显示出一位热爱读书，刻苦钻研十余年的青年学子，对学问的热情和思考的深度。贾顺先认为：

> 诗中的“源头”是指朱熹的诗“为有源头活水来”中的“源头”。“太虚”是宋代理学家张载哲学的专用范畴。看来，李退溪已经将他的思想，与朱熹的哲学紧紧联系在一起，并对张载“太虚”一辞的含义作了改造。将“太虚即气”（张载《正蒙》），改为将“吾心”看作“太虚”。①

他20岁时研读《周易》，每日醉心于探究其中的义理，以至达到废寝忘食的地步，最后落下了“羸悴之疾”。退溪后来在给自己的学生赵士敬的信中写道：“仆早年妄尝有意而昧其方，徒以刻苦过甚，得羸悴之疾。”②

退溪21岁时娶了进士许瓒的女儿为妻，二人相敬如宾，两年后生下了长子李寯。23岁时到成均馆游学，当时刚发生了“己卯士祸”③，读书人的风气都很轻浮不实，享乐之风蔓延，但退溪却能坚守对于学问的热诚，时时处处遵守儒家道德规范，言行举止颇有法度，以致引来周围人的诽谤与讥笑。退溪不为所动，仍然以超然的态度处之。当他结束游学要回家的时候，好友金河西麟厚赠诗曰：“夫子岭之秀，李杜文章王赵笔。”④称赞他是岭南学子中的优秀人才，诗文堪比李白、杜甫，书法就像王羲之、赵孟頫那样有高超的水平。

退溪27岁时参加庆尚道乡解进士考试，居第一，列生员第二名。同年十

① 贾顺先主编：《退溪全书今注今译》第一册，四川大学出版社，1992年，第2页。

② 《退溪先生文集·内集》卷三十一，《答赵秀才士敬》，见《陶山全书》第二册，韩国精神文化研究院，1980年，第241页。

③ 朝鲜李朝燕山君在位时，朝廷中的“勋旧派”与“士林派”由于出身、政见、学问思想的不合，存在尖锐冲突与矛盾对立。1498年，燕山君在勋旧派的支持下，屠杀大批士林派儒生，史称“戊午士祸”。燕山君十年，即1504年，又爆发了“甲子士祸”。之后的中宗虽然是在儒臣的拥戴下登上王位，但是逐渐嫌恶他们的激进，于是在中宗十四年（1519年）时又发生了肃清士林的“己卯士祸”。

④ 《退溪先生年谱》卷一，见贾顺先主编：《退溪全书今注今译》第一册，四川大学出版社，1992年，第13页。

月，第二个儿子李寀出生。一个月之后，妻子许氏去世。退溪28岁时参加进士会试，取得第二等。30岁时，他娶了奉事权礩之女。随着时间的不断推移，退溪的才华和名气变得越来越高，但在他的心中一直希望隐居在山林涧谷之中，每日钻研学问，即使过着清贫的生活也怡然自得，对科举仕进之路丝毫不感兴趣。然无奈家贫，母亲年老，最终，他还是在亲友的奉劝之下又去参加了科举考试。他32岁时赴文科别举初试，取得了第二名；33岁时赴庆尚道乡举，取得了第一名。

修学期是退溪人生中的第一个阶段，也是为其日后的学问发展打下重要基础的时期。他天赋异禀，聪颖过人又刻苦勤奋，钻研学问到了废寝忘食的境地，导致身体有了“羸悴之疾”。他出生以后不到一年就失去了父亲，是母亲的勤劳勇敢和谆谆教诲，影响激励他前行。他从15岁开始就创作了诸多精彩诗篇，其中透露出性理学思想的端倪。他不受外界浮薄风气的影响，坚定对学问的扎实探索，举止言行处处皆有法度，获得好友的盛赞。他成年之后娶妻生子，遭遇丧妻又续娶。他在科举考试中崭露头角，名气越来越大。他向往自由惬意、钻研学问的生活，无奈家贫，亲友不断劝说之下走上了仕途之路。

## 二、出仕期

退溪正式踏入仕途是在34岁这一年。据《年谱》记载，他在34岁获得科举考试及第出身，同年四月被选任为承文院权知副正字，并被推荐为艺文馆检阅，同时兼春秋馆记事官。但因其岳父权礩在“己卯士祸”中受牵连被免职，所以退溪作为犯官的女婿被免去了史官之职。当时的朝廷权贵金安老有田庄在荣川郡，而荣川郡正是退溪第一个妻子许氏的家乡。由于同乡的这层关系，金元老也听闻退溪的才华，所以愿意接见退溪，但是退溪却不去见他，金元老因此怀恨在心，在政治上打击报复退溪。可见在复杂险恶的官场环境之中，退溪并没有为了仕途名利而趋炎附势、随波逐流，其正直高尚的品性和光明磊落的胸襟可见一斑。此后，他被授予各类官职。从担任六品官之后，退溪就请求到京城之外任职，以便奉养年迈的母亲，但是一直未能如愿。37岁时，母亲朴氏去世，他回家服丧，把母亲安葬在了温溪树谷的原野。服丧期满之后，他又被任命为弘文馆修撰，兼任经筵检讨官。任职期间，他恪守职责，关注民生疾苦，提交多项利国利民的意见，很多都被国君采纳。当时，朝廷在东湖设立了书堂，是储备和培养人才的地方，也会经常选拔一些优秀人士去那里读书。能被选中是一件非常荣耀的事情，但是很多人去了以后却沉溺于美景，游荡玩乐，荒废了时光。而退溪每次到那里去，都是非常勤奋地读书，钻研各种问题。他还在书堂南楼的左侧，开辟了一小堂，取名为“文会”，还把他每次到这里读书时，和友人应对的作品都记录下来，可谓笔耕不辍，一心向学。43岁时，他萌生退意，因病辞官。在他给曹南冥写的书信里说道：

滉自少徒有慕古之心，缘家贫亲老，亲旧强使之由科第取利禄。滉当时实无见识，辄为所动。偶名荐书，汩没尘埃，日有不暇，他尚何说哉！其后病益深，又自度无所猷为于世，始乃回头住脚，益取古圣贤书而读之。于是惕然觉悟，欲追而改途易辙，以收桑榆之景。乞身避位，抱负《坟》《典》而来投于故山之中，将以益求其所未至。庶几赖天之灵，万有一得于铢累寸积之余，不致虚过此一生。此滉十年以来之志愿。①

可见退溪从未将高官厚禄当作自己的人生志向，只是迫于现实情况和亲友强使才无奈应举。他后来回忆自己的仕途经历，为当初没有坚定意志而感到后悔，希望怀抱圣贤之书回到故乡，潜心研究学习。至此之后，他退意渐浓，虽然多次被召回朝廷，但每次回去的时间都不长。退溪45岁时，奸相李芑专权用事，士祸大起，很多人被杀戮或者放逐，一时间人心惶惶，不可终

① 《退溪先生年谱》卷一，见贾顺先主编：《退溪全书今注今译》第一册，四川大学出版社，1992年，第34—35页。

日。退溪等一批忠正之士在同一天被削职，朝野震愤。退溪46岁时，夫人权氏去世。退溪对朝廷又授予的官职，没有去赴任。他在家乡的一条小溪下面三里处，在东边岩石旁边修筑了“养真庵”。这条小溪原本叫“兔溪”，李滉将“兔”改为“退”，所以自号“退溪”。屡次辞官未果后，他于48岁时请求到京城之外任职，担任丹阳郡守。在治理丹阳期间，他政事清廉，为人公正，受到百姓的爱戴与尊敬。丹阳郡内有很多风景优美的人间胜境，他常去游览赏玩，吟诗抒怀，超脱尘世的情怀更加强烈。二月，他得知自己的次子李寀去世，但直到九月才获得假期回乡扫墓。49岁时，他因病请辞，三次之后没有等到批准就回家了，走时所带行李只有几箱书籍而已。

出仕期的退溪，年轻有为，忠于职守，忧国爱民，献言君侧。公务之余，他不忘初心，用心读书，笔耕不辍。在连续遭遇了士祸的影响、权贵的陷害、奸相的专权之后，他更加看清了官场的险恶与名利的虚无。于是，他萌生退意，请求辞官，在家乡的溪水旁修筑“养真庵”，想要归隐治学，然而未获朝廷批准，又赴京外丹阳治郡。他政事清廉，获得百姓的拥戴，在丹阳的山水美景中，更加体会到超脱俗世的乐趣。在后来给曹南冥的书信中，退溪明确表达了自己对于早年没有坚定志向，在亲友强使下步入仕途，以致荒废时日的行为感到后悔。可见为官出仕的退溪，内心之痛苦煎熬，走上仕途并非他的本意，因此，他的辞官归隐就是很自然的事了。46岁时二度丧妻，49岁时又遭丧子之痛，退溪去意遂决，以病请辞。三次未果之后，他超然而去，进入了他人生当中最后的也是最为重要的阶段。

## 三、讲学期

李滉50岁时，安居于退溪，修建了“寒栖庵”，堂名“静习”，并作《退溪》诗云：“身退安愚分，学退忧暮境。溪上始安居，临流日有省。”[①]从此以

① 《退溪先生文集·内集》卷一，《退溪》，见《陶山全书》第一册，韩国精神文化研究院，1980年，第62页。

后，跟随他学习的人日渐增多。同年八月，退溪得到其兄长左尹公李瀣去世的讣告。李瀣曾经论李芑不应做宰相，也不愿与其同流合污，因此被李芑设计陷害，遭受杖刑之后被流放外地，在途中去世。松斋君李堣曾评价他的侄儿当中，李瀣和李滉是最为优秀出众、最能继承其父遗风的，所以尽心教育培养，期望他们日后能成大器。李瀣也不负所望，勤勉努力，文章、书法、绘画样样精通，为官期间，深入民间，心系百姓，忠正不阿，然而这样的国之栋梁却被奸人陷害致死，怎能不让人为之扼腕哀痛？退溪在为兄长所作的墓志铭[①]当中，详细叙述了李瀣被奸臣陷害一事的前后经过，为兄长的含冤而死鸣不平，痛斥奸臣的卑劣行径，深刻表达了怀念兄长的悲痛心情。

退溪52岁时，被召还朝，入侍进讲。53岁时，改订郑之云的《天命图说》，并为之作序。54岁时，与卢守慎论《夙兴夜寐箴》注解，对其中有待商榷之处，专门列出来进行探讨。55岁时，以身体抱恙为由，三次请辞，随后返回故乡。同年六月，哭奠聋岩先生李贤辅，为其撰行状。56岁时，编辑完成了《朱子书节要》，这是退溪学术方面的经典之作。57岁时，完成《启蒙传疑》。58岁时，再次被朝廷授予官职，退溪上疏请辞，陈述了自己不适合任职的五个原因：

> 然则讳愚窃位，可谓宜乎？病废尸禄，可谓宜乎？虚名欺世，可谓宜乎？知非冒进，可谓宜乎？不职不退，可谓宜乎？持此五不宜，以立本朝，其于为臣之义，何如也？[②]

然而明宗大王看过以后仍未批准，退溪只好进京赴任，授成均馆大司成。十一月，他因病请辞，国君依然不准许，还升了他的官职。之后，他极力请辞，还是未能得到准许。59岁时，他请假返回故乡祭祀祖墓，因病未返朝廷。

---

① 《退溪先生文集·内集》卷六十四，《嘉善大夫礼曹参判兼同知春秋馆事五卫都总府副总管李公墓志铭并序》，见《陶山全书》第三册，韩国精神文化研究院，1980年，第355—357页。

② 《退溪先生文集·内集》卷六，《戊午辞职疏》，见《陶山全书》第一册，韩国精神文化研究院，1980年，第165页。

五月请辞，未许。七月再次请辞，明宗大王才勉强同意，解除了他工曹参判的职务，改为同知中枢府事，并让庆尚道官府按时向退溪发送食物。十二月，开始编写《宋季元明理学通录》。60岁时，与学生奇明彦书信问答，辩论“四端七情”。建成“陶山书堂”，终日埋首于书籍之中，钻研思考。粗茶淡饭，居住环境很简陋。其他人都怀疑退溪不堪忍受，他却因沉醉于探讨圣人之道而忘却了外在物欲的困扰，乐在其中，悠然自得。61岁时，筑“节友社”，一日陶山访梅，作诗曰：“花发严崖春寂寂，鸟鸣涧树水潺潺。偶从山后携童冠，闲到山前看考槃。”[①]悠闲自适，意趣超然。十一月，作《陶山记》。64岁时，撰《心无体用辨》。65岁时，上疏请辞之前所授的同知中枢府事。国君终于批准了他的请求，但仍然要求当地官府供给退溪食物；改订了《景贤录》。十二月，再次授予同知中枢府事一职。66岁时，奉召进京，途中因病请辞，未获批准。国君命令沿途各城邑负责护送，并派宫中太医前往诊治。退溪随后又再三请辞。著《心经后论》，阐明心学的渊源，排除异端思想，使后学之辈不再迷惑。67岁时，奉召进京，刚抵达京城三天，还未来得及面见君王，明宗大王就去世了。退溪以乌纱帽加黑角带，进宫哀悼，负责撰写《明宗大王行状》。68岁时，为新任君王上《戊辰六条疏》：“一曰重继统以全仁孝；二曰杜谗间以亲两宫；三曰敦圣学以立治本；四曰明道术以正人心；五曰推腹心以通耳目；六曰诚修省以承天爱。”[②]入侍进讲十多次，并进献《圣学十图》，这是退溪一生学问的主要精髓及高度概括性的思想纲目。自新王继位以后，退溪又多次被授予官职，他多次请辞，同样未被准许，终于到69岁时，朝廷才允许其返回家乡。70岁时，他七月在易东书院向学生讲解《心经》，十月与奇明彦论《心性情图》，十一月因为身体病痛，日感困倦，于是遣散了跟随自己学习的众弟子。家庙里举行冬季祭祀，退溪的身体此时已经是相当虚弱，家人请求其不要参加祭祀，他觉得自己时日无多，以后没有机会参加了，

---

① 《退溪先生文集·内集》卷三，《步自溪上踰山至书堂》，见《陶山全书》第一册，韩国精神文化研究院，1980年，第105页。

② 《退溪先生文集·内集》卷六，《戊辰六条疏》，见《陶山全书》第一册，韩国精神文化研究院，1980年，第174—186页。

所以强撑病体，亲自主持。己卯日给奇明彦写信，更改致知格物说。十二月，命侄儿李宁书写遗戒：辞谢按照官职名举行礼葬。不用墓碑石，只用一块小石板，上写“退陶晚隐真城李公之墓”，用自己撰写的铭文，不要托他人撰写，以免有夸张不实之话。丧礼要适应现在的习俗，也要不违反古礼的规定。随后，他穿戴整齐与众弟子见面告别。戊戌日，让人准备好自己的棺材。辛丑日清晨，退溪叫人给盆中的梅花浇水；酉时初，让人整理卧席，扶他起来坐着，然后就安详地去世了。

退溪一生最主要的学术成就和文学创作都是在讲学期完成的，如《朱子书节要》《宋季元明理学通录》《圣学十图》，与奇大升（字明彦）论“四端七情”等。退溪的2000多首古汉语诗歌作品，绝大部分是40岁以后写的。32岁之前只写了8首。[①]与此同时，伴随始终的是朝廷一次又一次地授予退溪官职，而他屡次请辞，最后反而是越辞得到的官职越高，直到去世的那一年，因其声望和在当时的影响，国君仍然没有允许其完全归隐。据统计，退溪在回归故乡18年间，朝廷除授其官爵情况，有14个官衔的本职和30个兼职。退溪请辞回数一共有53回，其中简单陈述的“状”有36回，“启”有14回，以长文的形式详细陈述的“疏”有3回。[②]就在这一屡招屡辞、屡辞屡招的过程中，可以看到退溪坚定学术志向的决心和朝廷对他的重视与礼遇。退溪以其高洁的品性和卓越的成就受到世人的敬仰与爱戴。他去世之后，朝廷以特殊的礼节安葬，上自达官贵人，下到黎民百姓，无不为其哀惋痛惜！他为自己撰写的墓志铭，虽然只有短短不足百字的篇幅，却透露出这位伟大思想家毕生的梦想与心路历程，那就是对圣贤之道、古人之学的无限仰慕和不懈追求。他就这样沉浸在学问的世界里，忧中有乐、乐中有忧地度过了一生：

生而大痴，壮而多疾。中何嗜学，晚何叨爵。学求愈邈，爵辞愈婴。进行之跲，退藏之贞。深惭国恩，亶为圣言。有山嶷嶷，有

---

① ［韩］李贞和：《退溪诗研究》，淑明女子大学博士学位论文，2002年，第1页。

② ［韩］李权宰：《退溪李滉的诗文学研究》，朝鲜大学硕士学位论文，1995年，第17页。

水源源。婆娑初服，脱略众讪。我怀伊阻，我佩谁玩。我思古人，实获我心。宁知来世，不获今兮。忧中有乐，乐中有忧。乘化归尽，复何求兮。①

## 第二节 退溪的为学之道

退溪在各个领域中所取得的成就让他拥有了多种多样的身份，如思想家、文学家、教育家、书法家、史学家、政治家等，但是其中最为重要的——他是一名治学严谨的理学大师。他以继承与捍卫程朱道统为己任，一生所学以朱子为宗："朱子吾所师也，亦天下古今之所宗师也。"②他"以朱子学为依据，创立了一个以理气二物说、四端七情理气互发说、格物说和敬学为核心内容，以主理为特征的性理学思想体系，在朝鲜朱子学发展史上树立了一块里程碑"③。

朱子学自高丽王朝末期传入朝鲜半岛，当时高丽王朝内忧外患，原本作为官方主流思想的佛教逐渐衰落，从秦汉时期传入的儒学也发展停滞，意识形态领域迫切需要建立新的统治思想来挽救国家和民族的危亡。1289年，高丽重臣安裕出使元大都，获得新刊本的《朱子全书》，回国以后，在太学里讲授"朱子学"。在他的努力推动之下，学者们逐渐开始认识并重视朱子学。1392年，李成桂推翻高丽王朝建立了朝鲜王朝，施行"独尊儒术"的文化政策，使得程朱理学的发展进入了兴盛阶段。此后，大批研究理学思想的学者不断涌现，著名的有金宗直、金宏弼、赵光祖等，发展到退溪，朝鲜性理学

① 《退溪先生年谱·墓碣铭》卷三，《增补退溪全书》第四册，成均馆大学大东文化研究院，1987年，第20页。

② 《退溪先生文集·内集》卷二十二，《答奇明彦论四端七情第二书》，见《陶山全书》第二册，韩国精神文化研究院，1980年，第43页。

③ 张品端：《李滉对朱熹理学的继承和发展》，《合肥学院学报》（社会科学版），2007年，第28页。

进入了全盛时期。退溪在学习前贤研究成果的基础之上，既丰富、扩展了朱子学，又彰显了自身的特色。例如，退溪的理气二物说、理有体用说在理气论方面对朱子学做了发展与补充；“四端理发而气随之，七情气发而理乘之”的理气互发说，很好地解决了朱子性情论的矛盾。此外，退溪还修正了朱熹“格物”“物格”之义，并有“理到”说等。徐洪兴在《“退溪学”之形成及其特色》中说：

> 退溪所处的时代，正值中国明代中叶。当时程朱理学已意识形态化且“八股”化，日趋僵化衰退，而王阳明“心学”则异军突起，大有风靡思想学术界之势。值此“朱子学”陷入困境之际，李退溪在坚持“朱子学”原则的基础上，批判、折衷、汲取陆王的“心学”，罗整庵、王廷相的“气学”，南宋开始逐渐兴起的“实学”，不仅继承了朱熹的思想学说，而且在许多方面创造性地扩展了“朱子学”当有而未显之意蕴。退溪的思想学说独具特色且自成系统，“退溪学”也是李朝时期占统治位的思想体系，并远播海外。日本“朱子学”始祖藤原惺窝及著名“朱子学”学者山崎暗斋等人都曾受过其思想的很大影响。可以说，“退溪学”对整个东亚文明及其思想文化的发展都曾起到过重大推动作用。正因为如此，人们常把李退溪誉之为“海东朱子”“东邦之光”“东方百世之师”等。①

退溪作为一名思想深邃、学养深厚的大学问家，之所以能在理学领域取得如此巨大的成就，除了本人的天赋外，与他平时的为学之道不无关系。在退溪诸多著作当中，特别是《退溪先生言行录》、书信等，有很多这方面的相关记载，从中反映出退溪作为学者的形象与风范，概括起来，主要有以下三个方面。

---

① 徐洪兴：《“退溪学”之形成及其特色》，《复旦学报》（社会科学版），1996 年。

## 一、立志为先

《李子粹语》中记载："金睟问：'学者之初，何者为先？'先生曰：'立志为先。'"[①]《退溪先生言行录》中金富伦（字惇叙）曰："金孝元，以敬差官，过谒先生，请问为学之道，先生曰立志为先。"[②]《与琴夹之》中曰："士须有嘐嘐激昂之志气，然后可以树立于世。"[③]可见，树立坚定的志向是退溪为学之道的第一步。做学问是非常艰辛的，而要想做得好，达到圣贤的境界就更难了。在这个过程中，会有来自外界的各种影响，各种现实条件的制约，名利的诱惑，等等，意志不坚定的人就会动摇甚至放弃学术之路，迷失本心，这是退溪最不愿意看到的。金命元（字应顺）因为生活穷困而思想产生动摇，退溪写信给他说：

> 然观古之士，其穷愈甚，其志益厉，其节益奇。若因一困拂而遽丧，其所守则不可谓之士矣。仆常爱公材秉本美，文艺大进，但志操似不坚定，中间虽有悔悟之意，亦无激昂勇拔之验，不能不以为疑。[④]

赵穆（字士敬）因为受到一些人的诽谤讥笑而有些心灰意冷，退溪写信勉励他道：

> 士患志不笃，所以自树立者，不坚确耳。苟择术审而植志固，举世而非笑之，犹不恤，况十九人者乎？故虑人之讥笑而加勉，则

① 《李子粹语》卷一，"为学"，见贾顺先主编：《退溪全书今注今译》第一册，第 500 页。

② 《退溪先生言行录》卷一，"教育"，见贾顺先主编：《退溪全书今注今译》第五册，四川大学出版社，1992 年。

③ 《退溪先生文集·内集》卷三十八，《与琴夹之》，见《陶山全书》第二册，韩国精神文化研究院，1980 年，第 417 页。

④ 《退溪先生文集·内集》卷四十八，《答金应顺（庚申）》，见《陶山全书》第二册，韩国精神文化研究院，1980 年，第 580 页。

善矣，忧人之非毁而自沮，则恐不足以为士也。[①]

退溪希望赵穆要坚定志向，不要理会别人的非议，如果因为担忧别人对自己的非难而灰心丧气，放弃学业，就不足以成为士人了。他又教导李德弘（字宏仲）说："人之为学，趋向正当、立志坚确为贵。观此自陈之言，所向已正，更须志气坚定，不为浇俗所移夺，刻苦用功久而不辍，何患无成？"[②]退溪自己就是这样做的。他在青年时期就立下了求学的志向，中途因为亲友的强使而无奈应举，步入仕途，始终没有忘记自己的初心，经历了士祸之害、亲人离世等之后，更加看透了名利的虚无。因此，他毅然辞官，回归故乡，潜心治学，之后朝廷不断授予其很高的官职，都被他一一拒绝。他专心投入到学术研究中，取得了很高的成就。如果不是他首先确定了坚定的为学志向，是不可能做到这一点的。所以，为学之道，立志为先，坚定不移，方可达到理想的境界。

## 二、居敬持久

《退溪先生言行录》"论持敬"中说：

德弘问立志以定其本，居敬以持其志，先生引朱子之训，曰："人之为事，必立志以为本，志不立则不能为得事，虽能立志，苟不能居敬以持之，此心亦泛然而无主，悠悠终日，亦只是虚言，立志必须高出事物之表，而居敬则常存于事物之中，令此敬与事物，皆不相违，言也须敬，动也须敬，坐也须敬，顷刻去他不得，此说最

① 《退溪先生文集·内集》卷三十一，《答赵秀才士敬》，见《陶山全书》第二册，韩国精神文化研究院，1980年，第241页。

② 《退溪先生文集·内集》卷五十一，《答李宏仲（德弘）（辛酉）》，见《陶山全书》第三册，韩国精神文化研究院，1980年，第74页。

紧切于学者受用，宜深体之。”[①]

退溪援引朱熹的话来教导学生，一个人做事情须要以立志为根本，不确立志向不能成事，但是只确定了志向而不能居敬持久，志向最后也会慢慢地流于虚无。树立志向必须高远，而居敬工夫就存在于实际事物当中，各个方面都要做到主敬涵养，这对于做学问的人来说尤为重要。“主敬涵养”是朱子学倡导的重要修养方法。朱熹所说的“敬”，主要含义为收敛、谨畏、惺惺（就是使内心总处于一种警觉、警省的状态）、主一、整齐严肃。[②]而且他注重未发之时的涵养工夫，主张敬贯动静。弟子黄榦曾在《朱子行状》中把朱熹的为学之法概括为敬贯动静、敬贯始终、敬贯知行。退溪学习朱熹，把居敬工夫作为其治学思想的核心。《圣学十图》是退溪晚年的经典之作，可以说是其一生学问的主要精髓和高度概括性的思想纲目，在《进圣学十图札》中，退溪提出“敬”是贯穿圣贤之学自始至终的关键：

> 敬者，一心之主宰，而万事之本根也。知其所以用力之方，则知小学之不能无赖于此为始。知小学之赖此以始，则夫大学之不能无赖于此以为终者，可以一以贯之而无疑矣。盖此心既立，由是格物致知，以尽事物之理，则所谓尊德性而道问学。由是诚意、正心、以修其身，则所谓先立其大者，而小者不能夺。由是齐家、治国以及乎天下，则所谓修己以安百姓，笃恭而天下平，是皆未始一日而离乎敬也。然则敬之一字，岂非圣学始终之要也哉。[③]

“敬”是一心的主宰，也是万事万物的根本，所以小学不可不依赖于“敬”而以它为开始，大学不可不依赖于“敬”而以它为结束，“敬”是贯

---

① 《退溪先生言行录》卷一，“论持敬”，见贾顺先主编：《退溪全书今注今译》第五册，四川大学出版社，1992 年。

② 陈来：《宋明理学》，生活·读书·新知三联书店，2011 年。

③ 《进圣学十图札·大学经》，见《陶山全书》第一册，韩国精神文化研究院，1980 年，第 196 页。

穿小学、大学自始至终的整个过程的。主敬之心确立之后，就可以格物、致知、诚意、正心、修身，进而齐家、治国、平天下了。这一切没有一天是离开“敬”的，可见“敬”的重要性与核心地位。

退溪还在《心学图说》中进一步强调说：

> 盖心者，一身之主宰，而敬又一心之主宰也。学者熟究于主一无适之说，整齐严肃之说，与夫其心收敛常惺惺之说，则其为工夫也。尽而优入于圣域，亦不难矣。①

可见，心是人一身的主宰，而“敬”就是一心的主宰，所以为学之人要掌握主敬专一，心不外适的思想和庄重严肃，没有邪心的方法，是要经常收敛本心，保持清醒的头脑，退溪认为如果能够做到这些并且身体力行地去探究穷尽事物的道理，那么进入圣学的境界领域就不难了。退溪在《答金而精》中说：“譬之治病，敬是百病之药，非对一症而下一剂之比。”②在他看来，“敬”在学习圣贤之道中的作用，如果用给人治病的药剂来比喻的话，“敬”就是治疗百病的总药剂，绝不是只针对某一种病症而治疗的药剂所能相比的。

退溪继承了朱熹的主敬说，也强调居敬工夫通贯动静：“静而严肃，敬之体也；动而齐整，敬之用也。”③只有这样，才能“未发而存养之功深，已发而省察之习熟”④。未发之时要存养本心，已发之际则是省察事为，而从始至终、贯通动静和体用的就是这个“敬”。退溪在给金富伦（字惇叙）的信中进一步强调说：

> 大抵人之为学，勿论有事无事，有意无意，惟当敬以为主，而

① 《进圣学十图札·心学图说》，见《陶山全书》第一册，韩国精神文化研究院，1980年，第201页。

② 《李子粹语》卷二，“涵养”，见贾顺先主编：《退溪全书今注今译》第一册，第618页。

③ 《李子粹语》卷二，“涵养”，见贾顺先主编：《退溪全书今注今译》第一册，第617页。

④ 《进圣学十图札·心统性情图说》，见《陶山全书》第一册，韩国精神文化研究院，1980年，第199页。

动静不失。则当其思虑未萌也，心体虚明，本领深纯，及其思虑已发也，义理昭著，物欲退听，纷扰之患，渐减分数，至于有成，此为要法。[①]

做学问之时，无论有事或无事，有意或无意，都要以“敬”为主，唯此才能动静合一，动静都合乎原则。当人的思虑未发之时，意识本体虚明，本领深纯；思虑已发之时，义理彰显而物欲退去，外界的干扰慢慢减少分量，这样不断地积累居敬工夫，最后才能取得成功，这是做学问的重要方法。

除此之外，居敬的同时还要持之以恒，朝着确定的目标不断努力，中间不能有任何地间断。退溪在《答郑子中》里写道：

故观古人为学，虽乾乾惕厉，靡容一息之间断，然亦必积累工程，持以悠久，优游厌饫，然后所知所行，自然循次而得之。窃瞷公之于此学似有急迫求之之病，故未免于计较近切，而恒有戛戛难行之虑，恐似此不已。骎骎然入于私意，反害于义理之实，非细累也。[②]

纵观古人做学问的过程，始终心怀戒惕，小心谨慎不允许有丝毫的间断，循序渐进，不断积累，才能学有所获，以臻佳境。浮躁、急于求成这些都不是细小的毛病，做学问的时候一定要注意，不然就会危害到对义理实质的学习，欲速则不达。在给金就砺（字而精）写的信中，他说道：

《大学》今已看毕，于滉懒废之学甚为有益。但觉两君看书，皆有贪多欲速之意，似未暇于沉潜玩索，真切体验之功，恐山谷所谓

① 《退溪先生文集·内集》卷三十九，《答金惇叙（丁巳）》，见《陶山全书》第二册，韩国精神文化研究院，1980 年，第 432 页。

② 《退溪先生文集·内集》卷三十三，《答郑子中》，见《陶山全书》第二册，韩国精神文化研究院，1980 年，第 301 页。

"释卷而茫然"者，未必不在于今日也。[①]

退溪特别提醒金就砺在读书的时候不要贪多图快，应该深入其中，反复地品味思考，真切地体验实践，否则就像黄庭坚所说的那样：书虽然读过了，但是一放下书就感觉到一片茫然。退溪在给李大成的信中还引用宋代诗人陈与义的诗句来阐明治学要长期坚持、不断积累，先苦后甜，才能达到纯熟的境地：

> 陈简斋诗云："莫嫌啖蔗佳境远，橄榄甜苦亦相并。"此本言涉世之味，而为学亦犹是也。初间须是耐烦忍苦，咀嚼玩味，不以不可口而厌弃之。至于积功之多，渐觉苦中生甜。[②]

可见，做学问就是苦中作乐、甘苦并存的，关键是一定要长期坚持，不能因为起初的辛苦就选择放弃，只有经过持续不断的努力，才能苦中生甜，学有所获。

## 三、谦虚谨严

退溪的学问很深，但是从来没有在众人面前表现出骄傲自大之态。他对学术始终怀有一份敬畏之心，治学谦虚谨慎、严谨细致，踏实勤勉、虚怀若谷，尽显大家风范。金诚一（字士纯）说："（退溪）以平易明白为道，而有人不及知之妙；以谦虚退让为德，而有人不可逾之实。""道已高矣，望之若未见；德已尊矣，歉然若无得。"[③]禹性传（字景善）说："（退溪）与人论辩未契

---

① 《退溪先生文集·内集》卷四十，《与金而精》，见《陶山全书》第二册，韩国精神文化研究院，1980年，第443页。

② 《退溪先生文集·内集》卷十七，《与李大成暨诸昆季》，见《陶山全书》第一册，韩国精神文化研究院，1980年，第418页。

③ 《李子粹语》卷一，"为学"，见贾顺先主编：《退溪全书今注今译》第一册，第528页。

处，亦不遽曰‘不是’，但云‘义理恐不如是耳’。”[①]在与众人讨论研究学问时，退溪非常尊重大家的意见，发表自己的见解时，态度也很谦虚：

先生与学者讲论到疑处，不主己见，必博采众论，虽章句鄙儒之言，亦且留意听之，虚心理会，反复参订，终归于正而后已，其论辩之际，气和辞畅，理明义正，虽羣言竞起而不为参错说话，必待彼言之定然后，徐以一言条析之，然不必其为是，第曰鄙见如此，未知如何。[②]

退溪与众人研讨学术时并不是固执地独抒己见，而是广泛听取众人的意见。在他人发表之时，对于“章句鄙儒之言”亦虚心留意，认真聆听，然后反复思考参订。待他发言之时，心平气和，表达流畅，义理明确，面对中间有人插话，在尊重对方意见的同时，语气谦逊地提出自己的看法“鄙见如此，未知如何”，颇有古代大学问家的气度与风范。

退溪在给金就砺（字而精）的书信中劝勉他，做学问一定要踏实谦虚，力戒虚夸不实之风，并且提出了具体实践的方法。他说：

苟于躬行心得处常存谨畏，无慢忽放过，则心不期下而自下，行不期实而自实，言不期讱而自讱。回视向之所为，虚夸之言之事，但觉其为狂为妄，必怛然自悔，赧然自愧，虽劝之使为，自不敢为矣。[③]

退溪希望金就砺在日常实践之时能够时常保持谨慎、敬畏之心，没有轻

① 《李子粹语》卷二，“穷格”，见贾顺先主编：《退溪全书今注今译》第一册，第 555 页。

② 《退溪先生言行录》卷二，“论辩”，见贾顺先主编：《退溪全书今注今译》第五册，四川大学出版社，1992 年。

③ 《退溪先生文集·内集》卷四十二，《答金而精》，见《陶山全书》第二册，韩国精神文化研究院，1980 年，第 481 页。

慢和放任，内心就会不期然地向下，行为也会变得实在，所说的话自然会得到兑现。此时再回头去审视过去的行为，就会觉得十分狂妄，内心也会感到悔恨与羞愧，自然就不敢为之了。

奇大升（字明彦）曾经给退溪先生的父亲撰写墓碣文，写好之后寄给他看，退溪十分感谢，同时提出两点建议：一是文中论及他本人之时，用了“先生”二字，他觉得称呼太高了，感到很是窘迫、惶恐，希望奇大升能够把他名字后面的“先生”二字去掉；二是铭文中称道他本人的地方，太过于夸大事实了，这样很难得到后世人的信任，诚挚地恳求奇大升能修改裁剪，按照实际情况来写。①由此观之，退溪无论为学为人，都以十分谦虚的态度，踏实认真地对待，而且在具体钻研学问的过程中，又努力做到严谨周详、精确细密。《李子粹语》卷二记载：

> 先生读书，正坐庄诵。字求其训，句寻其义。未尝以粗心大胆读之。虽一画之微，不为放过。鱼鲁豕亥之讹，心辩乃已。未尝割改旧字，必注纸头曰：“某字疑当作某字。”其详慎精密如此。赵上舍穆尝校雠《心经》附注，字画之讹者直割正之，注脚之不当删节者，即添补之。先生责之曰：“先儒成书，何可一任己见，去就之太快如此乎，独不思“金银库”之诮乎？②

退溪读书的时候坐姿端正，表情严肃，他认真探求书中含义，不敢有丝毫马虎。即使是一个很小的笔画差异，也不肯放过。对于“鱼”作“鲁”、“豕”作“亥”这一类容易发生讹误的字，一定要辩证清楚以后才放心。前人所写的书籍，他从未随意乱改，即使怀疑某个字写错了，也只是在该字的上方批注曰：“某字怀疑应当为某字。”这样严谨细致的治学态度，令人钦佩。所以当赵士敬直接删改《心经》之时，退溪责备他太不谨慎了。退溪的学问

① 《退溪先生文集·内集》卷二十四，《碑文禀目》，见《陶山全书》第二册，韩国精神文化研究院，1980年，第106页。

② 《李子粹语》卷二，“穷格”，见贾顺先主编：《退溪全书今注今译》第一册，第556页。

和名声越来越高，来向他请教学习的人也日趋增多，每次回答别人的问题时，他总是慎之又慎。即使这个问题很简单，答案很确定，他也要停留一会儿再说出口，从来不会马上作答，这就是《言行拾遗》中所记载的："人有质问，则虽浅近，说话必留小间而答之，未尝应声而对。"[①]

退溪在写给郑惟一（字子中）的书信里，请他转告具凤龄（字景瑞）：对于编书这样的事，切记不要轻易去做，因为轻易编成的书，是经不起时间的考验的，希望他们在治学著述方面一定要谨慎。[②]而且《与奇明彦》[③]中还记载了一事：退溪听传闻说中和郡刊刻了一本书，叫《庸学释义》，并附以《语录释》，据传是他的著作。退溪告诉奇大升说，那些只是他还没有整理好的一些零散的想法，写在纸上，不料被家里儿辈们传了出去，散播开来。这本来已经是很惭愧惶恐的事了，可是中和郡的郡守安瑺和训导文命凯一起把它刊刻成书。这两个人退溪都认识，也不好直接去找他们，所以拜托为官在职的奇大升帮助他去索要该书的原版，然后毁掉。退溪还特意嘱咐奇大升，一定要在庭院中亲眼看到原版烧毁之后再离开。其实安、文二人是出于对退溪学问的崇敬和仰慕而刊刻此书的，内容也未必像退溪所说的那样不完备，但是退溪认为自己没有反复审定，没有真正思考成熟的想法是不能流传出去给众人看的，这是不严谨、不慎重的行为，所以他专门写信拜托奇大升来帮助他处理此事。而我们今天看到的退溪正式刊刻的那些著作，其中不知倾注了他多少心血，经过了多少次谨慎严密的修订，也是真正能够经受住时间考验的经典之作。

郑惟一评价退溪治学："先生学问，一以程、朱为准。敬义夹持，知行并进，表里如一，本末兼举。"[④]禹性传（字景善）也说：

---

① 《李子粹语》卷四，"教导"，见贾顺先主编：《退溪全书今注今译》第一册，第 858 页。

② 《退溪先生文集·内集》卷三十三，《与郑子中》，见《陶山全书》第二册，韩国精神文化研究院，1980 年，第 306—307 页。

③ 《退溪先生文集·内集》卷二十三，《与奇明彦（丁卯）》，见《陶山全书》第二册，韩国精神文化研究院，1980 年，第 86 页。

④ 《李子粹语》卷一，"为学"，见贾顺先主编：《退溪全书今注今译》第一册，第 527 页。

> 先生之学，盖以朱子为宗，不为功利所夺，不为异端所惑，博而不杂，约而不陋。论学必本于圣贤而参之以自得之实，教人必主于彝伦而先之以明理之功，持己则以正而不苟为崖案之行，议礼则援古而不遗乎时王之制，急于修己而不言人过，勇于从人而不掩己短，接人以和而人自敬，待下以宽而下自肃，不以一节一善成名，而所学所守之正，求之东方，未有其比。[①]

退溪是朝鲜李朝时期儒学界的泰山北斗，他治学立志为先，坚定不移，主敬涵养，专一持久，踏实谦虚，周详谨慎，精确细密，勤勉笃行，为人为学都尽显大家风范。其做学问的方法和对待学术的态度，在21世纪的今天，对于人们仍然具有重要的指导意义。

## 第三节　退溪的文学活动

一直以来，退溪都是作为理学家而为人所知，但实际上他在文学方面也颇有建树。

洪万宗（1643—1725）在《小华诗评》中说："退溪先生，非徒理学之为东方所宗，文章亦卓越诸子。"许筠在《国朝诗删》中说："非惟理学为东方宗，而诗亦压倒诸公。"[②]

他喜欢作诗，为此倾注了很多精力，也取得了较高的成就。"先生喜为诗，平生用功甚多。尝言吾诗枯淡，人多不喜，然于诗用力颇深，故初看虽似冷淡，久看则不无意味。"[③]他的一生集做学问、为官、讲学、著述于一身，

---

① 《退溪先生言行录》卷一，"成德"，见贾顺先主编：《退溪全书今注今译》第五册，四川大学出版社，1992年。

② ［韩］李权宰：《退溪李滉的诗文学研究》，朝鲜大学硕士学位论文，1995年，第76页。

③ 《增补退溪全书》第四册，成均馆大学大东文化研究院，1987年，第103页。

文学活动始终伴随其间。透过退溪内容丰富、形式多样的文学活动，可以更加清晰地窥见文学家退溪的真实面貌。考察其主要所从事的文学活动，大致可以概括为以下三个方面。

## 一、交游酬唱

文人之间相互交往，以诗词赠答唱和是文学活动中的一种主要形式。孔子在《论语·阳货篇》中说："小子何莫学夫《诗》?《诗》可以兴，可以观，可以群，可以怨。迩之事父，远之事君，多识于鸟兽草木之名。"[①]其中的"群"，孔安国解释为"群居相切磋"。他重视《诗》对社会群体的调节作用，通过人们之间的相互交流，彼此情感融通，从而达到社会的和谐。朱熹则注解为："和而不流。"[②]他强调的是君子个人的自我修养，与人相处和谐融洽，却不随波逐流。虽然二者各有侧重，但是诗歌"可以群"的交往功能是基本上可以确定的。中国历代诗人在交游会友、迎来送往的活动中创作了很多脍炙人口的诗篇，如唐代杜审言《秋夜宴临津郑明府宅》、李白《赠孟浩然》、王昌龄《芙蓉楼送辛渐》、杜甫《赠李白》、王维《渭城曲》、白居易《南浦别》等。这种群体间的交流与切磋，在很大程度上锻炼了审美、陶冶了情操，提升了创作水平和文学素养。退溪一生与同僚、朋友、学生交往甚多，其中有很多是围绕文学作品、文学创作而展开的。

大自然的美景深深吸引着退溪，他辞官之后定居于陶山，在溪水边筑室而居，每日于山水之间钻研学问，乐在其中。李德弘说先生："若有山水明媚瀑布倒流处，时或抽身独往，玩咏而归。"[③]而更多的时候，他与家人、朋友、弟子们等一同出游，欣赏美景，赋诗唱和，愉悦身心。《游枕流亭次亭韵（并序）》中记载：

---

① 杨伯峻：《论语译注》，中华书局，1980 年，第 185 页。

② 阮元校刻：《十三经注疏》（下），《论语注疏》卷十七，中华书局，1980 年，第 69 页。

③ 《退溪先生言行录》卷三，"出处"，见贾顺先主编：《退溪全书今注今译》第五册，四川大学出版社，1992 年。

故丹城县监金公（万钧），当家食日，作亭于愚岩。东临洛水，有佳致，名之曰“枕流”，以见素志，一时名士多咏其事。岁久颓圮，公之养嗣上舍君绥之，撤而重新，比旧益敞。见召家兄及滉，觞酒于其上，上舍诸子弟皆从之游，良辰乐事，不期两全。①

已故的丹城县监金万钧曾经建有枕流亭，他邀请李滉与其兄长李瀣一起到亭上饮酒，退溪欣然前往，并赋诗一首：

愚岩形胜地，曾作隐君家。
喜子能重奂，招余尚不暇。
川光迎眼发，山意得春夸。
物色今犹古，登临足赏嗟。

康希哲，官至折冲将军。少年时曾经学习中国武术，晚年退居在安东府西佳野村，时年过九十。他在退休期间修建了很多池亭，雅致精巧，其中最著名的就是“涵镜堂”。清明时节，百花盛开，退溪与友人共同来到这里欣赏美景，吟诗唱酬。退溪作有《康将军池亭次权士遇韵》其一《涵镜堂》：

清明时节欲花村，会赏将军绝胜园。
月榭敞明临水竹，云开迢递隔尘喧。
窗间影动鱼游沼，座上春融酒满樽。
老我强追追盛作，愧将名字傍楣门。②

诗中描述了当时的美景和欢乐时光。“老我强迫追盛作，愧将名字傍楣

① 《退溪先生文集·外集》卷一，《游枕流亭次亭韵（并序）》，见《陶山全书》第三册，韩国精神文化研究院，1980年，第417页。

② 《退溪先生文集·外集》卷一，《康将军池亭次权士遇韵》，见《陶山全书》第三册，韩国精神文化研究院，1980年，第416页。

门”是退溪的自谦之语，他感慨自己年老了勉强吟咏诗句来追和诸君的佳作，为自己的名字写上将军的门亭而感到惭愧。

退溪诗集中还记载了这样一件事：月夜之中，朋友李大成来访陶山，退溪正与吴子强在观澜轩小酌，因为大成的到来，不胜欣喜，于是三人在观澜轩中鼎足而坐，互相诉说心中的幽情，然后又一起泛舟前潭，玩赏月色，夜深之时方才尽兴而归。其诗曰：

良夜同欣好客来，隔岑呼取浊醪杯。
临轩鼎坐开幽款，更上兰舟弄月回。①

除了与大家一起游玩，吟咏诗歌之外，退溪还通过写信与亲朋好友、同僚弟子们交流思想，酬唱赠答。如给赵穆（字士敬）的信中写道：

月离于毕，已涉三朔。《停云》怀切，获接诗筒，兼悉简喻，披写近郁，如亲晤对。似问邑内漂坏处，贵田亦在其中，信否？此亦古人所谓非贫者所宜遭也。视近知远，失业何限？惘叹！惘叹！前日续貂之作，特于闲中遣怀，既写，则不敢秘耳。珍报再投，已是难当，又多过情之云，殆非朋友间责励之意。汗怍！汗怍！索还前诗，又有欲送相质之说。皆在别舍，阻水，未及取，当俟后便也。②

退溪在连绵阴雨的季节收到了赵穆的来信，信里有他对退溪诗歌的唱和之作，读过以后像是二人面对面交谈一样。退溪认为自己写诗只是在闲暇之中为了解闷而已，既然写了就不想对赵穆保密。赵穆希望退溪把前诗寄还给他，还有退溪对诗歌的意见，但是这些都放在退溪另外的住处，因为洪水的

① 《退溪先生文集·内集》卷三，《月夜大成来访陶山，与吴正字子强小酌观澜轩，因泛舟前潭》，见《陶山全书》第一册，韩国精神文化研究院，1980 年，第 114 页。

② 《退溪先生文集·内集》卷三十一，《答赵士敬》，见《陶山全书》第二册，韩国精神文化研究院，1980 年，第 250 页。

阻隔，不能去取，只能等以后方便的时候取来寄给他。赵穆是退溪最喜爱的学生之一，因为家贫影响学业，退溪为了勉励他，在自己生活尚且不易的情况之下，仍然派人给他送去了十斗稻米[①]，可见师徒情深。二人往来书信甚多，交往也比较频繁。

退溪在给南彦经（字时甫）的信中说："来诗古雅理趣俱到，其得于游观所养者如此，深可嘉尚。懒废之人，犹被挑兴，趁韵添和，累篇呈似，以发一笑。"[②]他认为南彦经的诗古雅理趣兼具，在游览观赏美景之时可有此心得，实在值得赞赏。他觉得自己是懒惰无用之人，但是看到这些诗歌也感同身受，被激发了兴致而依照原韵附和几首，寄给南彦经阅读。与此类似的事例，在退溪的书信中还有很多，在此不一一列举。这种以诗会友的方式是典型的文学活动，也凸显了退溪作为诗人和文学家的另一面形象。

## 二、鉴赏品评

文学作品创作出来以后，必须有相应的鉴赏品评活动，才算是一个完整的过程。读者通过阅读文学作品，对其中所蕴含的思想感情以及所塑造的艺术形象进行具体的感受和体验，从而引起与作者的共鸣与互动，最终获得审美愉悦与精神享受。在中国历史上，伴随着文学作品的不断创作，品评类著作也大量涌现。中国最早的诗歌理论专著是钟嵘的《诗品》，他以五言诗为主要范围，对汉魏至齐梁的诗人122人，分为上、中、下三品，探讨每个人的艺术风格，追溯流别渊源，总结成就得失。他提倡诗歌"吟咏情性"，追求自然真实之美，对后世的文学创作和文学批评都产生了积极的影响。退溪也在鉴赏品评方面颇有心得。他喜欢反复吟咏，细细品读，充分感受文学作品的内

① 退溪在《答赵士敬》中写道："近日箪瓢兴味如何？知君屡空，自困涸辙，漠然如不知。顷有馈米数石者，又缘节日临时，穷族未备祭需，遑遑者多，故分以救急，又未果。只不腆荒稻十斗，送似笑领，以宽数朝之窘，何如？"（《退溪先生文集·内集》卷三十一，《答赵士敬》，见《陶山全书》第二册，韩国精神文化研究院，1980年，第255页。）

② 《退溪先生文集·内集》卷十六，《答南时甫》，见《陶山全书》第一册，韩国精神文化研究院，1980年，第388页。

涵与魅力。他在给金箕报（字文卿）写的信中说：

> 前者闻君复有关东之行，以为有违于古人所谓得意之处勿再往之戒也。今见来诗所得如许，不是虚行，深贺！深贺！如狄丘閙雨古风，讽意深远，使当世牧民者见之，能无惕然愧惧之意乎？镜浦长篇辞语清越，三复吟玩，况若身在江门桥上，座下凉生，颇慰孤郁，深幸！深幸！[①]

退溪起初以为金箕报再去关东，会违背古人劝诫，但是看了他的诗句，“三复吟玩”之后，理解了用意，对他的“复有关东之行”表示祝贺与赞赏。他认为诗中的“狄丘閙雨古风”，讽谏意境非常深远。假如当时的君王能够看到这首诗，也会产生“惕然愧惧之意”。而镜浦长篇遣词造句颇有文采，退溪反复吟咏，仔细体会，感觉自己仿佛身临江门桥上那般凉爽，很好地宽慰疏解了他孤独抑郁的心情。这就是读者通过阅读欣赏文学作品，与作者产生了情感共鸣和精神互通，是一种典型的文学审美活动。

《答乌川诸君（己巳）》中：“诸和梅诗，讽玩深荷。”[②]退溪对于众人的和梅诗反复吟咏玩味，获得了深刻的感受与体会。《答金彦遇（甲子）》：“山斋亭午，正苦敲烦，蒙惠辱和诗联篇累牍，讽味三复，顿若清凉爽气入牙齿、洗襟抱，已失炎蒸之所在，不恨前日不作同游也。”[③]退溪在山斋午间因天气炎热而感到十分烦躁苦闷，此时正好收到了金富弼（字彦遇）的书信诗篇，再三诵读吟咏之后，感觉有一股清凉爽快之气沁入心脾，洗涤胸襟，驱除了炎热困燥之感，这是欣赏文学作品而带来的精神力量与独特感受。《答金慎仲惇叙（庚午）》中有：“两君四诗翩翩入手，捧玩吟味，宛若疏影暗香之伴婆娑

① 《退溪先生文集·内集》卷十五，《答金文卿（箕报）》，见《陶山全书》第一册，韩国精神文化研究院，1980 年，第 381 页。

② 《退溪先生文集·内集》卷三十八，《答乌川诸君（己巳）》，见《陶山全书》第二册，第 409 页。

③ 《退溪先生文集·内集》卷三十八，《答金彦遇（甲子）》，见《陶山全书》第二册，第 403 页。

袭怀袖也。”[①]退溪在此运用了十分形象生动的艺术手法，将四首诗说成是像鸟儿一样翩然飞到他的手中，手捧这珍贵的诗篇反复吟诵，就好似梅花的幽香伴随着疏朗的身影，以美丽婆娑的舞姿浸入他的胸怀，从而获得了一场精神上的至高享受。

《退溪先生文集》中有很多具体品评诗歌作品的意见和观点，显示出较高的文学素养与自身的审美追求。他说李大成的诗“然能逞豪放言，往复恢恢，无老人苦涩之病，可喜”[②]。他评南彦经的诗歌说：“盛世古风一篇，意趣深远，绝佳！”[③]评奇大升的诗好比房门的黄金锁，用辞严谨，精于琢磨，用心抒发诚恳之意，曰：“我观奇子诗，为金辟关楗。严辞与琢磨，刻意摅诚恳。”[④]评金秀卿的诗：“秀卿诗似野晴春，草色山光尽眼新”[⑤]，表现出退溪对于清新自然之诗风的向往与追求。

## 三、改诗辨诗

凡是一部成功的文学作品，背后一定离不开作家的辛苦付出。

为了创作出至臻至善的诗句，诗人们都是反复斟酌，不断修改。唐朝诗人贾岛因为一个字，不惜耗尽心力，花费大量时间去深入思考，琢磨推敲。如《题李凝幽居》中的：“鸟宿池边树，僧敲月下门。”[⑥]杜甫写诗，千锤百炼，为求佳句而到了一种“语不惊人死不休”的地步，从而展现了非凡的诗

① 《退溪先生文集·内集》卷三十八，《答金慎仲惇叙（庚午）》，见《陶山全书》第二册，第416页。

② 《退溪先生文集·内集》卷十八，《答李大成（丙寅）》，见《陶山全书》第一册，韩国精神文化研究院，1980年，第433页。

③ 《退溪先生文集·内集》卷十六，《答南时甫彦经（丙辰）》之《别幅》，见《陶山全书》第一册，韩国精神文化研究院，1980年，第387页。

④ 《退溪先生诗内集》卷五，《次韵奇明彦，赠金而精，二首》，见《陶山全书》第一册，韩国精神文化研究院，1980年，第138页。

⑤ 《退溪先生诗外集》卷一，《辛亥早春，赵秀才士敬访余于退溪》之十六，见《陶山全书》第三册，韩国精神文化研究院，1980年，第409页。

⑥ 贾岛著，李嘉言新校：《长江集新校》，上海古籍出版社，1983年，第37页。

歌创作功力与才华。元人杨载在《诗法家数》中指出："诗要炼字，字者眼也。如老杜诗：'飞星过水白，落月动檐虚。'炼中间一字。'地坼江帆隐，天清木叶闻。'炼末后一字。"[①]宋人胡仔在《苕溪渔隐丛话后集》中也说："诗句以一字为工，自然颖异不凡，如灵丹一粒，点石成金也。"[②]由此可见，修改锤炼文字确实是文学创作活动中一个重要的环节。同时，对于文学作品当中有争议的问题进行深入辨析与思考，可以更加准确地把握作家和作品的真实情况。《退溪先生文集》中有许多改诗、论诗、辨诗的事例，表现了退溪优秀的文学感知力和深厚的文学功底。如《答丁景锡》：

湖上一绝，不嫌荆公之为人，特一时所感，偶合其言，故就和之耳。但其间末句未稳者，本无一愁，何百之云？假有百愁，岂一壶所能除哉！今改云"离愁不用酒驱除"，幸于本稿内，抹改为佳。[③]

退溪对诗作中最后一句进行修改，因为本来无一愁，怎么能说"百愁"呢？如果的确是愁苦烦恼的事情很多，有百种之愁，那么区区的一壶酒是不可能把这些忧愁的情绪都全部化解掉的，所以把"百愁"改为"离愁"更贴近诗人情感的实际状况，正所谓妙也。《答黄仲举（癸丑）》中有：

只就来诗五言绝，而质其所疑。盖前既云："挥尽千峰笔，吟成万瀑雷"，则诗成挥洒之意，已说尽矣。而复缀之曰"千张白石纸，洒作黑云堆"，无乃重叠挥洒之意，而前后四句互相撑拄，不谐畅乎？此所以语奇而意踬也。某不揆僭妄，欲改转数字曰"谁把千峰笔，吟成万瀑雷"，闲张白石以下云云，如此则首尾串一，意无重累

---

① 何文焕：《历代诗话》，中华书局，1981年，第737页。

② 胡仔纂集，廖德明点校：《苕溪渔隐丛话后集》，人民文学出版社，1962年，第64页。

③ 《退溪先生文集·内集》卷四十八，《答丁景锡》，见《陶山全书》第二册，韩国精神文化研究院，1980年，第576页。

之病，如何如何。[①]

这是针对黄俊良（字仲举）诗中出现的重复之病而进行的修改活动。在退溪看来，前面的两句“挥尽千峰笔，吟成万瀑雷”已经将意思说尽了，后面又连缀复加了“千张白石纸，洒作黑云堆”这两句，实属重复多余，所以退溪将“挥尽千峰笔，吟成万瀑雷”改为“谁把千峰笔，吟成万瀑雷”，这样就很好地解决了问题，而使整个诗篇首尾相贯，浑然一体，更显顺畅妥当。

《答乌川诸君（乙丑）》中写道：

入手新诗，可见金君得花雅赏之佳趣。珍荷！珍荷！彦遇诗“梅上无红字”终觉意欠，下“红”字乃善。可行“欲谢初平牧”甚善。但恐未必能践言耳。慎仲诗“花时”字果未稳，改以“幽芳”等语何如？夹之诗惜不被古人称赏，《养花录》所云亦然。然唐人诗有“峡涨三川雪，园开四季花”。又陈简斋诗“人间跌宕简斋老，天下风流月桂花”。则此花非不被昔人称赏，但甚稀罕，是可怪耳。惇叙诗“来自紫霞”之语，着题而新。彦遇别韵云云，诗人一时如此抑扬调笑，似不至太妨，但恐季君未敢承当耳。[②]

退溪对金富弼（字彦遇）、金富仪（字慎仲）、琴应夹（字夹之）等人的诗作进行点评修改。他觉得金富弼的“梅上无红字”一句，意味终究是欠了一些，不够饱满；金富仪诗中的“花时”二字不是很妥当，应该改为“幽芳”；等等。改诗、论诗已经成为他们文学活动中的常态性内容和重要组成部分。

退溪崇尚朱熹之学说，对其学术著作钻研甚深，同时也对其文学作品颇为关注。他围绕朱熹诗歌的创作主旨、真伪问题等方面，提出了自己的见解

① 《退溪先生文集·续集》卷四，《答黄仲举（癸丑）》，见《陶山全书》第三册，韩国精神文化研究院，1980 年，第 517 页。

② 《退溪先生文集·内集》卷三十八，《答乌川诸君（乙丑）》，见《陶山全书》第二册，韩国精神文化研究院，1980 年，第 404 页。

与观点。退溪在给金德鹍（字成甫）写的信中说：

大抵九曲十绝并初无学问次第意思，而注者穿凿附会，节节牵合，皆非先生本意。故滉尝辩其非，而奇明彦亦以为然矣。独于九曲与滉后改之说不同者，盖自八曲自是游人不上来，以一句及此一绝，虽亦本为景致之语，而其间不无托兴寓意处，故虽明彦之辩，洽不能不为牵合之说所动而然也。故鄙意窃谓，先生此一绝本只为景物而设，而九曲一境山尽川平而已，素号此处别无胜绝，殆令游兴顿尽处，故诗前二句直叙所见，而末二句意若曰，勿谓抵此境界为极至处，而须更求至于真源妙处，当有除是泛常人间而别有一段好乾坤也。[①]

在退溪看来，朱熹的“九曲十绝”起初并没有与学问有关的意思，只是因为欣赏美好景致有所感发而创作的诗句，当然其中不可能没有借托或者寓意的地方，但是注解之人却牵强附会，一点一点地把朱熹原本没有的意思强加进来，导致人们理解上的错误。九曲一绝四句，前两句直接描述所见景致，后两句大意似乎是说不要认为到达这里就是佳境的尽头了，应该进一步寻求佳境的真正源头之美妙的地方，或许不是人间的某个地方，而是超越现实世界的别有洞天之处。退溪的这一观点与中国现代学者的看法一致，莫砺锋在《朱熹文学研究》一书的前言中提出：

在朱熹的诗歌中，《武夷棹歌》无疑是最具有活泼情趣和鲜明意象的一组作品。尽管它们因为出于理学宗师之口，总是不可避免地蕴涵有几分哲思理趣，但是其本质是朱熹“呈诸同游，相与一笑”而“戏作”的写景抒怀之作，则是可以确定的。然而元人陈普却解

① 《退溪先生文集·内集》卷十五，《答金成甫（德鹍）别纸（癸亥）》，见《陶山全书》第一册，韩国精神文化研究院，1980年，第368页。

> 之曰："朱文公《九曲》，纯是一条进道次序。其立意固不苟，不但为武夷山作也。"于是，文学作品便成了阐述义理的韵文体哲学文本。经过如此的诠释，当然朱熹的所有作品都被视作理学思想的载体，朱熹身上便只见理学宗师的耀眼光圈，而他作为文学家的身影便隐而不见了。[①]

可见，退溪虽然十分尊崇朱熹的理学思想，但是并没有进行过分的解读或者走向极端，他保持清醒的头脑，没有把朱熹的诗歌看成是阐述其哲学思想的工具，而是十分注重作品本身的文学性与艺术价值，从这一点上来看，退溪对朱熹文学作品的把握还是比较准确和透彻的。

在《答李刚而》一信中，退溪写道：

> 示喻《训蒙诗》，胡敬斋亦以为朱先生作，滉亦曾见之，然滉尝反复参详，非但义理之踈，意味亦浅；非但意味之浅，文词又休歇。且以上三者姑不论，只看其命题立训大概规模，已觉非出于先生之手。其末乃揽取先生二绝句附入刊行，欲以是瞒天下后世之人，以明其上诸诗之皆为先生作，不知碔砆、美玉之终不可合为一也。滉向在都下，以是语人，莫有信者，惟奇明彦一闻鄙说，响应之曰，吾亦尝云云。由是益知鄙见或不至大妄，所以不愿附行于年谱之下，不知高明终以为如何也？[②]

退溪判断《训蒙诗》不是朱熹的作品。他觉得《训蒙诗》不仅义理疏脱，而且意味浅薄、文辞粗钝，与朱熹的水准和境界相差甚远。就算这些方面姑且放置一边不论，只看其命题立训的大概规模，也可以看出这不是出自朱熹之手。虽然其末尾揽取了朱熹的两首绝句附之于后一起刊行，想要借此来欺

① 莫砺锋：《朱熹文学研究》前言，南京大学出版社，2000年，第5—6页。

② 《退溪先生文集·内集》二十九，《答李刚而》，见《陶山全书》第二册，韩国精神文化研究院，1980年，第223页。

瞒天下后世之人，让大家相信这全部都是朱熹写的，但是似玉的石头终究和美玉是不能融合为一体的。退溪以前提出这样的观点，没有人相信，只有奇大升应和支持他，说自己也是这样感觉的。这就增添了退溪的信心，认为自己的想法不至于会出现大的错误和偏差，所以他不愿将《训蒙诗》附于朱熹的年谱之下刊行。

综上所述，退溪一生当中，在钻研学问的同时也参与了丰富多彩的文学活动。通过以上对退溪文学活动资料的整理与分析，退溪作为一名诗人的形象得以鲜明地呈现，其著作中的文学性因素也进一步地彰显。我们在关注退溪理学思想的同时，不能忽视其文学方面的成就与价值。

## 小 结

本章主要从退溪的生平经历、为学之道和文学活动三个方面探讨了退溪文学的形成背景，为接下来的文学观和诗歌、散文作品的研究奠定基础。退溪的一生可以划分为三个时期：一、修学期（1501—1533年）；二、出仕期（1534—1549年）；三、讲学期（1550—1570年）。他出身文化底蕴深厚的官宦之家，从小天赋异禀，聪慧过人，虽幼年丧父，但其母坚毅刚强、持家有方。在她的严格教导和引领之下，退溪发奋用功，博览群书，为日后的学术研究打下了坚实的基础。退溪为人宽厚仁爱，言行举止彬彬有礼，颇有法度。他很早就对性理学思想产生了浓厚的兴趣，醉心探究《周易》中的义理，以至于废寝忘食，落下了“羸悴之疾”。退溪梦想能够隐居山林涧谷，每日钻研学问，却迫于现实压力和亲友力劝，参加科举考试，从此踏入仕途。为官从政期间，退溪忠于职守，勤于政事，清正廉洁，颇受百姓拥戴，却因正直的品性得罪权贵而被陷害，连续遭遇士祸的影响之后，看清了官场的黑暗，淡泊名利，更加心慕归隐。经历了二度丧妻以及丧子之痛，他多次辞官未果之后超然而去，从50岁开始进入他人生中最重要的阶段。在回归家乡，归隐山林期间，退溪授徒讲学、努力著述，在学术研究和文学创作方面都取得了很高的成就。其间，朝廷多次授予其官职，他屡辞而屡被招，屡被招而屡辞，从中显示出退溪不慕名利、一心向学的坚定志向和国家对其才华的重视与肯定。退溪直到生命的最后时刻，也没有放弃对学问思想的追求，就这样忧中有乐、乐中有忧地度过了伟大的一生。

退溪在学术上直接继承朱熹，其思想的核心内容包括理气二物说、四端七情理气互发说、格物说和敬学，以主理为基本特征，在多个方面创造性地扩展了朱子学的意蕴。他为学倡导立志为先，在确立了主要方向与目标之后，主张居敬涵养，持之以恒，循序渐进，不断积累。退溪对学术研究常怀敬畏之心，一生谦虚谨慎，踏实勤勉，严谨细致，周详谨慎。同时，他还参与了许多内容丰富、形式多样的文学活动，从中显示出退溪作为一名文学家的真实面貌。他与家人、朋友、同僚等或一起出游，共赏美景，饮酒作诗，彼此唱和，或书信往来，附寄诗篇，交流创作，酬唱赠答。通过这样的文学交往活动，他抒发了情感，宣泄了心灵，锻炼了审美，陶冶了情操，在很大程度上也提高了文学素养和创作水准。退溪不仅是文学创作的能手，还是一位资深的文学鉴赏家。他反复吟咏，细细品读每一首诗篇，深深地沉浸在作者所营造的艺术世界中，产生了强烈的共鸣，从而获得精神上的愉悦和心灵的满足。对文学作品的品评，显示出退溪较高的文学素养与自身的审美追求。他喜欢意境宏阔、含义深远、清新自然的诗歌。退溪作诗反复锻炼琢磨，力求臻于佳境。他在书信中提出了很多诗歌修改的建议，眼光独到，把握准确，表现了深厚的文学功底。退溪对朱熹的文学作品也很关注。他围绕朱熹诗歌的创作主旨和真伪等问题，都提出了自己的见解，体现了一名优秀文学家的专业素养。这些丰富多彩的文学活动，使得退溪文学家的形象得以立体鲜明地呈现，那么对其文学成就的梳理总结、探讨研究就显得十分必要。退溪曲折而丰富的人生经历，还有他身兼理学家和文学家双重身份的特点以及他的为学之道和文学活动，都为接下来各章节的研究做了准备，对退溪的文学理论思想和文学创作实践的考察将在此背景下逐步深入展开。

# 第三章　退溪的文学观

## 第一节　文道观

文道观是中国古代文学理论当中的一个核心问题。对“文”“道”含义的认识，“文”与“道”孰轻孰重，“文”与“道”之间的关系等问题的理解直接造成不同流派间的理论分野，而且对文学实践、文学评价等活动都产生了重要的影响，同时也体现出文学家和理学家在文论方面的差异与特点。就文学领域来讲，“文”与“道”主要是指文学作品的艺术形式和思想内容。但是由于历朝历代所处的社会文化背景不同，文学家和理学家的身份立场不同，对“道”的含义、“文”与“道”的轻重以及二者之间关系的认识不尽相同，文道观也经历了一个漫长、曲折与复杂的演变过程，从中反映出中国各个朝代对文学的本质问题所进行的反复思考与持续探索，文道观也成为中国古代文学理论的重要组成部分。对于理学家而言，文道观是考察其对待文学态度的重要标尺，故探究退溪的文学观，先要厘清他的文道观。以中国古代文道观的发展演变为背景，分析退溪文道观所接受的主要影响以及退溪与同时期的中国明代理学家文道观的比较研究，是本节内容的重点所在。

### 一、中国古代文道观之演变

中国的先秦时期，文学还没有取得独立的地位，《论语》中记载孔门分德行、政事、言语、文学四科，文章博学有子游、子夏[1]，所以文学是包含了所有书籍和一切学问在内的。“文”并不是现在所说的“文章”“文学”之义，而“道”也没有“文章的思想内容”这一含义。“文”和“道”呈现出非确定性和多样化的阐释。莫砺锋将先秦时期这两个概念的主要释义概括为：

> “道”：
>
> ——宇宙之本源。例如《老子》：“有物混成，先天地生，……可以为天下母，吾不知其名，名之曰‘道’。”
>
> ——事物之规律。例如《庄子·养生主》：“臣之所好者道也，进乎技矣。”
>
> ——思想学说。例如《论语·里仁》：“子曰：‘参乎，我道一以贯之。’”
>
> “文”：
>
> ——典章制度。例如《论语·子罕》：“子畏于匡，曰：‘文王既没，文不在兹乎！’”
>
> ——文字。例如《孟子·万章上》：“故说诗者不以文害辞，不以辞害志，以意逆志，是谓得之。”
>
> ——文采。例如《论语·雍也》：“子曰：‘质胜文则野，文胜质则史。文质彬彬，然后君子。’”[2]

可谓是总结较为全面，归纳也很清晰的。而从文学领域来看，孔子作为儒家学派的奠基人，其思想对后世文道观的发展演变产生了重要的影响。在“主善”说为主导的前提下，孔子表现出重道的倾向。《论语·八佾篇》记载：“子谓《韶》：尽美矣，又尽善也。谓《武》：尽美矣，未尽善也。”[3]《韶》为舜之乐，内容是赞扬舜帝以德禅让于尧，天下太平。《武》是周武王之乐，赞

---

① 《论语·先进》，见杨伯峻：《论语译注》，中华书局，1980年，第111页。

② 莫砺锋：《朱熹的文道观》，《文艺理论研究》，1988年第5期，第60页。

③ 《论语·八佾》，见杨伯峻：《论语译注》，中华书局，1980年，第33页。

美武王平定天下之功。但是在孔子眼里，武王是借助武力，通过战争统一天下的，在这个过程中会造成百姓生命及财产的损害，不符合礼制，所以尽管《武》具备美的形式，内容上却未达到尽善。可见，相对于美的形式，孔子更看重“善”的内容，“美”是从属于“善”的。对于诗歌作品，孔子非常重视思想内容所具有的道德教化意义和社会实用功能。《论语·季氏篇》记载：

> 陈亢问于伯鱼曰：“子亦有异闻乎？”对曰：“未也。尝独立，鲤趋而过庭。曰：‘学诗乎？’对曰：‘未也。’‘不学诗，无以言。’鲤退而学诗。他日，又独立，鲤趋而过庭，曰：‘学礼乎？’对曰：‘未也。’‘不学礼，无以立。’鲤退而学礼。闻斯二者。”陈亢退而喜曰：“问一得三：闻诗，闻礼，又闻君子之远其子也。[①]

孔子教导儿子孔鲤要学习《诗经》，否则就无法与他人交流，突出《诗经》在社会人际交往中的实用功能。《论语·子路篇》记载，“子曰：‘诵《诗》三百，授之以政，不达；使于四方，不能专对；虽多，亦奚以为？’”[②]指出诵读学习《诗经》在处理国家政事和外交事务中的作用。至于著名的“兴观群怨”说：“小子何莫学乎《诗》?《诗》可以兴，可以观，可以群，可以怨。迩之事父，远之事君，多识于鸟兽草木之名。”[③]其中提到的诗歌之功能就更多了，可见孔门诗教的意义，其社会功能远远大于艺术价值。

孔子虽然重“道”，但是对文学作品的形式也采取一种肯定的态度，《左传·襄公二十五年》里记载孔子的观点“志有之，言以足志，文以足言。不言，谁知其志？言之无文，行而不远”[④]，强调了文采的重要性。《卫灵公》里也提到了“辞达而已矣”，说明言辞对于表达准确意义的重要性。所以孔子的文道观应该是重“道”前提之下的“文道并重”。

---

① 《论语·季氏》，见杨伯峻：《论语译注》，中华书局，1980年，第178页。

② 《论语·子路》，见杨伯峻：《论语译注》，中华书局，1980年，第135页。

③ 《论语·阳货》，见杨伯峻：《论语译注》，中华书局，1980年，第185页。

④ 《左传·襄公二十五年》，见杨伯峻：《春秋左传注》，中华书局，1990年，第1106页。

对于“文”与“道”之间的关系，孔子是主张“文道结合”“文道统一”的。他虽然没有明确提出“文”与“道”的名称概念，但是其“文质”说以及如前所述的“美善说”都体现了孔子对待这一问题的态度。《论语·雍也篇》：“子曰：‘质胜文则野，文胜质则史。文质彬彬，然后君子。’”[①]何晏《论语集解》引包咸注曰：“野，如野人，言鄙略也。史者，文多而质少。彬彬，文质相伴之貌。”[②]这里的“质”指的是人的内在品质，“文”是说人的外在仪表。只有内在的思想品质和外在的仪表素养相互结合在一起，才能成为真正的君子。后来，这一说法逐渐引申到文学作品的内容与形式的层面上来。质朴的内容胜过文采就显得比较粗野，华丽的文采超过质朴就难免流于虚浮，因此，好的文学作品应当是二者结合在一起。《韶乐》代表了儒家文化艺术追求的最高境界，因为它不仅形式上尽美，内容上也尽善，符合儒家仁政思想，是内容和形式的完美统一体。所以孔子认为的“文”与“道”是相互结合、不可分离的，要二者兼备，方为妙境。

中国历史上真正第一次明确讨论文道观的应该是魏晋南北朝时期的刘勰，他的《文心雕龙》“总结了南齐以前中国文学创作和文学批评的丰富经验，论述比较全面，体系比较完整，开创了我国文学批评的新纪元”[③]。《文心雕龙》以《原道》开篇，其中提出了著名的“道之文”的论断，回答了文学的本源、文学的根本这一问题，即刘勰认为“文”源于“道”。他说：

> 文之为德也大矣，与天地并生者，何哉？夫玄黄色杂，方圆体分；日月叠壁，以垂丽天之象；山川焕绮，以铺理地之形。此盖道之文也。仰观吐曜，俯察含章，高卑定位，故两仪既生矣。惟人参之，性灵所钟，是谓三才。为五行之秀，实天地之心。心生而言立，言立而文明，自然之道也。傍及万品，动植皆文：龙凤以藻绘呈瑞，虎豹以炳蔚凝姿；云霞雕色，有逾画工之妙；草木贲华，无待锦匠

① 《论语·雍也》，见杨伯峻：《论语译注》，中华书局，1980 年，第 61 页。

② 《论语集解》，见李学勤主编：《论语注疏》，北京大学出版社，1999 年，第 78 页。

③ 王运熙、顾易生主编：《中国文学批评史》上册，上海古籍出版社，1985 年，第 145 页。

> 之奇。夫岂外饰，盖自然耳。至于林籁结响，调如竽瑟；泉石激韵，和若球锽。故形立则章成矣，声发则文生矣。夫以无识之物，郁然有彩，有心之器，其无文欤？①

在刘勰看来，文章与天地并生，山川日月都是大自然的文章。人为万物之灵，有了思想活动之后，语言得以确立，文章才能鲜明。推广到山川万物，都蕴含着丰富的文采，龙凤虎豹、草木云霞的各种形象与色彩，“林籁结响”“泉石激韵”的美妙声音，并提出“夫以无识之物，郁然有彩，有心之器，其无文欤”这个不言而喻的问题。这里的“道”主要是指宇宙的本源、事物的规律，是产生“文”的根源。“道之文”是刘勰文学理论的逻辑起点，也是一个贯穿《文心雕龙》始终的概念，成复旺说：

> 当我国古代第一部系统的文学理论专著、刘勰的《文心雕龙》诞生的时候，便以《原道》开篇，以“道”为文之本原，倡言：“辞之所以能鼓动天下者，乃道之文也。”这是文道统一论在艺文理论中的赫然确立，也充分表明了文道论在中国艺文理论中的地位。此后，文道论便乘流而下，连绵不绝，以显赫的地位贯穿了整个中国艺文理论史。②

关于“文”与“道”的关系，《原道》中说：

> 爰自风姓，暨于孔氏，玄圣创典，素王述训，莫不原道心以敷章，研神理而设教，取象乎河洛，问数乎蓍龟，观天文以极变，察人文以成化；然后能经纬区宇，弥纶彝宪，发辉事业，彪炳辞义。故知道沿圣以垂文，圣因文而明道，旁通而无滞，日用而不匮。易

① 刘勰著，周振甫注：《文心雕龙注释》，人民文学出版社，1981年，第1页。

② 成复旺：《中华文化通志·艺文理论志》，上海人民出版社，1998年，第32页。

曰："鼓天下之动者存乎辞。"辞之所以能鼓天下者，乃道之文也。[①]

刘勰提出，从伏羲到孔子，皆依据"道"进行创作，通过钻研精深的"道"来推行教化，"道沿圣以垂文，圣因文以明道"，所以"文"和"道"是相互统一的。这里的"道"，主要是指儒家思想。文辞之所以能够鼓动天下，就是在于它符合"道"，"文"不能偏离"道"，不能与"道"分开。在这一点上，刘勰与孔子的见解是一致的。

刘勰创作《文心雕龙》的目的之一就是为了纠正汉魏六朝的颓靡文风，正末归本，所以他十分重视儒家经典著作的榜样和示范作用，提出文章创作应该要符合"道"的规范。《宗经》中说：

三极彝训，其书言经。经也者，恒久之至道，不刊之鸿教也。故象天地，效鬼神，参物序，制人纪，洞性灵之奥区，极文章之骨髓者也。皇世三坟，帝代五典，重以八索，申以九邱。岁历绵暖，条流纷糅，自夫子删述，而大宝咸耀。于是易张十翼，书标七观，诗列四始，礼正五经，春秋五例。义既挺乎性情，辞亦匠于文理，故能开学养正，昭明有融。然而道心惟微，圣谟卓绝，墙宇重峻，而吐纳自深。譬万钧之洪钟，无铮铮之细响矣。[②]

可见，阐明天、地、人永恒之道的叫作"经"。经书是圣人们取法于天地，征验于鬼神，深究事物的秩序，从而制定的人类的纲纪，是"洞性灵之奥区，极文章之骨髓者"。刘勰的主要目的"在于借助儒家经典的权威，提倡内容切实、风格健康、体制规整、辞采清丽的文章，以改善当时的文风"[③]。所以说刘勰文道观的主要思想就是宗儒家之经，师儒家之圣，明儒家之道。虽然他重视"道"，但是《文心雕龙》的写作主旨和出发点还是论"文"。他虽

① 刘勰著，周振甫注：《文心雕龙注释》，人民文学出版社，1981年，第2页。
② 刘勰著，周振甫注：《文心雕龙注释》，人民文学出版社，1981年，第18页。
③ 成复旺：《新编中国文学理论史》，中国人民大学出版社，2010年，第107页。

然提倡儒家的为文法则，但《文心雕龙》并不是为了论“道”和宣扬儒家的政教思想，这是他的文道观与后世不同的主要表现。

至中唐，韩愈和柳宗元针对魏晋以来形式浮华而内容空虚的文风，倡导开展了轰轰烈烈的古文运动，提出了“文以明道”“文以贯道”，不仅引领了时代的文学潮流，而且开启了后世发展的方向。韩愈在《答李秀才书》中说：“然愈之所志于古者，不惟其辞之好，好其道焉耳。”[①]他所说的“道”是指儒家的圣贤之道，《原道》中曰：“斯吾所谓道也，非向所谓老与佛之道也。尧以是传之舜，舜以是传之禹，禹以是传之汤，汤以是传之文、武、周公，文、武、周公传之孔子，孔子传之孟轲，轲之死，不得其传焉。”[②]柳宗元比起韩愈，更为兼收并蓄，他以儒家思想为基础和主流，并且融合汇聚了释、道两家的思想。韩、柳二人都提出了“文以明道”的主张。韩愈在《争臣论》中说：“君子居其位，则思死其官；未得位，则思修其辞以明其道，我将以明道也。”[③]柳宗元在《答韦中立论师道书》中提出：“始吾幼且少，为文章，以辞为工。及长，乃知文者以明道，是固不苟为炳炳烺烺、务采色、夸声音而以为能也。”[④]“文以明道”就是文章的功用和价值在于彰显“道”。韩愈门生李汉《昌黎先生集序》中“文者，贯道之器也”[⑤]的说法较为准确地表述了韩愈关于“文”与“道”关系的基本观点。无论“文以明道”，还是“文以贯道”，都强调“文”与“道”的有机统一，不可分离。立足于“文”，从“文”出发，但是“文”要为“道”服务，“文”与“道”处于一种基本上平衡的状态。

宋代欧阳修、王安石和“三苏”（苏洵、苏轼、苏辙），直接继承和发展了韩、柳的文学事业。欧阳修、王安石侧重于“道”的一面，特别是王安石，他作为一位政治家，十分强调文学的实用功能，反对过于注重华丽的文

① 屈守元、常思春主编：《韩愈全集校注》，四川大学出版社，1996 年，第 1527 页。

② 屈守元、常思春主编：《韩愈全集校注》，四川大学出版社，1996 年，第 2665 页。

③ 屈守元、常思春主编：《韩愈全集校注》，四川大学出版社，1996 年，第 1170 页。

④ 《柳宗元集》，《答韦中立论师道书》，中华书局，1979 年，第 873 页。

⑤ 《昌黎先生文集》，上海古籍出版社，1994 年，第 1 页。

辞形式，认为不能一味追求文章的写作技巧而忽视了思想内容。他的作品比较关注社会现实，要把文学和现实生活紧密结合在一起。“三苏”主要发展了“文”的一面，如苏轼眼中的“道”，并非局限于儒家的道统，而是事物的客观规律。在“文”与“道”的关系上，他主张“文与道俱”，倡导自然达意的古文创作观念。

宋代也是理学思想繁荣发展的时代，与古文家相比，理学家的文道观呈现出较为明显的差异。宋代理学鼻祖周敦颐在其哲学著作《通书》中提出“文以载道”：

> 文所以载道也，轮辕饰而人弗庸，徒饰也，况虚车乎？文辞，艺也；道德，实也。笃其实而艺者书之；美则爱，爱则传焉。贤者得以学而至之，是为教。故曰：“言之无文，行之不远。”然不贤者，虽父兄临之，师保勉之，不学也；强之不从也。不知务道德而第以文辞为能者，艺焉而已。[①]

“道”与“文”就好比货物与马车，作为工具的马车，主要功用在于装载货物，如果不能发挥这个功用，即使装饰得再漂亮也没有意义。同理，文学作品只有装载了“道”才有其依附存在的价值。“道”是最终的目的，“文”只是装载运输的手段。周敦颐以“文”为车，就把“文”降至工具的地位，“文”与“道”之间平衡的关系渐渐被打破，体现出与古文家截然不同的文道观。正如郭绍虞所指出的那样：“唐人说文以贯道，而不说文以载道，曰贯道，则是因文以见道，而道必借文而始显。”[②]所以古文家的文道观，其立足点是在“文”。而从周敦颐开始，文道观的发展显示出理学家的立场与特点，其立足点已转化为“道”。周敦颐虽然重道轻文，但并没有完全废绝文辞，其弟子程颐则在此基础上进一步提出“作文害道”，完全摒弃“文”于“道”之外：

① 周敦颐撰，徐洪兴导读：《周子通书》，上海古籍出版社，2000 年，第 39 页。
② 郭绍虞：《中国文学批评史》上册，商务印书馆，2010 年，第 10 页。

问：作文害道否？

曰：害也。凡为文，不专意则不工，若专意则志局于此，又安能与天地同其大也？《书》曰："玩物丧志。"为文亦玩物也。"……曰："人见《六经》，便以为圣人亦作文，不知圣人亦摅发胸中所蕴，自成文耳。所谓'有德者必有言'也。"曰："游、夏称文学，何也？"曰："游、夏亦何尝秉笔学为词章也？且如'观乎天文以察时变，观乎人文以化成天下'，此岂词章之文也？"①

作文欲工，就会耗费心力，但一个人的精力是有限的，如果把这有限的精力投入到作文上面，势必会影响对"道"的探寻与思考，就难以达到"与天地同其大"的境界。所以程颐认为作文就像"玩物丧志"一样，从而排斥文学，对文学的审美特征和抒情功能持否定态度，认为圣人之文是"摅发胸中所蕴，自成文耳"，正所谓"有德者必有言"。对子游、子夏的"词章之文"，他也要竭力挖掘其中所蕴含的道德义理，说他们的创作"观乎天文以察时变，观乎人文以化成天下"，难道仅仅是词章之文吗？这种"作文害道"的文道观就把"文"和"道"割裂开来，表现出强烈的重道轻文的倾向，"文"和"道"成了相互对立的关系。

朱熹的文道观与周、程等人一脉相承，但又有所修正。他的文道论是建立在理气观基础上的。"理"是事物的规律，宇宙的本源，是先于物质世界而存在，却又独立于人的意识之外的一种精神实体。"气"是物质性的生物之具。朱熹认为世间万事万物都是由"理"和"气"这两个方面共同构成的，他说：

天地之间，有理有气。理也者，形而上之道也，生物之本也。气也者，形而下之器也，生物之具也。是以人物之生，必秉此理然后有性；必秉此气然后有形。②

① 《二程集·河南程氏遗书》卷18，中华书局，1981年，第239页。

② 朱熹：《答黄道夫》，《晦庵先生朱文公文集》卷五十八，见《朱子全书（修订版）》第23册，上海古籍出版社，安徽教育出版社，2010年，第2755页。

就现实世界而言，“理”和“气”是不能分离的，没有无理之气，也没有无气之理。在此基础之上，朱熹提出“文”和“道”也是不可分的，是统一为一体的。他批判古文家的“文以贯道”和“文与道俱”，说：

这文皆是从道中流出，岂有文反能贯道之理？文是文，道是道，文只如吃饭时下饭耳。若以文贯道，却是把本为末，以末为本，可乎？①

又说：

道者，文之根本。文者，道之枝叶。惟其根本乎道，所以发之于文，皆道也。三代圣贤文章，皆从此心写出，文便是道。今东坡之言曰：“吾所谓文，必与道俱。”则是文自文而道自道，待作文时，旋去讨个道来入放里面，此是他大病处。②

在朱熹看来，“道”才是根本，“文”只是枝叶，古文家不去注重根本的东西，反而要突出枝叶的部分，这就是朱熹批评他们的“文自文，道自道”，把“文”从“文道合一”的状态中分离出来了。其实，在韩愈、苏轼的文道观中，“文”和“道”还是一体的，朱熹这样说未免有些言过其实，主要是他对古文家在实际创作中重视“文”的做法表示不满。他认为既然“道”为根本，就应该集中精力去钻研“道”，而不需要在“文”的方面下太大的功夫。实际上，二者主要的区别在于，“文以贯道”和“文与道俱”是立足于“文”而言“道”，在“文”的相对独立基础之上，强调“道”对“文”的重要作用。朱熹则是立足于“道”而言“文”，认为“道”为“文”之本源，“文”是从“道”中产生的，不可能脱离“道”而独立存在。文和道是统一不可分

① 黎靖德编：《朱子语类》卷139，中华书局，1986年，第3305页。

② 黎靖德编：《朱子语类》卷139，中华书局，1986年，第3319页。

割的。其中，“道”是根本，“文”是枝叶。

朱熹虽然重道，但是并没有完全废绝文辞。他说：“作诗间以数句适怀亦不妨。但不用多作，盖便是陷溺尔。当其不应事时，平淡自摄，岂不胜如思量诗句？至如真味发溢，又却与寻常好吟者不同。”[①]可见，只要适度，朱熹对文学创作还是持肯定态度的。朱熹的父亲朱松擅长文学，其好友同时也是朱熹的老师刘子翚是一位著名的诗人，朱熹受到他们的影响，从小对诗文是喜爱的，只是他身为理学家，约束自己不能多作，实际上他的文学成就还是很高的。莫砺锋在《朱熹文学研究》中说：

> 乾道六年（1170），胡铨向朝廷推荐朱熹，即称之为“诗人”，同时被荐的还有著名诗人王庭珪，可见朱熹在当时颇有诗名。朱熹喜欢与文学家交游，在他的友人中，陆游、尤袤、辛弃疾、杨万里、周必大、陈亮、王十朋、韩元吉、楼钥、赵蕃等都以文学著称。即使在与理学家的交往中，朱熹也不废吟事。用他自己的话来说，就是“讲道心如渴，哦诗思涌雷”。他不像二程那样排斥诗文。[②]

总之，理学家的文道观发展至朱熹而达到一个高峰。朱熹的文道观，辩证地论述了“文”与“道”的关系，使得之前理学家把“文”“道”分离开来，过分贬低“文”的偏激观点得到修正，同时又给予文学一定的地位，对后世的文论发展产生了重要的影响。

明代以李梦阳、王世贞为代表的前、后“七子”文学复古运动，针对当时单调乏味的文风，主张在学习古代优秀典范作品的基础之上，重新构筑文学的主情理论，给予民间通俗文学以应有的重视，以振兴明代初期文坛的沉闷局面。嘉靖年间，唐宋派的代表人物王慎中和唐顺之主张“文以明道”[③]与“师法

① 黎靖德编：《朱子语类》卷140，中华书局，1986年，第3333页。

② 莫砺锋：《朱熹文学研究》，南京大学出版社，2000年，第10页。

③ 王慎中：《明伦堂记》，见《遵岩集》卷八，文渊阁四库全书本。

唐宋”[①]，积极倡导文从字顺。明道的唐宋古文，强调文章最重要的是阐发心性道德，同时也重视文学作品的创作技法与行文风格。茅坤提出“万物之情，各有其至”[②]与“得其神理”[③]，逐步将文学创作引向情感功能与审美价值，从而实现了从“道学”到“文学”的价值取向转变。还有李贽提出的“童心说”，倡导自然情性，在当时产生了不小的影响。至明代后期，以袁宗道、袁宏道、袁中道三兄弟为代表的“公安派”则主张“性灵说”。袁宏道提出，文章“大都独抒性灵，不拘格套，非从自己胸臆中流出，不肯下笔”[④]，强调文学创作要真实表现作者个性化的思想情感，不需要拘泥于以往各种格套的约束，有感而发，直抒胸臆。这种无所拘束的自由表达显示出对以往传统文道观的背离和反叛。

相对于文学家越来越重视“文”的独立价值和艺术特性，明代理学家在文道观方面大都沿循前贤，特别是宋代理学家的基本观点，如方孝孺说：“文所以明道也，文不足以明道，犹不闻也。”[⑤]又说：“文者，道所不能无。”[⑥]“盖文与道相表里。”[⑦]“文”是用来阐明“道”的，二者是统一而不可分离的。陈献章与王阳明作为心学的主要代表人物，虽然在学术方面与朱熹等意见不一，但是在文道观方面，也是主张道本文末、文道合一的。[⑧]还有一些明代理学家在继承前人的基础之上，提出了自己的观点。如薛瑄作为理学大师，他的文学造诣也很高，所以他对韩愈、欧阳修等古文家的文章隐有推许之意，这在他的《策问》中有所反映。[⑨]罗钦顺虽然在“道”与“文”之间，肯定首先选择“道”，但是他反对偏废其中任何一项，提出：“人才之见于世，或以道学，或以词章，或以政事，大约此三等，其间又各有浅深高下之异。然皆所谓才

① 李开先撰，卜键笺校：《李开先全集·遵岩王参政传》，文化艺术出版社，2004年，第783页。

② 茅坤撰，张大芝、张梦新点校：《茅坤集·与蔡白石太守论文书》，浙江古籍出版社，1993年，第195—196页。

③ 茅坤撰，张大芝、张梦新点校：《茅坤集·与郁秀才书》，浙江古籍出版社，1993年，第286页。

④ 袁宏道撰，钱伯诚笺校：《西京稿序》，见《袁宏道集笺校》卷51，上海古籍出版社，1981年。

⑤ 方孝孺：《逊志斋集·送牟元亮赵士贤归省序》，宁波出版社，2000年，第465页。

⑥ 方孝孺：《逊志斋集·与王修德八首》，第300页。

⑦ 方孝孺：《逊志斋集·与舒君》，第378页。

⑧ 安赞淳：《明代理学家文学理论研究》，万卷楼出版社，2016年，第98、126页。

⑨ 薛瑄撰，孙玄常等点校：《薛瑄全集·附录一》，山西人民出版社，1990年，第1583页。

也。”[①]道学、词章和政事这三者虽有“浅深高下之异”，但词章仍然是有才的表现。这种将道学与词章二者兼取，相提并论的观点，与以往理学家有很大的不同，也显示了明代中后期文道观发展演变的新风向。

清代是中国古代文论的结束和总结阶段，关于文道观的论述，虽有一些新意与创见，但大体都不出前代文论的范围与框架。清代“桐城派”代表人物姚鼐提出把“义理”“考据”“文章”结合起来，体现了文道合一的趋向。而以翁方纲为代表的“肌理说”、以沈德潜为代表的“格调说”等都是属于继承传统诗教“言志”“美刺”“劝谏”功能的复古主义。袁枚则对此进行批判，倡导创作自由与艺术个性，反对传统条框的束缚，强调艺术独创和艺术个性。清代的文道观既包罗万象，又兼有以前各个朝代的特点，是中国古代文道观发展的集大成阶段。

## 二、退溪的文道观

在退溪的诸多身份当中，成就最高、影响最大的莫过于理学家这一身份，所以退溪的文道观首先是代表了一种理学家的文道观。从理学家的立场出发，退溪自然是重道轻文的。他认为人生当中最重要的事情是做学问、探究圣贤之道、讲学明理，写诗作文只是在有多余的精力时才去兼顾。他在闲居时与赵士敬、具景瑞、金舜举、权景受的次韵酬唱之诗作中说：“学问要当先本领，攻文余事则兼诗。”[②]又说：“今人竞尚文华美，没尽根原奈用何。”[③]可见，在他的心目中，学问是第一位的，先把学问做好，再去作诗文；学问是根本，不把根本的事情做好，只崇尚文辞的华美是没有用处的。

---

① 罗钦顺：《困知记》，见《景印文渊阁四库全书》第714册，卷上，台湾商务印书馆，1983年，第29—30页。

② 《退溪先生文集·别集》卷二，《闲居次赵士敬（穆）、具景瑞（凤龄）、金舜举（八元）、权景受（大器）相唱酬韵（辛亥）》之四，见《陶山全书》第三册，韩国精神文化研究院，1980年，第441页。

③ 《退溪先生文集·别集》卷二，《闲居次赵士敬（穆）、具景瑞（凤龄）、金舜举（八元）、权景受（大器）相唱酬韵（辛亥）》之十，见《陶山全书》第三册，韩国精神文化研究院，1980年，第441页。

权好文，字章仲，是退溪的长兄李潜的外孙，年幼时就有远大的志向和不凡的气质。20岁开始在退溪先生门下学习，退溪后来称赞他既有儒者的风度，又有潇洒脱俗的山林隐士风范。他因为母亲的缘故不得已去应举，中司马试。33岁时母亲去世，他服丧期满后，认为自己没有必要再做违背心意的事，遂断绝科举之路，去青城定居，奖勉后学，后被朝廷授官，也不去赴任。金世纯曾经说："老先生静默温雅气象，唯章仲有之。"[①]退溪在给权好文的信中说：

> 三复来书，嘉叹不已。而又不能无怪者，知路而不由，志勤而事左也。何者？李白、元结固非儒者之标准，章句、风月亦非为学之急务，此诚误矣。及其后也，结屋藏修，投山攻苦，自谓良有悟处，则宜可以有得也，何至今犹有不见之叹耶？夫诚未易见也，而人莫之求见，独章仲以为叹，吾所以为喜也。[②]

退溪心中有疑问，权好文找到了做学问的途径而不遵循，有志向治学却做与此相违背的事，然后提醒他唐代的李白和元结本来就不是儒者的标准，华丽的词章、吟风弄月也绝不是做学问的当务之急。要想领悟学问的主旨，就不能把主要精力放在文人所做的那些事上面，意即主要精力要倾注于学问。

李珥，字叔献，号栗谷，也是朝鲜李朝一位著名的思想家，他从23岁时进陶山拜见退溪先生，向先生请教"持敬""主一"的修己工夫和应事接物的要领。听闻其"尚词华"，退溪更是"欲抑之，不令作诗"。《答赵士敬（戊午）》中：

> 数日前，汉中李生珥自星山来访。关雨，留三日乃去。其人明

---

① 《陶山及门诸贤录》卷二，《权好文篇》，见贾顺先主编：《退溪全书今注今译》第八册，第632页。

② 《退溪先生文集·内集》卷五十三，《答权章仲（丙辰）》，见《陶山全书》第三册，韩国精神文化研究院，1980年，第127页。

> 爽，多记览，颇有意于吾学。"后生可畏"，前贤真不我欺也！曾闻其太尚词华，欲抑之，不令作诗。去日，朝雪作，试使吟咏，倚马出数首。诗则不如其人，然亦可观。①

退溪还评价郑惟一的诗说：

> 试卷玩咏反复，非但盛作甚进，属和诸人诗亦进。岂时月之间交相切磨所变耶？可尚！可尚！但一向驰思于云水峨洋之间，专无一句道着这边意思，何耶？拙者在此未安。②

退溪在称赞郑惟一诗歌创作取得很大进步的同时，也表达了自己的忧虑和担心，即郑惟一一心徜徉于自然山水之中，没有一句表达儒家的学问意思，这样下去是很危险的。由此观之，即使是在谈论文学，退溪也是把做学问放在第一位的，可以看出退溪作为理学家，在"文""道"之间选择重"道"的倾向。

对于"文""道"之间的关系，退溪与朱熹的思想一脉相承，认为"文道合一"，"文"源于"道"，"文"是从"道"中流出的，所以二者不可分离。例如，他评价李晦斋说："晦斋之学甚正，观其所著文字，皆自胸中流出，理明义正，浑然天成，非所造之深，能如是乎？"③退溪欣赏李晦斋文字的原因是看了他的作品，都是从胸中自然流出的"理明义正"之语，没有过分的抒情或者华丽的词语，思想内容与外在形式融合一体，浑然天成。可见退溪与朱熹一样，都认为"文道合一"。

退溪虽然在理学家的立场上重道轻文，但是并没有走向极端，正所谓轻

---

① 《退溪先生文集·内集》卷三十一，《答赵士敬（戊午）》，见《陶山全书》第二册，韩国精神文化研究院，1980年，第249页。

② 《退溪先生文集·内集》卷三十七，《与郑之中》，见《陶山全书》第二册，韩国精神文化研究院，1980年，第385页。

③ 《退陶先生言行通录》卷五，"议论"第4，见《增补退溪全书》第四册，成均馆大学大东文化研究院，1987年。

文而不废文。因为他也是一位著作等身、成就很高的文学家，认识到了文学的价值和意义。退溪曰："诗于学者最非紧切，然遇景值兴，不可无诗矣。"[①]虽然诗歌对于学者来说不是最重要和紧迫的事，但是遇到美好的景色，触景生情，因物兴感，要吐露胸中所蕴，抒发当下之感，则"不可无诗矣"。《次权生好文（癸亥）》一诗中写道："莫谓小诗妨学道，圣门商赐亦言诗。"[②]退溪提出不要认为吟咏诗歌会妨碍到学习道义，要知道儒家圣贤孔子也曾与他的学生讨论诗歌。《显卿载酒送余至楮子岛下次赠别韵复用前韵》中曰："莫笑文章为小技，胸中妙处状来真。"[③]事实上，退溪非但不认为文章文学是"小技"，而且还有"正心"的功效。其弟子赵士敬的《月川日记》载：

> 先生曰："某人甚有文才，而为人甚虚可恨，是知务文学矣，治心最紧，不可忽也。"余因率尔而对曰："心行不得正，虽有文学，何用焉？"先生曰："文学岂可忽哉？学文所以正心也。是亦《论语》首篇注，朱夫子论弟子职之意也。"[④]

退溪批评某人虽然文学方面很有才华，但是为人"甚虚可恨"，所以告诫弟子们从事文学创作，也要注意治理心性，这是最重要的。这里还是体现了他重"道"的一面。但是当学生们说"心行不得正"，还要文学有什么用的时候，他又强调说："文学怎么能忽视呢？学文可以正心。""正心"就是使心端正、真诚。在古人看来，心是人身体当中各种器官的思维主宰。如果使"心"做到真诚，就可以用这颗真诚的"心"去消除一切虚假。端正了"心"，就会使得身体的各个部位都俯首听命于它，使自己的所有行为都落到实处，

① 《增补退溪全书》第四册，成均馆大学大东文化研究院，1987 年，第 103 页。

② 《退溪先生文集·内集》卷三，《次权生好文（癸亥）》，见《陶山全书》第一册，韩国精神文化研究院，1980 年，第 112 页。

③ 《退溪先生文集·续集》卷二，《显卿载酒送余至楮子岛下次赠别韵复用前韵》，见《陶山全书》第三册，韩国精神文化研究院，1980 年，第 483 页。

④ 《退陶先生言行通录》卷二，《增补退溪全书》第四册，成均馆大学大东文化研究院，1987 年，第 34 页。

没有半点虚假和不符合道义的地方，所以学文对心性修养和钻研学问是有很大帮助的，不能忽视荒废。退溪在给郑惟一的信中说："故心能主宰，则物各付物，物不能为心害；心不能主宰，则虽作诗写字，游山玩水，程朱之门皆以为戒者，为此故也，亦不可不知也。"[①]文学创作原本并没有什么害处，关键是自己的心能做全身的主宰，心能主宰，则物各归其类，心就不会为外界的事物所累，文学就不会妨害到做学问。这就是为什么退溪会说"诗不误人人自误"了。

作为文学家，退溪不但不废文，还在很大程度上表现出对诗歌的喜爱。弟子评价："先生喜为诗，平生用功甚多。尝言：'吾诗枯淡，人多不喜。'然于诗用力颇深，故初看虽似冷淡，久看则不无意味。"[②]因为他"喜为诗"，所以留存到现在的古汉语诗歌就有2000余首。诗集当中既有独自一人坐在船里，心中涌起阵阵诗意的"兀坐舟中撩诗思"[③]，又有溪山的美丽景色启发灵感，使得诗骨峥嵘，诗语如流淌不息的泉水一样的"尔来自觉溪山助，诗骨巉巉笔洒泉"[④]；既有白发苍苍依然吟诵着无穷诗意的"白首吟诗意不穷"[⑤]，又有在溪水边的石头上写下名字，用来记住曾经在这里吟诗直到天暮的"戏题名字溪边石，记取临溪尽日吟"[⑥]。退溪"喜为诗"到了什么程度呢？他在给郑子中写的信里说道：

陶山诗作之太早，真庄周所谓"见卵而求时夜"，盖其屋舍皆未

① 《退溪先生文集·内集》卷三十五，《答郑子中》，见《陶山全书》第二册，韩国精神文化研究院，1980年，第354页。

② 《增补退溪全书》第四册，成均馆大学大东文化研究院，1987年，第103页。

③ 《退溪先生文集·别集》卷一，《过杨化驿前》，见《陶山全书》第三册，韩国精神文化研究院，1980年，第422页。

④ 《退溪先生文集·别集》卷一，《过昭阳江次韵春日昭阳江行》，见《陶山全书》第三册，韩国精神文化研究院，1980年，第426页。

⑤ 《退溪先生文集·内集》卷四，《寄题西谷青岩亭二首》，见《陶山全书》第一册，韩国精神文化研究院，1980年，第120页。

⑥ 《退溪先生文集·内集》卷三，《入洞憩涧石》，见《陶山全书》第一册，韩国精神文化研究院，1980年，第116页。

> 成，其言皆预拟者耳！近于非实，虽古人亦有如此，然尚不以示子弟者，以此故也。而前见闲居佳咏，不觉心喜，欲以平生心事所寓者奉酬，以相珍勉，所以遽出。继而思得与前日自戒者相反，欲少俟妆成屋子，往来栖息之日出示，朋友相与一笑而罢，庶免虚作之诮，故今亦不敢依索，想容恕察也。[①]

陶山的屋舍还没有修建完成，退溪就已经把吟诵它的诗篇写好了。虽然古人也有这样的情况，但是退溪考虑到恐怕别人会以为这是虚假之作，所以等以后真正落成之日，再和大家一起分享。之所以按捺不住，预先拟就，是因为退溪之前看到郑子中闲居之时创作的优美诗句，“不觉心喜”，继而诗兴大发，创作出寄托自己平生心事的诗词来回报他，借以相互珍重勉励。看到这里，一位喜爱诗歌、陶醉于文学创作中的诗人退溪形象就立体生动地跃然纸上了。

实际上，诗歌在退溪的一生中，特别是讲学、著述的后半生，发挥着重要的作用。退溪说：“万斛愁情谁解得，闲中陶写只凭诗。”[②]“眉间何事忽浮黄，诗到工能涤惋伤。”[③]万般的愁情只能通过诗歌来抒写，写诗达到妙境之时就可以涤除心中的忧伤。同时，诗歌还有医治病痛，抵御病魔的功效。如退溪写有“病疗诗是药”[④]“吟诗可敌幽忧疾，口角澜翻百卅章”[⑤]等诗句。此外，他与朋友交流思想、互诉衷肠也全靠诗篇。例如，《次韵赵松冈见寄》：“千里

---

① 《退溪先生文集·内集》卷三十四，《答郑子中》，见《陶山全书》第二册，韩国精神文化研究院，1980年，第324页。

② 《退溪先生文集·别集》卷二，《又次韵答松冈》其一，见《陶山全书》第三册，韩国精神文化研究院，1980年，第453页。

③ 《退溪先生文集·别集》卷二，《又次韵答松冈》其二，见《陶山全书》第三册，韩国精神文化研究院，1980年，第453页。

④ 《退溪先生文集·别集诗》卷二，《后数日再用前韵》，见《陶山全书》第三册，韩国精神文化研究院，1980年，第438页。

⑤ 《退溪先生文集·外集》，《辛亥早春，赵秀才士敬访余于退溪，语及具上舍景瑞、金秀才秀卿所和权景受六十绝，并景瑞五律，余肯欲见之。士敬归，即寄示，因次韵遣怀》其四，见《陶山全书》第三册，韩国精神文化研究院，1980年，第408页。

关河信苦迟，一封书到慰相思。微臣去国都缘病，宿契论心正赖诗。”[①]若没有诗歌创作来抒发内心的情感和陶冶情操、修养身心，没有朋友之间的酬唱往复、谈心沟通，退溪的生活是缺乏乐趣的，会失去色彩，黯淡无光，退溪身体和心灵的疾患忧愁也会无处安放，不能拥有舒心惬意的时光。所以退溪的文道观不仅仅要注意他作为理学家的立场而提出的见解，也要考察他作为文学家的角度，对“文”的深入理解和诠释。重道轻文而不废文，甚至非常喜爱诗文这两个方面就这样和谐、统一地集于退溪一身。

如果将退溪放置于中国古代文道观发展演变的大背景中来考察，他受孔子和朱熹的影响是最大的。这也是与他在学术上的远祖孔子、直宗朱子有很大关系。如前所述，孔子提倡温柔敦厚的诗教，注重文学作品的社会功用和道德教化，这一点对退溪产生了直接而重要的影响。《李子粹语》中评价退溪文章的风格和成就是：“为文本诸六经，参之古文，华实相兼，文质得中，雄浑而典雅，清健而和平，粹然一出于正。”[②]可见退溪写文章是以儒家经典著作为根本和依据，并适当参照其他古文，内容质朴充实，文风雄浑典雅、清健平和，没有庸俗戏谑的言语，没有过激偏执的表达，中和委婉，谦虚有度，一看就是出自于正宗学者的纯正之文。他的诗歌大体上也呈现出浓浓的雅正敦厚之风，注重思想内容的现实教化功能。著名的时调作品《陶山十二曲》更是为了教育民众、有益身心而专门创作的。“时调又称短歌或时节歌，源于新罗乡歌和高丽歌谣，是朝鲜中世纪的诗歌形式之一，三行六句，通俗易记，在李朝一直盛行。”[③]因其真实地反映社会现实而受到了广大民众的喜爱，所以发展迅速，上自帝王将相，下至黎民百姓，都参与到创作时调的活动中来。退溪用汉文和朝鲜文混合写成的《陶山十二曲》，在当时产生了很大的影响，一直延续到今天。他在《陶山十二曲·跋》中阐述了他的创作目的：

---

① 《退溪先生诗续集》卷二，《次韵赵松冈见寄》，见《陶山全书》第三册，韩国精神文化研究院，1980年，第483页。

② 《李子粹语》卷一，“为学”，见贾顺先主编：《退溪全书今注今译》第一册，第529页。

③ 马正应、闵胜俊：《李退溪文道观与时调〈陶山十二曲〉》，《贵州民族大学学报》第2期，2013年，第122页。

陶山十二曲者，陶山老人之所作也。老人之作此，何为也哉？吾东方歌曲，大抵多淫哇不足言，如《翰林别曲》之类，出于文人之口，而矜豪放荡，兼以亵慢戏狎，尤非君子所宜尚。惟近世有李鼈《六歌》者，世所盛传，犹为彼善于此，亦惜乎其有玩世不恭之意，而少温柔敦厚之实也。老人素不解音律，而犹知厌闻世俗之乐。闲居养疾之余，凡有感于情性者，每发于诗。然今之诗异于古之诗，可咏而不可歌也。如欲歌之，必缀以俚俗之语，盖国俗音节所不得不然也。故尝略仿李歌而作为陶山六曲者二焉。其一言志，其二言学。欲使儿辈朝夕习而歌之，凭几而听之，亦令儿辈自歌而自舞蹈之，庶几可以荡涤鄙吝，感发融通，而歌者与听者不能无交有益焉。[①]

因当时流行于民间的歌曲“淫哇不足言”，即便是出自文人之手的，如《翰林别曲》这样的，也是“矜豪放荡，兼以亵慢戏狎”。李鼈的《六歌》虽然较好一些，但是也“有玩世不恭之意，而少温柔敦厚之实也”，所以退溪想要创作歌曲。他在闲居养病之时，用汉文写了很多古诗。这些诗“可咏而不可歌也”，如果要演唱，必须用流行的俗语把它连缀起来，使得与朝鲜的俗语音节相符合，但这是不得已的做法，效果并不理想。于是退溪模仿李鼈的《六歌》而作陶山六曲二组，第一组是说人生的志向，第二组是关于做学问的。写成之后，交给儿辈们朝夕歌唱，且歌且舞，旨在荡尽涤除粗鄙不雅的思想，使歌者与听者都大有益处。高令印在《李退溪与东方文化》中也概括说：“李退溪认为，过去文人所作歌曲，不仅没有思想性，还‘矜豪放荡，兼以亵慢戏狎’，不适合君子歌唱，而自己所作诗又只能咏而不能歌，于是他作十二曲，其内容是言志、言学，能使歌者、听者提高思想意识，还能使他们增加情感。这就是说，他所作的十二曲是载道的。”[②]所以退溪深受儒家传统诗

① 《退溪先生文集·内集》卷六十，《陶山十二曲·跋》，见《陶山全书》第三册，第294页。

② 高令印：《李退溪与东方文化》，厦门大学出版社，2002年，第166页。

教的影响，将温柔敦厚作为评价诗歌的标准，注重诗歌的实际功效和社会教化；在“文”与“道”之间，选择把“道”放在重要的位置，“文”的创作与传播都是为了宣传“道”、承载“道”和阐明“道”，“文”要服务于“道”，才能真正实现它的价值。这些都是退溪受到以孔子为代表的传统儒家文道观的影响而进行的创作实践。

退溪一生最尊崇朱熹，他在文道观方面受到朱熹的影响就更多了。比如，退溪认为人生最重要的事情是做学问，做学问是根本，把根本的事情做好，有多余的精力时再去兼顾诗文，这是直接秉承朱熹的“道”是根本、“文”是枝叶、重道轻文的思想。退溪认为李晦斋的文字都是从胸中自然流出的“理明义正”之语，这与朱熹的“文皆是从道中流出”“文道合一”的观点如出一辙。朱熹没有完全废绝文辞，他认为“作诗间以数句适怀亦不妨”，但不要写得太多，不要沉溺于其中无法自拔，要把握好适当的尺度，“至如真味发溢，又却与寻常好吟者不同”，追求平淡自然的状态下所创作的散发“真味”的诗歌。退溪在此基础上提出“莫笑文章为小技，胸中妙处状来真”，认为文学创作并非“小技”，而是“胸中妙处”的真实流露。诗歌虽然对于学者来说不是最重要的事，“然遇景值兴，不可无诗矣”。朱熹喜爱诗歌，控制自己不要多作的情况下也写了1300多首诗。退溪学习朱熹，在诗歌创作方面“用功甚多”，不仅作品数量庞大，而且艺术成就和水准颇高。诗歌不仅是他与朋友、弟子们交流思想、沟通感情的重要方式，甚至成为他后半生抵御身体病痛和心灵愁苦的良药，为他的生活增添了很多乐趣。不得不说，朱熹在文道观方面对退溪的影响是显而易见的。

## 三、与同时期中国明代理学家文道观之比较

退溪生活的年代，相当于中国明代的中后期，与他生卒年相差不多的中国理学家，如邹守益（1491—1562）、王畿（1498—1583）等，都属于阳明学派中人。退溪与他们的文道观相比，有很多相同的地方，同时也存在差异。比如，在“道本文末”方面，王畿说：

> 道之可见谓之文，文散于万，故曰博，博文，我博之也。其不可见谓之礼。礼原于一，故曰约，约礼，我约之也。[①]
>
> 先生曰："文者，道之显，言语、威仪、典词、艺术一切皆可循之业，皆所谓文也。[②]

他认为"文"是"道"之显，与"道本文末"基本一致，"文"只是"道"的外在显现，"文"是用来体现、展示"道"的，而"道"才是根本与主要的。又说："道器合一，文章即性与天道，不可见者，非有二也。性与天道，夫子未尝不言，但闻之有得与不得之异耳。"[③]可见，"文"与"道"并非割裂开来，一分为二。"文"是"道"之"文"，文道合一、文道结合。王畿的上述观点与退溪的"学问要当先本领""今人竞尚文华美，没尽根原奈用何""观其所著文字，皆自胸中流出，理明义正，浑然天成"的想法可谓是不谋而合，大体相当。

但是对于作"文"是否妨"道"这个问题，在邹守益看来：

> 良知之明，蒸民所同，本自皜皜，本自肫肫，常寂常感，常神常化，常虚常直，常大公常顺应，患在自私用智之欲所障，始有所尚，始有所倚。不倚不尚，本体呈露，宣之为文章，措之为政事，犯颜敢谏为气节，诛乱讨贼为勋烈；是四者，皆一之流行也。[④]

文章与政事、气节、勋烈都是包括在"致良知"的工夫当中，"是四者，皆一之流行也"。如此一来，做文章自然就不会妨害"道"了。阳明心学一派与程朱理学以"天理"为本体不同，他们是以"心"为本体，主张心外无理，心外无物。为道工夫不在于穷致事物之理，而在于"以心正物"，知行合一的

① 王畿：《书累语简端录》，见《王龙溪全集》卷 3，台湾华文书局，1970 年，第 33 页。

② 王畿：《复阳堂会语》，见《王龙溪全集》卷 1，台湾华文书局，1970 年，第 10 页。

③ 王畿：《书累语简端录》，见《王龙溪全集》卷 3，台湾华文书局，1970 年，第 23 页。

④ 邹守益撰，董平编校：《邹守益集》，凤凰出版社，2007 年，第 40 页。

“致良知”成为心学的主旨。由此出发，王阳明曾明确提出“文不妨道”：

> 作文字亦无妨工夫，如“诗言志”，只看尔意向如何，意得处自不能不发之于言，但不必在词语上驰骋。言不可以伪为。且如不见道之人，一片粗鄙心，安能说出和平话？总然都做得，后一两句，露出病痛，便觉破此文原非充养得来。若养得此心中和，则其言自别。①

在王阳明看来，做文章不会妨碍到学问工夫，主要看你的心意如何，“意得处自不能不发之于言”。他之所以提出这样的观点是因为在心学一派看来，做学问不需要格尽天下事事物物之理，而主要是在“心”上做工夫。心即是理，格物变成了格心。通过读书、应举、作文、为官等人生实践，知行合一地自至人人皆有的良知。所以“以心正物”，则“文”不会妨害“道”。当然，“不必在词语上驰骋”说明他并没有给予“文”过多的独立价值，但是比起程朱理学的“作文妨道”的观念还是有差别的。程颐提出“作文害道”的极端主张，使得后世的一些理学家排斥、鄙视文学，造成了理学对文学的巨大压力，以及理学与文学之间关系的紧张。朱熹虽然没有完全废绝文辞，但是也表示了对此问题的担心：“才要做文章，便是枝叶，害着学问，反两失也。”②退溪虽然说过“莫谓小诗妨学道，圣门商赐亦言诗”，但是他听闻李珥尚词华，就“欲抑之，不令作诗”；对郑惟一的诗歌内容“一向驰思于云水峨洋之间，专无一句道着这边意思”表示忧虑与担心。由这种种行为来看，退溪还是对作文妨道有所顾虑和忌惮的。从这个问题上也可以看出，退溪与生活在同时期的中国理学家相比，其文道观还是秉承朱熹一脉发展而来，是属于朱子学在文道观上的反映。与中国明朝中后期心学繁盛，朱子学式微不同，退溪在朝鲜坚持并发展朱子学，使其重新焕发新的生机与活力，为学为文皆以朱子思想为典范和圭臬，并结合自身情况有所发展，与当时中国的理学家不

① 王守仁撰，吴光、钱明编校：《王阳明全集》，上海古籍出版社，1992 年，第 1178 页。

② 黎靖德编：《朱子语类》卷 139，中华书局，1986 年。

同，具有别样的风貌与特点。他的文道观补充了中国古代文道观中朱子学一派的余韵，对丰富和扩展古代文论的内容具有积极的意义。

## 第二节　文学创作论

文学创作是人类的一种高级的精神创造活动，作家通过审美体验与艺术想象，借助语言文字而创作出可供读者阅读和欣赏的文学作品。文学创作通常来源于生活又高于生活，既是现实社会的深刻反映，又是作家精神世界的外在投射。而文学创作理论则是文学家在丰富的创作实践中总结出来的指导人们写作的原理、方法和规律。文学创作论包括创作目的、创作思维、创作方法、作家的个人修养等方面。退溪与同时期的理学家相比，文学作品的产量颇丰，创作实践经验也较为丰富。在他的著作当中，讲到为诗为文的思想言论也有很多。比如关于创作目的，退溪在《陶山十二曲·跋》中说，这十二首曲子"庶几可以荡涤鄙吝，感发融通，而歌者与听者不能无或有益焉"，说明退溪创作文学作品是为了去除人们思想中粗鄙不正的杂念，实现对身心两方面皆有益处的教化功能。作家的个人修养与其文学创作具有密切的关系，关于这一点，退溪认为："固有敦厚之实者，其辞和正，有轻躁之心者，其辞浮华。本深而末茂，形大而声宏。其为人也，苟有忠爱之大节，则其发而为诗者，亦岂常人之所可及哉。"[①]他专门指出，作家内在的精神气质、品德修养决定了作品所呈现的风格特点，所以敦厚者其辞和正，轻躁者其辞浮华。关于创作方法，也就是说具体怎样做才可以写出好的诗文，退溪的见解颇为丰富，概括起来主要有以下三个方面。

① 《退溪先生文集·遗集》外篇卷七，《策》，见《陶山全书》第四册，韩国精神文化研究院，1980年，第314页。

## 一、学古与法度

退溪的弟子郑琢，字子精，15岁就跟随退溪学习。他人品端正，仁爱宽厚，遇到朋友有困难必定出手相助，学问方面也颇得退溪思想之要领。宣宗大王称赞他："有师友渊源之学，补之以温恭；有君臣经济之才，守之以中正。"[①]退溪在1566年写给他的一封信中，通篇论述了文学作品的创作方法，其中有这样一段话：

> 然鄙意犹有所可虑者，夫诗虽末技，本于性情，有体有格，诚不可易而为之。君惟以夸多斗靡，逞气争胜为尚，言或至于放诞，义或至于庞杂，一切不问而信口信笔胡乱写去，虽取快于一时，恐难传于万世。况以此等事为能而习熟不已，尤有妨于谨出言、收放心之道，切宜戒之。仍取古今名家，着实加工而师效之，庶几不至于坠堕也。[②]

退溪认为诗歌虽然属于末技，但是发于性情，有体例有规格，绝不可胡乱写就。要想摒弃放诞的言辞、庞杂的意义，使所写的作品不是只图一时的痛快而能成为流传万世的精品，就应该学习古今名家之作，好好下功夫去效法，这样才可以取得好的结果而不至于堕落。

学习前人的成功之作，就是站在巨人的肩膀上起飞，可以吸取借鉴前贤的成功经验，规避写作中常见的毛病和弊端，确保作品的水平和质量。退溪学承朱熹，作为理学家，他们都认为人生的第一要务是明理、做学问，而不要把精力花费在琢磨文学形式上面，既然先贤留下了这么多经典的作品，为什么不去学习模仿呢？这对初学者来说，是一条既省时又省力的捷径。朱熹也提出学习古人可以取得写作上的进步：

---

① 《陶山及门诸贤录》卷二，郑琢篇，见贾顺先主编：《退溪全书今注今译》第八册，第593页。

② 《退溪先生文集·内集》卷四十九，《与郑子精》，见《陶山全书》第三册，韩国精神文化研究院，1980年，第53页。

向来初见拟古诗，将谓是学古人之诗。元来却是如古人说“灼灼园中花”，自家也做一句如此。“迟迟涧底松”，自家也做一句如此。“磊磊涧中石”，自家也做一句如此。“人生天地间”，自家也做一句如此。意思语脉，皆要似他底，只换却字。某后来依如此做得二三十首诗，便觉得长进。盖意思句语血脉势向，皆效他底。大率古人文章皆是行正路，后来杜撰底皆是行狭隘邪路去了。而今只是依正底路脉做将去，少间文章自会高人。①

朱熹从自己的实践经历出发，告诉大家要学习、模仿古人的经典名句，把握主要的意思和语脉，稍微改动换却一些字，长期坚持，日积月累，就可以取得长足的进步。古人文章皆是行正路，依照这样的正路去做，经过一段时间之后，写出的文章自然会高过他人。学古、崇古一直是中国古代文学创作中的一个大的趋势，从韩愈的唐代古文运动到明代前、后“七子”的复古运动，都把他们所认为的可以称作典范和榜样的前人文章作为指导实际创作的范本，从中学习与汲取有益的经验和做法。退溪与朱熹作为著名的理学家，在文学创作方面也与古文家们有着共同的见解，他们都意识到了写作过程中模仿学习古人的重要性。

读退溪的《喜林大树见访论诗》②，可以了解到：在临近除夕新岁的一天，傍晚时分，夕阳西下，退溪一人愁卧于僻巷陋室之中，孤守着久病的身躯。冷清寂寞、无限惆怅之时，林大树到访，两人互相问候交流，退溪心里很是喜悦。他说：“开怀听其言，矍铄何恢豁。学诗追甫白，学道慕庄列。往往诵杰句，掀簸困造物。壮气隘宇宙，六鳌可手擒。”退溪用艺术化的手法对朋友的人品和文学才华进行称赞，随后又说：“我初惊且叹，中颇疑以诘。自非圣于诗，法度安可辍。”这里提到了写诗的过程中遵守“法度”的问题。法度在中国古代文艺创作领域中是一个比较重要的术语，它强调具体的创作技巧、

① 黎靖德编：《朱子语类》卷139，中华书局，1986年，第3301页。

② 《退溪先生文集·别集》卷二，《喜林大树见访论诗》，见《陶山全书》第三册，韩国精神文化研究院，1980年，第450页。

创作法则和创作规律，很大程度上决定了作品的审美价值。“法度”一词，最早出现于《尚书·大禹谟》中，而《论语》《庄子》《史记》等典籍中也有使用，但是和文学艺术关联不大，主要是指法令制度、规范规则等。后来“法度”一词逐渐被引入文艺领域，成为作家创作的技巧与法则。

唐代是对法度论进行系统讨论的第一个时期，对诗歌特别是近体诗的篇章、字句、声调、音律、用典、对偶等各个方面的规则都进行了系统的总结。宋代姜夔所著的《白石道人诗说》，是一部“为不能诗者作，而使之能诗”的诗学理论著作，其中提到了“守法度曰诗”[①]，强调了近体诗的法度谨严，必须严格遵守种种规则，才能称之为诗。王安石也十分重视诗歌的法度，如李之仪《姑溪居士后集》卷十五《杂题跋》记载：“舒王解字云：‘诗，从言从寺。寺者，法度之所在也。’”[②]叶梦得在《石林诗话》中评价王安石的诗作：“荆公诗及四六，法度甚严。”进入明代，作为政坛领袖和文坛领袖的李梦阳，对诗歌的规则、法度极为重视，他说：“古之工，如倕如班，堂非不殊，户非同也，至其为方也，圆也，弗能舍规矩。何也？规矩者，法也。”[③]李梦阳的做法在当时产生了很大的影响，许多文学家纷纷表示对诗歌法度的重视，如王世贞说：“字有字法，句有句法，篇有篇法，此三者不可一失也。”[④]何景明认为“诗文有不可易之法”[⑤]。王廷相提出：“工师之巧，不离规矩。”[⑥]徐祯卿主张诗歌创作“贵先合度，然后工拙”[⑦]。

与之相反，中国历史上也出现过许多蔑视法度、超越法度的言论，如宋代的大文豪苏轼。他主张写文章不必受诗法、文法的束缚，诗由己出，文随

---

① 吴文治主编：《宋诗话全编》卷七，凤凰出版社，2006年，第7548页。

② 转引自吕肖奂：《从“法度”到“活法”——江西诗派内部机制的自我调节》，《复旦学报》（社会科学版），1995年，第83页。

③ 蔡景康编选：《明代文论选》，人民文学出版社，1993年，第99页。

④ 王世贞：《华仲达》，见《弇州山人四部续稿》卷一百八十一文部，清文渊阁四库全书本。

⑤ 何景明撰，李淑毅等点校：《与李空同论诗书》，见《何大复集》，中州古籍出版社，1989年，第576页。

⑥ 王廷相：《与郭价夫学士论诗书》，见《王氏家藏集》卷二十八，明嘉靖刻清顺治十二年修补本。

⑦ 徐祯卿撰，何文焕辑：《谈艺录》，见《历代诗话》，中华书局，1981年，第769页。

己意，自由通脱，法不过是为文的形式与末技。他说：

吾文如万斛泉源，不择地而出，在平地滔滔汩汩，虽一日千里无难。及其与山石曲折、随物赋形而不可知也。所可知者，常行于所当行，常止于不可不止，如是而已矣，其他虽吾亦不能知也。①

又说：

（为文）大略如行云流水，初无定质，但常行于所当行，常止于所不可不止，文理自然，姿态横生。②

明代后期，公安派的代表人物袁宏道也认为文学创作不应该拘泥于古人，不能局限于固定的法度，他提出“文章新奇，无定格式，只要发人所不能发，句法、字法、调法，一一从自己胸中流出，此真新奇也”③。苏轼是文学大家，天纵之才，自然对这些规则技巧不以为然。袁宏道以性灵为本，倡导没有约束的自由表达，对外在的法度规则极力批判，认为文章没有固定的格式，贵在新奇。退溪在这个问题上，还是采取比较谨慎的态度，毕竟对于初学者而言，而且大多数都是普通资质，要想写出好的诗文，遵守法度、学习古人是比较稳妥的做法。而且退溪作为理学家的立场，尊重事物的普遍规律，按照法度规则行事也是他一贯践行的原则，所以在文学创作论方面自然主张要学习古人、遵守法度。这也是理学思想对其文学影响的一个方面之体现。

## 二、熟读与锻炼

书读千遍，其义自见。一遍又一遍的阅读之后，熟练掌握诗文的内容与

---

① 郭绍虞：《中国历代文论选》（第二册），上海古籍出版社，1979 年，第 310 页。

② 郭绍虞：《中国历代文论选》（第二册），上海古籍出版社，1979 年，第 307 页。

③ 蔡景康编选：《明代文论选》，人民文学出版社，1993 年，第 330 页。

形式，在此基础上再展开文学创作，就可以达到熟能生巧、通达自如。退溪对这一点深有体会，他说：

> 古文后集有气之文也。须读取五六百遍，然后始见功。吾壮年只读得数百余遍，而操笔临纸，则若或起之，自然胸中流出矣。[①]

又说：

> 取古文之宜于其业者，昼夜诵读五六百遍以至千遍，积功之深如老苏之为者，如是而后操笔而书之纸，必有浑浑乎觉其来之易也。[②]

通过熟练阅读“有气之文”和“古文之宜于其业者”，日夜诵读五六百遍以至上千遍，然后提笔在纸上书写文章，就会文思泉涌，通顺流畅，感觉像是从胸中自然流出一样的简单容易。这是退溪自己的亲身体验，也是功到自然成的生动诠释。朱熹也是再三强调要熟读成诵，涵咏体会。他说自己年轻的时候就是从熟读典籍的过程中领悟到作文之法的：

> 某从十七八岁读至二十岁，只逐句去理会，更不通透。二十岁已后，方知不可恁地读。元来许多长段，都自首尾相照管，脉络相贯串，只恁地熟读，自见得意思。从此看《孟子》，觉得意思极通快，因悟作文之法。[③]

朱熹发现好的文章，各个段落之间，首尾相照，脉络贯穿，如果只是一个句子一个句子地理解，就无法做到全篇通透，只有一遍又一遍熟练地阅读，才

---

① 《退溪先生言行录》卷五，“类编”，见贾顺先主编：《退溪全书今注今译》第五册，四川大学出版社，1992 年。

② 《退溪先生文集·续集》卷六，《答柳希范》，见《陶山全书》第三册，韩国精神文化研究院，1980 年，第 561 页。

③ 黎靖德编：《朱子语类》卷 105，中华书局，1986 年，第 2630 页。

能领悟其中的深义，用这种方法去看《孟子》，感觉理解起来就非常通顺畅快了，因而领悟了写文章的方法，又进一步指出熟读经典可以写成第一等文章：

> 读《孟子》，非惟看它义理。熟读之，便晓作文之法：首尾照应，血脉通贯，语意反复，明白峻洁，无一字闲。人若能如此作文，便是第一等文章。[①]

朱熹自己亲身经历之后，受益匪浅，也用相同的方法教育儿子。他曾对友人说："此儿读《左传》向毕，经书要处，更令温绎为佳。韩、欧、曾、苏之文，滂沛明白者，拣数十篇，令写出，反复成诵，尤善。"[②]又说："若会将《汉书》及韩、柳文熟读，不到不会做文章。"[③]"人要会做文章，须取一本西汉文与韩文、欧阳文、南丰文。"[④]退溪向来喜欢读朱熹的诗文著作，在熟读精思、下笔成文方面也受到了朱熹很多的影响。

诗歌是用高度凝练的艺术形式表达作者深刻的思想和丰富的情感。古代许多脍炙人口的诗篇，都在反复锤炼、精心修改的字句之中传达一种言有尽而意无穷的深义，使得读者久久回味，记忆犹新。况周颐在《蕙风词话》中说："乃精益求精，不肯放松一字，循声以求，忽然得至隽之字。或因一字改一句，因此句改彼句，忽然得绝警之句。此时曼声微吟，拍案而起，其乐何如！"[⑤]退溪在与郑琢的书信当中，也提到了写诗要多锻炼加工这一点：

> 争胜诸诗，好者居三分之二，其一分中亦非无可喜，但其未满一分之不好，足以尽掩其二分之好。其好之二分，受累于不好之分，而皆归于不好，是为可惜。故古之能诗者，千锤百炼，非至恰好，

① 黎清德编：《朱子语类》卷19，中华书局，1986年，第436页。

② 《答蔡季通》，见《朱文公文集》卷四四，第4页。

③ 黎靖德编：《朱子语类》卷139，中华书局，1986年，第3321页。

④ 黎靖德编：《朱子语类》卷139，中华书局，第3321页。

⑤ 况周颐著，王幼安校订：《蕙风词话》，人民文学出版社，1960年，第12页。

不轻以示人。故曰“语不惊人死不休”，此间有无限语言。[①]

退溪指出郑琢的诗中，好的占三分之二，不好的占三分之一。这三分之一里面也不是完全没有可取之处，但是因为这三分之一的不好，却掩盖了三分之二的好，致使好的三分之二也受到了不好的三分之一的拖累，是非常可惜的。所以创作诗歌应该多多锻炼，争取做到篇篇都是精品。古代擅长写诗的人，不经过千锤百炼，没有达到至佳的境界，是不会轻易拿给别人看的，这就是所谓的“语不惊人死不休”。《奉还黄仲举寄〈文章欧冶〉兼赠诗一篇》中写道：

黄子得奇书，号曰文章冶。
惊见未曾有，携来从都下。
不忍独擅奇，示我拔懜寡。
初窥炫夺目，至实靡容把。
文章似金矿，祇在垆锤者。
百炼取精英，千磨非苟且。
造化为橐钥，妙手难虚假。
苟能得三昧，可以追屈贾。[②]

黄俊良（字仲举）得到了一本关于文章写作方法的书，特地拿给退溪看。退溪一看就如获至宝。文章就好比金矿，主要看冶炼和锻锤的人怎样来做。千锤百炼才能得到精华，这是做文章的要领。在《喜林大树见访论诗》中，退溪这样规劝林大树写诗：“曷不少低头，加工炼与律。”可见，退溪认为要写出好的诗文，离不开作者的反复锤炼。

---

① 《退溪先生文集·内集》卷四十九，《与郑子精》，见《陶山全书》第三册，韩国精神文化研究院，1980年，第53页。

② 《退溪先生文集·别集》卷二，《奉还黄仲举寄〈文章欧冶〉兼赠诗一篇》，见《陶山全书》第三册，韩国精神文化研究院，1980年，第438页。

文学创作中的加工锻炼，反映了作者的写作态度和艺术功底。精练后的佳句，寄寓了深远优美的意境和鲜明生动的形象，既简约凝练，又余味曲包，具有一唱三叹、回味悠长的绝妙境界。而这种锻炼既包括炼字，即具体字句的推敲斟酌，也包括炼意，即诗歌意味、意境的经营呈现。唐代诗人王昌龄在《诗格》中说："凡属文之人，常须作意，凝心天海之外，用思元气之前，巧运言词，精炼意魄。"①

退溪提到的"语不惊人死不休"一句，出自唐代大诗人杜甫的诗歌《江上值水如海势聊短述》，是杜甫面对像大海一样汹涌澎湃的江水，有感而发的抒怀之作。其中提到自己性情孤僻，醉心于写诗，最喜欢锤炼诗句，达到了不惊人就死也不会罢休的地步。杜甫也由此成为中国诗歌史上的"炼字"第一人。杜甫的"炼字"并不是过分追求字句的华丽、艰深、工巧，而是简洁明了又寓意深刻。如《春夜喜雨》中的"随风潜入夜，润物细无声"中的"潜"字，一下子就赋予了细雨人的神态。《奉酬李都督表丈早春作》中的"红入桃花嫩，青归柳叶新"，表示色彩的"红"和"青"置于句首，使得桃花和柳叶这两个诗歌意象的色彩显得格外鲜活亮丽，而"潜""红""青"等绝非什么奇特拗口之字，都是生活中经常用到的最朴素的语言。锻炼的目的是准确生动地反映作者对外在客观事物的主观心理感受，使现实生活中的原材料在作者的心中经过艺术化的锤炼与提取，成为绝世之作。锻炼不是咬文嚼字，而是妙造自然，像杜甫这样，虽然很用功地书写诗句，但是读起来传神自然，一气呵成，好像没有特别刻意的、人工斧凿的痕迹，这就是"极炼如不炼"。正如叶梦得所说："诗语忌用巧太过，然缘情体物，自有天然之妙，虽巧而不见刻削之痕。"②杜甫的诗作在宋代逐渐受到推崇。黄庭坚作诗以杜甫为宗，模仿的同时另辟蹊径，自成一家，并引导后学形成了盛极一时的"江西诗派"。张戒在《岁寒堂诗话》中说："韩退之之文，得欧公而后发明。陆宣公之议论，陶渊明、柳子厚之诗，得东坡而后发明。子美之诗，山

① 张伯伟：《全唐五代诗格汇考》，凤凰出版社，2005 年，第 163 页。

② 逯铭昕：《石林诗话校注》，人民文学出版社，2011 年，第 170 页。

谷而后发明。”[①]杜甫的影响逐渐扩大，他的锻炼之法也被后学继承，如张表臣在《珊瑚钩诗话》中说：“诗以意为主，又须篇中炼句，句中炼字，乃得工耳。”[②]葛立方在《韵语阳秋》中引用阮阅的“作诗在于炼字”[③]。退溪显然在这一点上也受到了杜甫的影响，注重文学创作过程中的锻炼加工，认为这是写出优秀诗作的重要方法。

## 三、奇正之重正

李祯，字刚而，号龟岩。25岁考中状元，被授任荣川守，在陶山拜退溪为师，退溪对他非常器重，两人经常论辩研讨学问。在《答李刚而问目》中，退溪写道：

> 韩、柳、曾、苏，曾谓曾巩，字子固，即南丰先生。其文，亚于欧公，所以令习，苏与庄、荀之文，岂不以受之资秉，未可遽以向上事望之，而属文一事，初学亦不可不知蹊径。[④]

对于写文章这件事，退溪认为初学者不能不知道蹊径，那就是要向韩愈、柳宗元、苏轼、曾巩这样的名家学习。苏轼天赋异禀，寻常人未必学得来，但是曾巩的文章是可以好好模仿研究的，这是文学创作的常规做法，是每个初学者在刚开始写作时都要经历的阶段。而关于遵守常规重要还是创新出奇重要这个问题，退溪则提出：

> 大抵文字常格之外，自出机杼，如兵法之出寄无穷，固是妙处，然其出奇处，亦须有节度方略，有来历可师法，故可贵而不败。若

① 张戒：《岁寒堂诗话》，中华书局，1985年，第12页。

② 吴文治：《宋诗话全编》卷3，凤凰出版社，2006年，第2603页。

③ 吴文治：《宋诗话全编》卷2，凤凰出版社，2006年，第2015页。

④ 《增补退溪全书》第一册，《答李刚而问目》，成均馆大学大东文化研究院，1987年，第525页。

无是数者，而过于好奇，则不败者鲜矣。何可每每以是为贵？其合用正法处，止当用正法可也。今此文字全篇别一机杼，好是兵法之出奇，滉所欲改处，皆是奇兵之中，一二曲节合用正法处。若并此而欲一一皆用奇，而厌于用正，岂不是好奇自用之病耶？[①]

“正法”就是常格，即写文章的常规方法；“奇处”就是“机杼”，即创新奇特的地方。写文章时布局谋篇就像在战场上运用兵法一样，“出寄无穷”，变化多端，这固然是妙处，但是退溪在此之意其实是更重“正法”。他说：“然其出奇处，亦须有节度方略，有来历可师法，故可贵而不败。若无是数者，而过于好奇，则不败者鲜矣。”意思是说：出奇，要把握好尺度，即使是创新之处，别具一格，也要有节度方略，有来历可以效法，而不能凭空瞎想，一味追求奇特。退溪将李刚而所寄的文章中应该用正法却要出奇之处，进行了修改，表明了退溪在文学创作中对于如何处理固守常规和变幻新奇这个问题的态度：他还是趋向于正法和常规的，不崇尚一味出奇，而是强调和重视“正”。如果该用正法的地方也全部都要出奇创新的话，就是犯了好奇自用的毛病，这一点是必须要注意的。

中国古代文论当中，关于奇正方面的观点也是比较丰富的。“奇正”一词，原本是中国古代哲学及兵学领域的用语，最早出现在《老子》当中。老子曰：“以正治国，以奇用兵，以无事取天下。”[②]又曰：“正复为奇，善复为妖。”[③]老子认为“奇”与“正”之间是相互对立而又统一的关系，注重二者之间的相互转化，提倡要以发展变化的眼光去看待奇正之间的关系。中国古代著名军事家孙武在《孙子兵法》中也提到奇正：

三军之众，可使必受敌而无败者，奇正是也……凡战者，以正

---

① 《退溪先生文集·内集》卷二十八，《答李刚而（别纸）》，见《陶山全书》第二册，韩国精神文化研究院，1980年，第192页。

② 陈鼓应：《老子注译及评价》，中华书局，2009年，第275页。

③ 陈鼓应：《老子注译及评价》，中华书局，2009年，第279页。

> 合，以奇胜，故善出奇者，无穷如天地，不竭如江河。……战势不过奇正，奇正之变，不可胜穷也。奇正相生，如环之无端，孰能穷之。[①]

“正”就是指按照常规的方法作战，正面与敌军对峙，直接进攻，面对面地交锋。“奇”就是变换方法，侧面迂回，灵活应对。孙武非常重视“奇”的运用，“以正合，以奇胜”，打仗时要运用特殊的方法战术出奇制胜。同时强调奇正之间关系的转化，“奇”可以变成“正”，“正”也可以变为“奇”。正确处理这些情况才能取得战争的胜利。其后，孙膑在此基础上，进一步阐述了“奇正相生”“出奇制胜”的思想。他说：

> 同不足以相胜也，故以异为奇。是以静为动奇，佚为劳奇。饱为饥奇，治为乱奇，众为寡奇。发而为正，其未发者奇也。奇发而不报，则胜矣。有余奇者，过胜者也。[②]

战场之上，不能总是用一种方法来对付敌人，正所谓“出奇制胜”，“出奇”是保证战争胜利的关键。在兵法领域，“正”即正规、常规的作战方法，处于主导地位；“奇”则是特殊的、不合常规的作战方法，是对“正”的配合和补充。“奇”与“正”相互结合，才能最终取得胜利。孙武与孙膑对“奇”都表示了重视与肯定。

刘勰是第一个把“奇正”应用到文学理论领域的人。在《文心雕龙》中，他用“奇正”来论述文章的思想内容，“六经”所表现的儒家正统思想是“正”，与其背离的则是“奇”；用“奇正”来区分文章的辞采，“正辞”就是正面的、朴实的语言，“奇辞”就是奇异的、诡谲的文字。对于文学创作的方法问题，他在《定势篇》云：“旧练之才，则执正以驭奇；新学之锐，则逐奇而失正。”[③]经验丰富的老手在写文章时能够在秉持常规、经典的同时灵活驾驭

① 蒲友俊：《孙子兵法》，巴蜀书社，2008 年，第 48 页。

② 傅振论：《孙膑兵法》，巴蜀书社，1986 年，第 194 页。

③ 刘勰著，周振甫注：《文心雕龙注释》，人民文学出版社，1981 年，第 340 页。

奇特新颖的作法，而新手则为了追逐新奇而失去正统。“执正驭奇”是刘勰处理奇正关系所积极提倡的。明初的诗论家周叙说诗歌创作：“若兵家之阵，方以为正，又复是奇，方以为奇，忽复是正，出入变化不可纪，而法度不乱。”[①]他和退溪一样，用兵法来比喻文学创作，看到了“奇”“正”之间关系的变化，二者既相互对立，又互相转化，而在这不断的变化当中，要注意的还是法度不能乱，强调偏重“正”的一面。关于文学创作论中，用正法还是出奇处，与之相类似的观点还有明代吕本中的“活法论”，他在《夏均父·集序》中云：

> 学诗当识活法。所谓活法者，规矩备而能出于规矩之外，变化不测而亦不背于规矩也。是道也。盖有定法而无定法，无定法而有定法。知是者，则可以与语活法矣。[②]

吕本中认为作诗的活法是遵守规矩，又不死守规矩，能自由出于规矩之外，变化多端的同时又不背离规矩。吕本中是针对当时江西诗派死守规矩、不懂变通之弊端而提出的补救措施，与退溪、刘勰、周叙等以“正”为根本，“奇”“正”之中更偏重于“正”的思想相比，应该是更趋向于灵活变化的“奇”的一面。退溪的奇正观放在中国古代文论的大背景中来考察，也颇有研究价值与意义。

## 第三节　文学批评论

文学批评包括广义与狭义两个方面。广义的文学批评基本上等同于文学理论研究，其涵盖内容十分宽泛，既包括作品评价，又包括探究文学的原理

① 周叙：《诗学梯航》，见吴文治主编：《明诗话全编》，凤凰出版社，1997年，第987—989页。

② 郭绍虞：《中国历代文论选》（第二册），上海古籍出版社，1979年，第367页。

规律等。狭义的文学批评是文学鉴赏的深化与提高，是文学家根据一定的文艺观点和审美标准，对各种文学现象和作家作品进行分析、研究、评价、判断的科学阐释活动。文学批评与文学创作对于文学事业而言，就像是鸟之双翼、车之两轮，是彼此依存、不可分离的，共同促进文学的整体发展。本节所要探讨的即是狭义范围内的文学批评，由此来考察退溪的文艺评价标准和审美取向。

## 一、重思想内涵

文学作品有内容和形式两个方面。在对作品进行鉴赏与评价之时，不同的批评理念与审美标准，会导致批评主体在二者之间产生不同程度的侧重与倾斜。以孔子为代表的儒家学者，注重文学作品的社会功能和道德教化功能，所以更偏重于考察作品的思想内涵，而以老子、庄子为代表的道家学派，立足于文学艺术本身的规律，因而更注重作品的艺术形式、审美特性与情感价值。退溪深受孔孟思想、朱子理学的影响，在评价文学作品时，往往更偏重于思想内涵，是儒家文学批评观的典型代表。《退陶先生言行通录》中记载：

> 先生虽文字言语之间，未尝有戏亵之语。人有作太真送临邛道士还报唐天子诗，欲课之，先生批曰：太真之事，白乐天始作俑，鱼无迹极铺张之，大丈夫口中，岂可状出淫丑之语也。[①]

退溪自小受到儒家思想的熏陶，立身处世皆以君子风范处之，严肃端正而无轻薄戏谑之语。《李子粹语》中说："接人之际，虽不立崖案，而自有难犯之色。"[②]退溪在待人接物的时候，虽然没有摆出一副高高在上、傲慢无礼的姿态，但是自然带有一种凛然正色。有人写了杨贵妃送给临邛道士报唐玄宗

① 《退陶先生言行通录》卷五，见《增补退溪全书》第四册，成均馆大学大东文化研究院，1987年。

② 《李子粹语》卷三，"居家"，见贾顺先主编：《退溪全书今注今译》第一册，第755页。

的诗，此事来源于唐代诗人白居易所作的长篇爱情诗《长恨歌》，其中有“临邛道士鸿都客，能以精诚致魂魄”。白居易根据马嵬坡兵变，唐玄宗被迫赐死杨玉环的历史事实，充分发挥个人想象和艺术创造，书写了一个婉转回旋的动人故事。这首诗以唐玄宗和杨贵妃的真挚爱情为歌颂对象，感染、打动了古往今来无数的读者，成为中国古代爱情诗篇中的旷世之作。诗中写到杨贵妃死后，唐玄宗无限哀恸叹惜，回想往日恩爱场景，痛苦而不能自持。有临邛而来的道士法术精妙，可以上天下地招揽魂魄，他被君王思念贵妃的情意所感动，于是飞去仙山寻找。贵妃见到君王的使者，托他深深感谢君王，捎去二人的定情信物，寄托对君王的思念与爱恋，他们当年曾经在七月七日之时，于长生殿中立下誓言：“在天愿作比翼鸟，在地愿为连理枝。”天长地久总会有尽头，而这生死遗恨却永远没有断绝的一天。由此升华了贵妃与君王之间的爱情，把刻骨的相思变成不绝的长恨，使每一个深陷爱情的痴男怨女受到了来自心灵的深深震撼。其中的“回眸一笑百媚生，六宫粉黛无颜色”“春宵苦短日高起，从此君王不早朝”“天长地久有时尽，此恨绵绵无绝期”等更是千古传诵的佳句。《长恨歌》因其具有的巨大艺术魅力，对后世产生了深远影响。从此之后，描写唐玄宗和杨贵妃之间爱情的诗歌数不胜数，而且还被敷演为小说、戏曲长盛不衰，其中著名的有白朴的《梧桐雨》、洪昇的《长生殿》等。退溪对这篇艺术价值颇高的经典爱情诗篇却评价很低，说它是白居易胡乱编造的“淫丑之语”，这是站在儒家思想的立场，从文学作品温柔敦厚、道德教化的功用出发，重视思想内涵的雅正而轻视艺术成就而作出的评价。《长恨歌》确实是为情而作，在很大程度上脱离了历史原貌，白居易在诗中大量使用虚构和想象的艺术手法，使得全篇风情摇曳，生动流转，极富艺术感染力，但在思想内容方面的确不符合儒家文艺批评的标准与规范，而且爱情至上、情感泛滥正是理学家所要极力避免的，所以退溪有这样的认识与评价就不难理解了。

如前所述，退溪提起创作时调《陶山十二曲》的初衷时说“吾东方歌曲，大抵多淫哇不足言，如《翰林别曲》之类，出于文人之口，而矜豪放荡，兼以亵慢戏狎，尤非君子所宜尚”，虽然最近有李鼈创作的《六歌》还不错，“亦惜乎其有玩世不恭之意，而少温柔敦厚之实也”，所以创作歌曲，希望能“荡涤鄙吝，感发融通”，使唱歌的人和听歌的人都能有所获益，可见他对文学艺术作品思想内涵的社会教化功能的重视。他认为，只有符合这些标准的作品，才是好的作品。《渔夫歌》与《陶山十二曲》一样，都是由古汉语和朝鲜语混合而成的，基于民间歌谣基础上的再加工，曲调活泼，歌词清新，表现了隐者悠然自适的情怀。退溪在《书渔夫歌后》中说，聋岩先生辞官归隐，颇谙江湖之乐，他教侍儿演唱渔夫歌，在自然山水之间宛如神仙般飘逸快活。“先生之于此，既得其真乐，宜好其真声，岂若世俗之人悦郑卫而增淫、闻玉树而荡志者比耶？”[①]《郑风》、《卫风》是《诗经》里收录的古代郑国、卫国的民歌，里面有表达男女爱情的内容。《玉树后庭花》是南朝陈后主耽于享乐、沉溺声色的亡国之音，退溪认为世俗之人沉溺于此而放纵心志，是不能与聋岩先生得真乐、好真声相提并论的。可见退溪评价文学作品，首先关注的是思想内涵。在他的心目中，作品的思想价值远远大于艺术价值，好的作品应该和作者的人品一样端正高尚，令人钦佩。文学的最高层次是儒家之注重思想意蕴的作品。在给弟子权好文（字章仲）的信中，他这样指导权好文写诗：

> 此诗好语甚多非论比，但被间间蔓辞、赘句坏累他，所以并好处亦不好，是为可惜。以尔之气质恬静、学问笃切，宜无此弊，不知何故胸中容得许多草木丛杂，不能以时芟剔净耶？如此不改，非惟于吾儒学问路脉甚远，亦恐文章家锤炼亦不堪当得；非惟文章家，下至场屋文字，亦不可以此手段求之。[②]

权好文诗歌里的思绪杂乱，老是有蔓辞、赘句破坏诗歌的思想价值。退溪认为以他的恬静气质，应当深刻探究学问的笃定切实，不应该有这样的弊

① 《退溪先生文集·内集》卷六十，《书渔夫歌后》，见《陶山全书》第三册，韩国精神文化研究院，1980年，第284页。

② 《增补退溪全书》第三册，《与权章仲》，成均馆大学大东文化研究院，1987年，第110页。

端，所以劝导他要剔除胸中的“草木丛杂”，如果不这样做的话，即使是作为文章家之文和科举考试之文都不够格，更何况是至高无上的儒家之文了。他评价郑琢时，说他崇尚“夸多斗靡，逞气争胜”，言语放诞，意义庞杂，“一切不问而信口信笔胡乱写去，虽取快于一时，恐难传于万世”。这说明在退溪心中能流传后世的诗文应该具有温顺和柔的性情、踏实敦厚的内蕴。退溪的文学批评论也带有浓厚的儒家思想风貌和理学家气息。思想内涵是否雅正纯净，是否符合传统儒家和理学的思想路脉，是评价作品好坏的关键所在。

## 二、尚古朴清新

退溪鉴赏文学作品首先注重其思想内涵，在对艺术风格的把握与喜好方面，则表现出崇尚古雅朴实、清新自然的趋向。南彦经，字时甫，自号东冈，又号静斋，宜宁人。他最初是拜在徐敬德（字可久，号食斋、花潭）门下学习，后来到陶山跟随退溪。退溪对他十分赞许。据《陶山及门诸贤录》记载：“公尝病寓忠州，先生伻问络绎，伻还亲问其饮啖多少，便旋疏数，其爱重如此。”[①]他劝导南彦经不要中了陈白沙和王阳明思想之毒，应在循序渐进的长期积累中去下功夫。对于南彦经的诗歌，他颇为欣赏，说：“来诗古雅理趣俱到，其得于游观所养者如此，深可嘉尚。”[②]退溪之所以称赞他诗歌写得好，是因为其诗篇风格古雅、理趣兼备。他在另一封信中又说：“盛世古风一篇，意趣深远，绝佳！绝句不无可疑，拙和写呈，以发千里一笑。”[③]可见，退溪对古风诗歌的推崇与喜爱，认为古典雅致、意味深长是诗歌的妙处与佳境。

退溪在写给弟子金八元（字舜举）的信中，对朴君所作的《游山录》一文进行评价分析：

---

① 《陶山及门诸贤录》卷二，南彦经篇，见贾顺先主编：《退溪全书今注今译》第八册，第614页。

② 《退溪先生文集·内集》卷十六，《答南时甫》，见《陶山全书》第一册，韩国精神文化研究院，1980年，第388页。

③ 《退溪先生文集·内集》卷十六，《答南时甫彦经（丙辰）》之《别幅》，见《陶山全书》第一册，韩国精神文化研究院，1980年，第387页。

> 余观是录，文思喷涌，议论纵横，其于千峰万瀑，竞秀争流之体势脉络，高下远近，面背往复，无不包罗囊括，缕析毫分，自非胸吞海岳，识通化妙者，何以形容得此？可谓杰然之作，难得之实矣。所可疑者其文亹亹乎！似有好奇尚异之意，故谈山必及于域外，荒茫无当之说，以为始，以为终。论学必涉于事外，辽阔不贴之证，以言此，以言彼。是以熄其全篇而取其好处，则能使人鼓舞踊跃之不暇，就其中而细考之，往往不免使人听莹而滋惑，诘屈而难读也。夫游名山者，其说固主于奇，然其奇也各有分剂，其言也各有攸当。若每喜于诡论，而或为之强说，则其势必至于心荡而不返，学流而为异，如庄、释之伦是也。故鄙意须兼此等尽去之，然后方为尽善也。①

退溪认为《游山录》文思纵横，将千峰万瀑竞相争流的体势脉络、远近高下、正反两面无不包罗涵盖进来，描绘刻画细致精微，如果不是胸中能吞大海山岳、能领会大自然万般变化奥妙之人，怎会达到如此神奇的效果？可谓是难得之杰作。但是也有其缺点，即用词方面有崇尚新奇、刻意求异的倾向。谈及山色风景之时，必要涉及域外神话中的种种荒茫无稽之说，并以此为始终。谈论学问之时，必要提到世事之外不切合实际的证据，用来论此说彼。虽然纵观全篇，其优点是能让人为之鼓舞雀跃、激动兴奋，没有空闲去考虑其他，但是再进一步细细考察其内容，却使人因看不清文章主旨而感到困惑。文辞艰深、佶屈聱牙，不能非常通畅流利地阅读。游历名山大川的文章，虽然要以奇丽为主，但是要把握好分寸与尺度，要恰到好处。如果用一些似是而非的言论，则势必会弄得心志荡漾而不专，从而不能回归本心，最终使得学术流为异端，就像庄子和佛教徒一样。退溪因此提出即便是以奇丽为主的描写游览山川美景的文章，文辞也应注意不要过于奇诡华丽，而要有符合实际的平淡朴实之处，这样才能使读者更加容易阅读，更加深入地把握

---

① 《退溪先生文集·内集》卷四十九，《与金舜举》，见《陶山全书》第三册，韩国精神文化研究院，1980年，第55页。

和理解文章的中心思想、文旨文意。由此可见退溪不喜欢奇险的文风，平易朴实才是他所推崇的。

退溪在评价他人文学作品之时，经常提到的一个字就是“清”。清，有清新、清淡、清丽、清雅、清畅、清秀等诸多含义。在文学艺术作品当中，清是与庸俗、华丽、厚重、粗鄙等相对的。孟浩然是唐代著名的山水派诗人，他的诗篇清新淡雅、意趣盎然。最著名的一首《春晓》：“春眠不觉晓，处处闻啼鸟。夜来风雨声，花落知多少。”全诗几乎都是白描的手法，把寻常话语写进诗里，语言平易浅近，清新自然，不事雕琢，不尚工巧，然而却言浅意浓、景美情真，诗中美好的惜春之情就像清澈的泉水从诗人的胸中自然流出，让人回味无穷。“诗圣”杜甫也对清新的诗风甚是推崇，在《戏为六绝句》中有“不薄今人爱古人，清词丽句必为邻”；在《春日忆李白》中，用“清新庾开府，俊逸鲍参军”来赞美李白；在《奉和严中丞西城晚眺十韵》中，称赞严武“诗清立意新”；在《解闷十二首》中说“复忆襄阳孟浩然，清诗句句尽堪传”。可见“清”“新”二字真可谓是杜甫评诗的一条重要标准。退溪的《赠南景霖远接从事西行》其二：“珠胎剖蚌月光满，玉盘谐音威风跄。我识君诗清且古，莫随时世变流妆。”[①]他称赞南景霖的诗文清新古朴，希望他能坚持下去，不要被世俗所影响而随波逐流。退溪评价金秀卿的诗：“秀卿诗似野晴春，草色山光尽眼新。得处若非臻妙极，何能吐句便惊人。”[②]他把金秀卿的诗比喻成晴朗春天的原野，满眼都是青草碧绿、山光秀美、水色清新，认为这样的诗歌代表了作者在文学创作方面达到了一种绝妙至极的完善境界，如果不是这样的话，怎么可能出口成章而使人惊叹呢?《次竹窗韵》之二中有“诗清书少肉”[③]一句，提出诗歌清新、书法枯瘦，这都表明了退溪在文学艺术方面的审美追求是崇尚清新自然，不喜浮华庸俗，他的诗文作品也呈现出了

① 《退溪先生文集·别集》卷一，《赠南景霖远接从事西行》其二，见《陶山全书》第三册，韩国精神文化研究院，1980 年，第 431 页。

② 《退溪先生文集·外集》卷一，见《陶山全书》第三册，韩国精神文化研究院，1980 年，第 409 页。

③ 《退溪先生诗续集》卷一，《次竹窗韵》之二，见《陶山全书》第三册，韩国精神文化研究院，1980 年，第 469 页。

朴实、古雅、清新的风格。

## 三、对中国古代作家作品的评价

退溪从小学习儒家经典著作，同时也阅读了大量的中国古代诗文作品。《退溪先生言行录》中记载："先儒云：'一日之间，半则读义理之书，半则读文章之书。'学者若欲求道，而专读文章之书，则难用工之地矣。"[①]这句话虽然是在强调不能专读文章之书，但是"半则读文章之书"也反映了文学作品在日常学习和阅读中所占的比例之重。退溪具有较高的文学素养，也创作了许多优秀的诗文作品。他对中国古代作家作品，有着自己独到的见解，其中不乏真知灼见。

退溪从14岁起就喜欢陶渊明的诗歌，对他的为人也十分钦慕。他在《陶山全书》中评价陶渊明说：

> 晋之渊明，天资夷旷，学问渊博，以耿介拔俗之标高，不事二姓之心，其英风伟节，有非常人窥测者。故其为诗也，亦冲澹闲雅，若无意于句律而造语天成，立意淳古，使读而味之者，有脱略尘埃、倏然独立于万物之表之意，岂非节义之本于中者既厚，故言辞之畅于外者不期然而然乎？故论者谓诗家之视陶潜犹孔门之视伯夷，岂不以渊明之于诗，独得其清高淳雅之一节而能造其极，犹伯夷之于圣人，独得其清而能造其极也欤？[②]

陶渊明其人其诗都让退溪十分赞赏。他说陶渊明生来就性情平和，闲适旷达，学问渊博，有耿介脱俗的志向，不事二姓之心。陶渊明的英姿气度和

① 《退溪先生言行录》卷二，见贾顺先主编：《退溪全书今注今译》第五册，四川大学出版社，1992年。

② 《退溪先生文集·遗集》外篇卷七，《策》，见《陶山全书》第四册，韩国精神文化研究院，1980年，第314页。

高风伟节，不是普通寻常之人所能窥测的。所以他的诗歌冲淡闲雅，好像无意在句律上下功夫却又造语天成，立意淳厚古朴，使阅读且品味其作品之人，感受到超脱俗世，倏忽之间独立于万物之表的意境。节义为之根本，所蕴内涵深厚，所以反映在外面的言辞表达会不期然地流利通畅。因而论者说诗家之看待陶渊明，就好比孔门之看待伯夷一样，是因为陶渊明对于诗歌界而言，独以其清高淳雅而登峰造极，就像伯夷在圣人当中，独以其清高之气度而达到最高的境界。短短的一段话，退溪将陶渊明的人品风度、诗歌创作特点、在诗歌界的地位影响都清晰而完整地勾勒出来，特别是用伯夷在圣人中的地位来比喻陶渊明在诗歌界的重要位置，对其诗作给予了很高的评价。

由于六朝华丽柔靡诗风的盛行，陶渊明自然平淡的诗歌作品不被重视，钟嵘虽然肯定了他在文学方面的成就，称其为“古今隐逸诗人之宗”①，但是在《诗品》中仅仅将他列为中品。萧子显在《南齐书·文学传论》中列举了建安以来颇有成就的文学家，“别为三体，穷源分派……而仍漏渊明”②。在被誉为“体大精深”的文学批评巨著《文心雕龙》中，刘勰对陶渊明也是只字未提。第一个整理陶渊明作品，并将其编入文集的是南朝梁昭明太子萧统，但是《昭明文选》中只收录了陶渊明的九篇作品，其中诗八赋一，与其收录的其他诗人作品数量远不能比，说明当时社会人们对陶渊明诗歌作品的接受程度确实比较有限。从唐代开始，越来越多的人开始关注陶渊明。唐人“每赋重九、归来、县令、隐居诸题，偶用陶公故事”者，及称美其人其文者计有30多家。③例如，孟浩然在《李氏园林卧疾》中写道“我爱陶家趣，园林无俗情”，对陶渊明回归田园、寄情山水的闲适生活非常向往；王昌龄的《九日登高》中说“谩说陶潜篱下醉，何曾得见此风流”，称赞陶渊明高雅脱俗的气质风度；皎然说“陶令田园，匠意真直。春柳寒松，不凋不饰”④，对陶渊明诗歌艺术与审美特征有了较为明确的认识。关于陶渊明归隐的原因，唐人大多认

---

① 曹旭：《诗品集注》，上海古籍出版社，1994 年，第 260 页。

② 钱锺书：《谈艺录》，中华书局，1984 年，第 90 页。

③ 钱锺书：《谈艺录》，中华书局，1984 年，第 89 页。

④ 皎然：《讲古文联句》，见《四库唐人文集丛刊》卷十，上海古籍出版社，1992 年，第 89 页。

为是陶渊明坚持气节，“耻事二姓”而做出的选择，如《南史·隐逸传》和六臣注《文选》等。而韩愈则从陶渊明诗句中，感受到他之所以远离世俗的原因是“然犹未能平其心，或为事物是非相感发，于是有托而逃焉”[①]，并进一步指出其精神实质为“不平而鸣”，这是诗人创作最重要的动因。大唐盛世，国力强盛，士人多积极进取、奋发昂扬，所以唐代诗人对陶渊明回归田园的行为并不是完全的肯定。如李白在《九日登巴陵置酒望洞庭水军》一诗中写道“酣歌激壮士，可以摧妖氛。龌龊东篱下，渊明不足群”[②]，鼓舞人们要斗志昂扬、奋勇向前，不能像陶渊明那样在东篱下采撷菊花。唐代对于陶渊明的批评承上启下，为后世尊陶、爱陶、研陶打下了基础，拉开了序幕。

真正充分认识到陶渊明诗歌的价值与成就，令其人其诗大放异彩的时代是宋朝，“渊明文名，至宋而极”[③]。宋代理学思想大盛，儒释道三教不断融合，相比起唐代富丽恢宏的气象，形成了理性淡泊的风尚，陶渊明的影响达到了顶峰。苏轼说：“渊明作诗不多，然其诗质而实绮，癯而实腴，自曹、刘、鲍、谢、李、杜诸人，皆莫及也。”[④]同时还指出了陶渊明诗歌的风格特点是“外枯而中膏，似澹而实美”[⑤]，可谓把握准确，见解深刻。黄庭坚评陶渊明的诗“血气方刚时，读此诗如嚼枯木。及绵历世事，知决定无所用智，每观此篇，如渴而饮泉，如欲寐得啜茗，如饥啖汤饼”[⑥]，并将其与诸葛亮相对比，发现其个性中具有“豪气”的一面。[⑦]梅尧臣则认为陶渊明性格中还有桀骜不驯的因素，《送永叔归乾德》诗云“渊明节本高，曾不为吏屈。斗酒从故人，篮舆傲华绂”，从而使得陶渊明的形象较之以前更加丰满、充实。理学家更是极为推崇陶渊明。朱熹说：“陶渊明之所作，自为一篇，而附于《三百篇》《楚

① 转引自北大中文系：《陶渊明研究资料汇编》，中华书局，1962 年，第 19 页。

② 王琦注：《李太白全集》，中华书局，1997 年，第 993 页。

③ 钱锺书：《谈艺录》，中华书局，1984 年，第 89 页。

④ 孔凡礼点校：《苏轼文集》，中华书局，1986 年，第 2093 页。

⑤ 毛德富等主编：《苏东坡全集》卷九十六，北京燕山出版社，1997 年，第 5442 页。

⑥ 钟优民编：《陶渊明研究资料新编》，吉林教育出版社，2000 年，第 83 页。

⑦ 北京大学古文献研究所编：《全宋诗》，北京大学出版社，1991 年，第 11331 页。

辞》之后，以为诗之根本准则"[1]，并将其与苏轼对比，强调陶诗自然天成、平淡自适的风格："渊明诗所以高，正在不待安排，胸中自然流出。东坡乃篇篇句句依韵和之，虽其高才，似不费力，然已失其自然之趣矣。"[2]真德秀说"以余观之，渊明之学，正自经术中来，故形之于诗，有不可掩"[3]，赋予了陶渊明儒学正统的地位，其人其诗成为典范。南宋时期，国家兴衰存亡牵动士子之心，他们大多数有着强烈的救世情怀，但是迫于现实无法实现理想抱负，所以对同样处于乱世之中的陶渊明之归隐，多数都表示肯定与赞成，如"我爱赋归陶令尹，柳边时见小篮舆"[4]"归兮学取陶彭泽"[5]。关于陶渊明归隐的原因，有的认为是明哲保身：

> 先生之去彭泽也，不知者以为不能为五斗米折腰乡里小儿，其知者以为女弟之丧也，乃若先生之意，则有在矣。方是时，刘寄奴自以复晋鼎于桓氏窃取之余，规模所建渐广，决非事晋者，故先生见机而作耳。然则先生之不欲为苟去，岂非得明哲保身之道也哉！[6]

而另有一部分观点则认为这是陶渊明天性使然，不拘役于外物的本性使得归隐成为陶渊明的必然选择。如谢翱云："此翁本坦荡，焉能苦违物？"[7]正如李文初在《陶渊明论略》中所说："有宋一代，是陶渊明的人格被推崇到极境，陶诗被推崇到艺术顶峰的时代。"[8]

关于陶渊明的批评，进入明清时期以后，其基本思路仍然是沿循宋人的

---

① 郭绍虞主编：《宋金元文论选》，人民文学出版社，1984 年，第 308 页。

② 陶澍集注：《靖节先生集 · 诸本评陶汇集》，见四部备要本，中华书局，1935 年，第 102—103 页。

③ 吴文治：《宋诗话全编》，江苏古籍出版社，1998 年，第 8884—8885 页。

④ 北京大学古文献研究所编：《全宋诗》，北京大学出版社，1991 年，第 44246 页。

⑤ 唐圭璋编：《全宋词》，中华书局，1965 年，第 1983 页。

⑥ 许逸民校辑：《陶渊明年谱》，中华书局，1986 年，第 17 页。

⑦ 吕留良等辑：《宋诗钞》，上海三联出版社，1988 年，第 508 页。

⑧ 李文初：《陶渊明论略》，广东人民出版社，1986 年，第 245 页。

推尊而直到所有封建王朝的结束。纵观中国古代历史上对陶渊明其人其诗的评价，其声名和接受度从魏晋南北朝时期的不受重视、不被关注发展到唐代的逐渐认识，再到宋代的高度推崇；其诗歌作品的审美特性和艺术价值也逐渐被深入挖掘和呈现，即看似平淡，实则蕴味深厚、自然天成。关于其归隐的行为因时代背景和社会风气的不同而发生转变，唐代对其归隐不完全持肯定意见，宋代则大多表示支持。归隐的原因，唐代有“耻事二姓”“不平而鸣”等观点，宋代则认为是其明哲保身的高明和天性使然。陶渊明的精神品格、气质风采、诗文创作对中国后世的文学、文化之发展都产生了重要的影响。同时也走出国门，波及海外。郑美香在《陶渊明对韩国古典文学的影响——以高丽、朝鲜朝为中心》中说：

陶渊明不为五斗米折腰的不屈人格、回归田园生活及好饮酒等风流雅趣，给古今韩半岛文人树立了楷模，他们不仅在作品上和陶，创作出大量与陶渊明有关的作品，同时也在人格和生活方式上追慕陶氏，陶渊明成为韩半岛文人的精神偶像。①

退溪作为朝鲜王朝时期著名大儒，也受到陶渊明的很大影响。他对陶渊明其人其诗的批评，首先在诗文的艺术特点和审美价值的理解上非常到位，如冲澹闲雅、造语天成、立意淳古、超然自适等，直追中国宋代诸贤之见。对于归隐原因，则是与唐人的见解一致，提出“不事二姓”。对于陶渊明在诗歌界的地位，他以伯夷之于孔门作比喻，来强调其高度和重要性，并指出陶诗以清高淳雅为胜，颇为新颖，有其自身的独到之处。

退溪在回复李宏仲的信时，对“北宋五子”之一的邵雍之诗进行评价：

示喻《清夜吟》，意思大概得之。但愚恐只是无欲自得之人，清

① 郑美香：《陶渊明对韩国古典文学的影响——以高丽、朝鲜朝为中心》，厦门大学博士学位论文，2017年，第1页。

明高远之怀，闲遇着光风霁月之时，自然景与意会，天人合一，兴趣超妙，洁净精微，从容洒落底气象，言所难状，乐亦无涯。康节云云，只此意耳。[①]

邵雍的《清夜吟》全诗为："月到天心处，风来水面时。一般清意味，料得少人知。"退溪认为这是无欲无求、怡然自得之人，有着清明高远的胸怀气度，在闲遇月明风清的夜晚之时，来自大自然的外部景色就和他内心之意融合交汇在一起，从而达到了天人合一的境界。退溪说邵雍的兴趣超妙、心境纯净，对事物的体验精微、从容洒落的气象无法用语言来形容，他的快乐也是无限的。邵雍诗歌中"天人合一"的境界，与其哲学思想一脉相通。道家思想主要研究宇宙运行规律和天地自然之理，偏重于"天"，儒家思想则关注人类社会的发展演变和人性道义，重点在"人"，而邵雍兼容儒道、学际天人，提出观物思想，把儒家的人学与道家的天学融为一体，并将"心"作为联结天与人的纽带，从而实现了宇宙本体与道德本体的统一。由此出发，在诗歌创作方面，他提出了"以物观物"的主张。郑友征在《邵雍诗歌研究》中说："所谓'以物观物'就是要扫除一切情感的蔽障，用空明澄澈的心来观照一切事物，达到超于物而不累于物，物我两忘的境地。"[②]王国维曾提出著名的"有我之境"与"无我之境"："有我之境，以我观物，故物我皆著我之色彩。无我之境，以物观物，故不知何者为我，何者为物。"[③]邵雍的"以物观物"就是这种"不知何者为我，何者为物"的"无我之境"。退溪评价他的诗为"景与意会""天人合一"，着实抓住了他的创作主旨和审美特点。邵雍一生未入仕途，以一介布衣的身份名动天下。年轻的时候屡试不第，后来虽然有几次做官的机会，都被他推辞掉了。他在洛阳所筑的"安乐窝"中看书写诗，探究学问，达到了一种摆脱尘世烦扰、超脱名利牵绊，无所挂怀、怡然

---

① 《退溪先生文集·内集》卷五十一，《答李宏仲》，见《陶山全书》第三册，韩国精神文化研究院，1980年，第100页。

② 郑友征：《邵雍诗歌研究》，兰州大学硕士学位论文，2007年，第12页。

③ 姚柯夫编：《〈人间词话〉及评论汇编》，书目文献出版社，1983年，第1页。

自乐的境界。这一切反映到诗歌方面，是一种“快乐诗学”的理念。张海鸥说：“作为一位崇尚快乐哲学的诗人思想家，邵雍喜欢用诗来表达他的快乐，他的诗学思想也以快乐为宗旨。”[①]邵雍诗集名为《击壤集》，在“自序”开头部分即开宗明义，“《击壤集》，伊川翁自乐之诗也。非唯自乐，又能乐时，与万物之自得也”[②]，直接表达了他以写诗为乐的创作态度。在他的作品当中，以“乐”为主题的诗歌比比皆是，而且不少是组诗，比如《安乐窝中吟》一次就写了13首，《闲适诗》一次写了5首。这些快乐之作，真实表现了作者悠然自得、快乐无边的生活，难怪朱熹说：“看他诗，篇篇只管说乐，次第乐得来厌了。”[③]退溪在对他《清夜吟》的评价里也特别指出“乐亦无涯”这一点，可见其快乐诗学在具体诗歌作品中的广泛呈现。

退溪对朱熹的语言特色和行文风格认识得也较为准确，他在给黄俊良（字仲举）写的信中说朱先生书：“非无雄辩巨论、使人鼓舞处，只缘其文平实纡余，其用如布帛，其声如庙瑟，其味如大羹，无侈丽震耀之辞，以眩人、喝人，故人皆不喜读。”[④]在退溪看来，朱熹的文章平实而委婉，没有华丽的词语，没有“震耀之辞”令人目眩，迷惑心志。他写给南彦经（字时甫）的信里也说：“盖先生文字如青天白日，本无瀸翳。”[⑤]可见退溪认为朱熹的文字是通俗易懂的，没有什么难以理解的障碍，平淡自然，娓娓道来。这主要是其中所蕴含的理学思想比较深邃，需要长期下功夫去琢磨钻研。朱熹平易自然的语言风格是其文道观所决定的，他认为“文”都是从“道”中流出的，“道”是根本，“文”为枝叶，只要道德高尚，就能创作出好的文章，所以没有必要浪费太多精力在雕琢文辞上，如果诗歌过分追求语言的精巧，就失去了“言志”的功能：

① 张海鸥：《邵雍的快乐诗学》，《中山大学学报》（社会科学版），2004年，第27页。

② 邵雍著，陈明点校：《伊川击壤集》，学林出版社，2003年，第1页。

③ 黎靖德编：《朱子语类》卷100，中华书局，1986年，第2253页。

④ 《退溪先生文集·内集》卷二十五，《答黄仲举》，见《陶山全书》第二册，韩国精神文化研究院，1980年，第129页。

⑤ 《退溪先生文集·内集》卷十六，《答南时甫张甫（彦纪）（甲子）》，见《陶山全书》第一册，韩国精神文化研究院，1980年，第394页。

熹闻诗者，志之所之，在心为志，发言为诗。然则诗者，岂复有工拙哉？亦视其志之所向者高下如何耳。是以古之君子，德足以求其志，必出于高明纯一之地，其于诗固不学而能之。至于格律之精粗，用韵属对比事遣辞之善否，今以魏晋以前诸贤之作考之，盖未有用意于其间者，而况于古诗之流乎？近世作者，乃始留情于此，故诗有工拙之论，而葩藻之词胜，言志之功隐矣。①

朱熹认为诗歌是人们内在的思想所在，表达出来，形成语言就成了诗。诗歌没有工拙，主要看作者的思想心志的高远。古代的君子品德高尚，诗歌“不学而能之”，没有专门留意外在的技巧与规则。近世的作者讲究这些形式，所以才有了诗歌的工拙之论，而这样做导致的结果就是将华丽的辞藻进行彰显，而诗歌最主要的言志的功效却被湮没隐去了。朱熹最为推崇魏晋古诗，特别是陶渊明的诗。他说：“陶渊明诗，人皆说是平淡。”“诗须是平易不费力。”②平淡并非普通和简单，而是要平淡之中有新巧：“新巧者易做，要平淡便难，然须还他新巧，然后造于平淡。”③由此朱熹的诗歌呈现出了用语浅近明白、表达自然浑成的特点。朱熹的这种诗歌风格还直接影响到了退溪的创作。《退溪先生言行录》中记载退溪“为诗清严简淡，类其为人。少尝学杜诗，晚喜晦庵诗，往往调格如出一手”④。在散文方面，朱熹比较推崇曾巩，他认为曾巩的文章质朴平实，以载道为主，非常符合理学家对文章的要求。莫砺锋在《朱熹文学研究》中说：

从总体上看，朱熹的散文既平正周详又简练明快，他是宋代理学家中成就最高的古文作手。清人李慈铭云：“朱子之文明净晓畅，文

① 吴文治：《宋诗话全编》卷 6，凤凰出版社，2006 年，第 6128—6129 页。

② 吴文治：《宋诗话全编》卷 6，凤凰出版社，2006 年，第 6111、6113 页。

③ 黎靖德编：《朱子语类》卷 1，中华书局，1986 年，第 145 页。

④ 《退溪先生言行录》卷 5，“杂记”，见贾顺先主编：《退溪全书今注今译》第五册，四川大学出版社，1992 年。

从字顺，而有从容自适之致，无道学家迂腐拖沓习气。”可称的评。[①]

而“平正周详”“简练明快”“明净晓畅”“文从字顺”等评价与退溪见解基本上是一致的。

除此之外，退溪对中国古代典籍的认识评价也较为中肯，如认为“《孟子》善譬喻议论，发越能警动人处”[②]，这就抓住了孟子文章善用譬喻的特点，在此基础上再加以议论阐发，就很能打动人心，使人警觉；“《诗》自《雅》以下，渐多艰深”[③]，这也是确实符合实际情况的。退溪在给李宏仲的另一封信中提到，《论语》“妙道精义，头绪多端”，其主旨“何可以一二字判断得下耶？”[④]有人用“仁”或者“涵养”这一两个字来概括《论语》的主要意思，退溪认为是欠妥当的。

以上凡此种种，还有很多，篇幅所限，在此不一一细述。退溪的文学批评观是从传统儒家的道德教化功能出发，又受到中国历朝历代，特别是宋人的影响，形成了继承前贤又有自身创见的丰富内容。

## 小 结

本章从文道观、文学创作论、文学批评论三个方面探讨研究了退溪文学观的基本面貌。文道观方面，首先梳理概括了中国古代文道观发展演变的主要历程，然后将退溪文道观放入其中进行综合考察。中国古代文道观从

① 莫砺锋：《朱熹文学研究》，南京大学出版社，2000年，第102页。

② 《退溪先生文集·内集》卷五十一，《答李宏仲问目》，见《陶山全书》第三册，韩国精神文化研究院，1980年，第87页。

③ 《退溪先生文集·内集》卷五十一，《答李宏仲》，见《陶山全书》第三册，韩国精神文化研究院，1980年，第96页。

④ 《退溪先生文集·内集》卷五十一，《答李宏仲（乙丑）》，见《陶山全书》第三册，韩国精神文化研究院，1980年，第84页。

先秦时期孔子的“美善说”“文质说”中显示出的“重道前提之下的文道并重”“文道结合”“文道统一”，到魏晋南北朝时期的刘勰第一次真正明确地讨论文道观；从唐代古文运动中，韩愈、柳宗元站在“文”的立场而言“道”，提出“文以贯道”“文以明道”，承认“文”独立前提下强调“道”的重要作用，到北宋理学家周敦颐的“文以载道”，“文”成了装载“道”的工具和手段，“文”“道”逐渐失衡，程颐更是进一步提出“作文害道”，将“文”和“道”割裂和对立起来，发展至朱熹的“文道合一”，“道”为“文”之本源，“文”是从“道”中产生的，“文”和“道”统一不可分，“道”是根本，“文”是枝叶。明代在继承传统文道观的基础之上，渐渐重视文学作品的情感功能与审美价值，清代是文道观的总结和结束阶段。中国古代文道观可谓源远流长、内容丰富，其中文学家和理学家的文道观也各具特点，体现了各个朝代、不同身份的人们对文学本质论和功效论的不同见解。退溪的文道观从理学家的立场出发，重道轻文而不废文，甚至在很大程度上表现出对“文”的重视与喜爱。结合中国古代文道观发展演变的大背景来进行分析，可以发现退溪接受孔子和朱熹的影响是最大的，这也是与他在学术上的远祖孔子，直宗朱子有很大关系。将他与同时期中国明代理学家文道观进行比较，从中显示出退溪的文道观思想更偏向于宋代理学家，是朱熹思想在文学方面的体现与延续。

在文学创作论方面，退溪提倡学习古人和遵守法度，他认为诗歌是有体有格的文学体裁，不能轻易写就，而是要学习和模仿古人的经典之作，借鉴前贤那些成功的写作经验，规避创作中可能出现的问题。同时他希望初学者熟练阅读经典文章，反复思考领悟，这样才能在下笔时文思泉涌，如有神助。而且写诗要注重锻炼加工，不断斟酌修改，既锤炼字句又提炼内涵，使得写出来的诗歌简约凝练，又余味曲包，达到一唱三叹、回味悠长的绝妙境界。对于文学创作中的遵守规矩和创新出奇的问题，退溪认为创新固然是好的，但是要在遵守一定规则法度的基础之上进行，不能天马行空、任意发挥。如果一味地追求出奇，超出了合适的尺度，就会使创作流入虚无，所以在“奇正”之中，他更加注重和强调的是“正”。

在文学批评论方面，退溪对一部文学作品的评价，首先注重的是思想内涵，重视作品的社会功能和道德教化功能，这是传统儒家文学观对其思想的影响。在他看来，作品的思想价值远远大于艺术价值，好的作品应该是品德端正高尚之人所写的，其内容应该符合传统儒家和理学的思想路脉才能称之为优秀的诗文。退溪鉴赏诗文作品之时，喜欢古雅朴实、清新自然的风格。他十分推崇陶渊明，说其诗是“冲澹闲雅”“造语天成”“立意淳古”，说其人是“英风伟节”“天资夷旷”“学问渊博”，给予了陶渊明很高的评价，与宋代理学家的观点颇为一致。而关于陶渊明归隐的原因则提出“不事二姓”，与唐人的说法一样。特别是他以伯夷之于孔门作比喻，来形容陶渊明对于诗歌界的意义与地位，把陶渊明提升到了极致的高度，并指出陶渊明是以清高淳雅为胜，对其诗歌的艺术特点和审美价值的把握和理解非常到位。退溪评价邵雍的诗歌《清夜吟》，以诗歌入手来分析评价邵雍的人品，并指出其“快乐无涯”的诗学特点。退溪认为朱熹的文章平实而委婉，“无侈丽震耀之辞”，但是其中蕴含的深义需要细细体会。退溪抓住了孟子文章善用譬喻的特点，对《诗经》《论语》的内涵主旨也有自己的判断与理解，展现了深厚的文学功底与艺术水准。

# 第四章　退溪的诗歌创作

## 第一节　诗歌作品概论

退溪从小就展现了在诗歌创作方面的天赋与才华，是理学家当中的佼佼者，其诗歌作品数量众多、内容丰富。15岁时，即创作表达悠然自足心境的《石蟹》一诗："负石穿沙自有家，前行却走足偏多。生涯一掬山泉里，不问江湖水几何。"18岁的时候写绝句《野池》"露草夭夭绕碧坡，小塘清活净无沙。云飞鸟过元相管，只恐时时燕蹴波"，蕴含性理学思想，表达了"遏人欲、存天理"的主题。19岁时所作《咏怀》诗"独爱林卢万卷书，一般心事十年余。迩来似与源头会，都把吾心看太虚"，显示出对天理和学问的领悟与钻研。所以当他结束在成均馆的游学即将归乡之时，金河西称赞他是"李杜文章王赵笔"，可见此言非虚。

退溪所处的时代为性理学思想大发展的时期，当时的社会制度和意识形态皆以朱子学为正宗和主流，理学家们在文学方面都普遍重视"道"，"载道"的倾向较为明显，喜欢"主理"的中国宋代诗风，退溪就是其中的典型代表，他的诗歌获得了朝鲜文人较高的评价，对后世也产生了深远的影响。如许筠在《国朝诗删》中说退溪："非惟理学，诗亦压倒诸公。"[①]可见其在诗歌创作方面所取得的突出成就。

① ［朝鲜］许筠：《国朝诗删》，亚细亚文化社，1980年。

## 一、诗歌的数量与形式

退溪的诗歌作品主要收录在《退溪先生文集》《内集》《别集》《外集》《续集》当中。据王甦的《退溪诗统计年表》[①]，退溪的五言诗一共有442首，七言诗有1549首，其他题材的诗歌有34首，一共计有2013首。其中，五言古诗104首、五言律诗172首、五言绝句166首，七言古诗51首、七言律诗381首、七言绝句1105首。总体看来，退溪的七言诗比五言诗多，七言诗中的绝句数量在退溪诗歌中位居榜首，超过了全部诗歌作品的二分之一，可见退溪对七言绝句这种诗歌形式的偏爱。相对于律诗的格律严密，篇有定句、句有定字、字有定声、联有定对等种种形式上的约束和限制，相对自由的绝句更加符合退溪"重道"的创作倾向，从而更有利于表达退溪的思想，更好地发挥"正心"的功效。退溪的诗歌创作主要集中在出仕期后半段和讲学期，1～33岁的修学期只写了7首诗，34～49岁的出仕期共写诗509首，其中主要是在40岁以后创作诗歌的数量比较多，如42岁那一年写了61首诗，47岁写了73首诗，而37岁和38岁这两年没有诗歌作品留存。退溪40～50岁的阶段，正是他经历宦海沉浮，逐渐萌生退意，又遭遇士祸，兄长被人陷害以致含冤而死，他二度丧妻，又丧子，多次以病向朝廷请辞，未果即超然而去的时期。这个时候的退溪厌倦官场的黑暗险恶，又身不由己地做着违背自己心愿的事，他想要回归故乡潜心治学、著书立说，却无奈现实的种种束缚与磨难，诗歌就成为他寄托心事，抒发情怀的绝佳方式。50岁以后回到家乡，通过诗歌表现其理学思想，阐明学问内涵，与其弟子友人交流思想、酬唱往复以及游览自然山水感物抒怀等诗作，数量庞大而且精品甚多。50～70岁的讲学期一共写诗共计1497首，占据全部诗歌数量的74%，其中51岁写了103首，61岁写了162首，54岁、66岁、69岁和70岁每年都创作诗歌80首以上。可见退溪的诗歌成就与他的学术思想研究是呈正比例趋势增长的，这也更加显明地的反映出诗歌对于退溪"载道""正心"的意义与价值。

① 王甦、李章佑:《退溪诗学终》,《退溪学报》第25辑，退溪学研究院，1980年，第124—126页。

另据韩国学者张世厚在《退溪和〈退溪杂咏〉》中的整理情况来看，退溪诗歌除了在《内集》《别集》《外集》《续集》当中收录的2013首之外，韩国精神文化研究院在1980年影印的《陶山全书》的《遗集》里又发现了联句诗有145题，共计201首，所以退溪诗歌留存至今的一共有2214首。另外，《遗集》的《外篇》中有《目录外集逸》，其中显示退溪诗歌的原文已经佚失，只留下题目的大概有940首，由此可知退溪一生写作诗歌大约有3150首。[①]这与中国古代著名诗人的诗歌产量相比也毫不逊色，毕竟杜甫现存诗作才有1400余首。[②]退溪作为性理学大师，把诗歌作为钻研学问的"余事"，在撰写学术著作之余，还能够创作如此数量的诗歌作品，着实令人惊叹。这就促使大家在关注其理学成就的同时，还要考察他的文学世界，这样才能把握完整的退溪学全貌。

## 二、诗歌的内容与分类

退溪的诗歌作品，思想内容十分丰富，可以划分为多种类型。李秀雄在《朱熹与李退溪诗比较研究》中将退溪诗歌分为写景诗、抒情诗、叙事诗、交游诗、说理诗五大类，每一种类型的诗歌又可细分为若干小类，如写景诗可分为山水诗、咏物诗、田园诗和题画诗；交游诗可分为游览诗、送别诗、赠答诗、茶酒诗；等等。[③]王甦则将退溪诗歌分为言志诗、抒怀诗、山水诗、感事诗、咏物诗和梅花诗六大类。[④]金荣淑在众人研究的基础之上，将退溪诗歌作品的类型总结为梅花诗、说理诗、理趣诗、题画诗、咏物诗、和答次韵诗、即事诗、挽诗、四言诗、六言诗、醉梦诗、社会诗、忧国爱民诗、六友诗、

① ［韩］张世厚：《退溪和〈退溪杂咏〉》，《退溪学报》第84辑，退溪学研究院，1994年，第14页。

② 关于杜甫诗歌的数量，北宋王原叔取中秘藏本及旧家流传者，定为1405首；据北宋黄伯思校本则有1447首。其后诸家编订杜诗，其数量俱在1400首以上。

③ ［韩］李秀雄：《朱熹与李退溪诗比较研究》，北京大学出版社，1991年。

④ 王甦、李章佑：《退溪诗学》，《退溪学报》第25辑，退溪学研究院，1980年。

咏史诗、纪行诗、乐府诗。[①]因为退溪是理学家当中文学成就较高的诗人，身兼理学家、文学家的双重身份，所以他的诗歌与专门从事文学创作的作家相比，有着自身比较独特的风貌。例如，他的诗中有侧重说理、探寻理学旨趣的哲理诗，有勉励勤学善思、阐述为学方法的劝学诗等，透露出浓浓的学者气息，同时也有许多借景抒情、感发抒怀、陶冶性情的审美之诗，饱含着艺术家的情怀。根据诗歌作品中所侧重表现的题材内容以及具有鲜明特色的类型因素，可从哲理诗、劝学诗、咏物诗、山水诗、题画诗、纪梦诗、挽诗这七个方面来进行分析探讨。

### （一）哲理诗

退溪是一代理学大师，日常实践当中注重说理，他的诗歌作品也反映了理学意蕴和思想内涵，是“文以载道”的典型体现。这一类侧重说理、蕴含理趣的作品就是哲理诗。“李退溪诗中属于说理诗语，达百分之十九，所占的比例相当大。”[②]可见哲理诗是退溪诗歌创作中的一大特色。其中，有直接阐发理学思想，表达学术观点的，如《闲居次赵士敬》之三云：

> 格物存心理自融，眼前无地不光风。
> 始知实践真难事，难处无难庶渐通。[③]

格物穷理是朱熹思想当中非常重要的内容。“格，至也。物，犹事也。穷至事物之理，欲其极处无不到也。”[④]通过接触具体事物，穷索其中所蕴含的规律道理，则理“无不到也”，但是朱熹对物格的主体并未明确指出，导致朝鲜理学界对“到”的主体问题，即究竟是理自到极处还是心到理的极处，展

---

① ［韩］金荣淑：《退溪诗中出现的道学的性格与形象》，《退溪学论集》第5卷，岭南退溪学研究院，2009年，第9页。

② ［韩］李秀雄：《朱熹与李退溪诗比较研究》，北京大学出版社，1991年，第190页。

③ 《退溪先生文集·别集》卷二，《闲居次赵士敬》之三，见《陶山全书》第三册，韩国精神文化研究院，1980年，第441页。

④ 王懋竑：《朱子年谱》，中华书局，1998年，第231页。

开了激烈论争，而退溪与奇大升的争论，尤为突出。最后，退溪在朱熹“理必有用”“理虽散在万物，而其用之微妙实不外于一人之心”的基础之上，提出了“理”之所以能“无不到”是由于人心的认识。“既然人心是理的表现，那么理的表现的程度也正是随着人心的认识所达到的程度、境地而转移的。从而，在格物致知的过程中，随着格尽物理、人心无所不到，理的表现也就完全了（无所不到）。”①此诗正是阐发格物存于心中并随着心的认识而自然融通完备的道理。后两句强调了实践和坚持的重要性，虽然实践不是容易的事，但是感觉到难的时候坚持下来，就是逐渐融会贯通，获得飞跃和提升的阶段。退溪通过诗歌告诉众人相关学术问题的主旨与要义，如《次韵奇明彦，赠金而精二首》之二“守静”中有云：

守身贵无挠，养心从未发。
苟非静为本，动若车无軏。②

退溪在此诗篇当中强调修养身心最重要的是不受外界各种因素的干扰，涵养心性要注重未发之时的存养工夫，如果不能以静为根本，行动就像车辆没有了两边的辙而寸步难行。“主敬涵养”在理学当中是重要的修养论内容。“敬”作为一心的主宰，贯通动静，既包含未发之时的存养工夫，又有已发之际的省察工夫。此诗强调了“静”为根本，意思就是要多进行心在未发之时的存养工夫，这就是所谓“养心从未发”。

还有不直接说理，而是通过比兴的手法，将精警深刻的哲理内涵寓于生动具体的艺术形象中，将哲学思考与文学表现完美结合，从而达到一种比较高级的艺术境界。这些诗歌作品融诗情与理趣为一体，使人产生审美愉悦之后自然而然感受到其中所蕴含的哲理，如《琴闻远东溪惺惺斋》之四：

① 陈来：《宋明理学》，生活·读书·新知三联书店，2011年。

② 《退溪先生文集·内集》卷五，《次韵奇明彦，赠金而精二首》之二，见《陶山全书》第一册，韩国精神文化研究院，1980年，第139页。

灼烁中台照一春，浅深红白总宜人。
莫言开落浑闲事，造化乾坤色色新。[①]

诗歌首先描绘了鲜花灼灼盛开之美好景色，映照着生机盎然的春天。接下来笔锋一转，提醒人们不要以为花开花落只是普通常见之闲事，此乃因天地造化才使得万物能够日日更新的。此诗通过美丽的鲜花之盛衰开落，揭示了世间万事万物都随着时间的变化不断发展更新的哲理意蕴，生动有趣又曲味深长。还有最著名的《野池》：

露草夭夭绕碧坡，小塘清活净无沙。
云飞鸟过元相管，只恐时时燕蹴波。[②]

诗歌第一、二句营造出十分静谧安然的画面，带着晶莹露珠的小草布满了翠绿的山坡，小水塘中的水清澈纯净，不带一点泥沙。第三句展现浮云在水塘上空飘过，鸟儿也在此飞过，但是却与水塘和谐共存，一动一静，相映成趣。最后一句道出作者内心的担忧与恐惧，即害怕不懂事的燕子贴着水面飞行，在宁静纯澈的塘水中激起阵阵微波涟漪，表现出对此行为的一种警惕戒惧的态度。诗中的小草、浮云、水塘、飞鸟等意象鲜明逼真、生动传神。恐怕飞燕时不时地掠过水面，打破水塘的清澈宁静，喻示要保存好天理以防人欲的破坏，不能让外在的诱惑影响心性的纯净明澈。整个诗篇中虽然蕴含理趣却又没有说理的痕迹，物秉理成，理因物显。诗人将自己所感悟和思考的道理通过具体物象去展现和描绘，读者通过阅读诗歌作品，获得审美愉悦的同时，启迪心智，滋养精神。其意象之生动、含义之丰富，令人久久回味，意蕴无穷，堪称退溪哲理诗当中的精品之作，也体现了理学家文学的自身特点。

① 《退溪先生文集·续集》卷二，《琴闻远东溪惺惺斋》之四，见《陶山全书》第三册，韩国精神文化研究院，1980 年，第 485 页。

② 《退溪先生文集·外集》卷一，《野池》，见《陶山全书》第三册，韩国精神文化研究院，1980 年，第 404 页。

### （二）劝学诗

退溪十分好学，毕生刻苦钻研学问，将读书视为人生的一大乐趣，所以他的诗歌作品当中有很多强调做学问的重要性，勉励人们勤学善思、发奋努力以及阐述为学的方法、读书心得等方面的内容，显示了学者之诗的鲜明特色，如《溪堂偶兴十绝》之九：

因病投闲客，缘深绝俗居。
欲知真乐处，白首抱经书。[①]

诗歌前两句阐述自己因为身体病痛而成为山中闲散之客，在远离人世喧嚣浮华的深山独处；后两句则揭示了自己身居山林的真正乐趣，乃是满头白发苍苍还依然不忘刻苦钻研学问，孜孜不倦地细读经典书籍。这其实也正是退溪人生的真实写照，他毕生的愿望就是回归山林，钻研圣贤之道。在别人看来是异常艰苦困难的生活，于他却是深深的幸福与满足。这种执着的心理愿望和高尚的理想追求在此诗之中得到了深刻地呈现。

退溪不仅自己好学、善学，还时常劝勉、鼓励、引导弟子们发奋读书，珍惜大好时光，学海无涯，努力上进。《赠别应顺》中有“大业必从勤苦得，忍同流俗一生虚”[②]，又勉励林大树“欲作男儿须广业，少年虚过恨多多”[③]。《晦日夜吟次应顺韵》一诗云：

永夜孤村雨气沈，遥怜书客感秋襟。
男儿事业元非少，易学渊源尽自深。

① 《退溪先生文集·内集》卷二，《溪堂偶兴十绝》之九，见《陶山全书》第一册，韩国精神文化研究院，1980 年，第 70 页。

② 《退溪先生文集·别集》卷二，《赠别应顺》，见《陶山全书》第三册，韩国精神文化研究院，1980 年，第 456 页。

③ 《退溪先生文集·别集》卷二，《大树见和前韵复和答》，见《陶山全书》第三册，韩国精神文化研究院，1980 年，第 450 页。

古圣尚资三绝读，先天谁和一篇吟。
我今衰老君方壮，驱驾风霆更励心。①

退溪在漫漫长夜独卧孤村，绵绵阴雨更显空气沉闷，因为思念远方的友人而深深感到秋天的寒气袭人。他想到男子汉的事业原本就是广阔无限的，《易》学的渊源还要自己深深体会。大圣贤孔子尚且有“韦编三绝”的刻苦攻读，谁又能生下来就会赋诗作文？所以要想取得学业上的进步，必须要好好努力。退溪在诗歌末尾诉说自己如今已经是年迈衰老之躯，而金命元（字应顺）还年富力强，希望他能奋发向上，呼风唤雨，大展宏图。其对弟子的谆谆善诱、深深教诲，显示了作为老师的良苦用心，读来令人十分感动。除了勉励后辈努力学习之外，退溪还经常在诗歌中告诉他们学习的方法、读书心得等，如《示金而精》其二：

对山那复说人间，问疾唯输药里看。
旧学正须重理绪，新知还与更求端。②

退溪在此提出了学习的重要方法，即温故知新。他告诉金就砺（字而精）对于旧的知识要重新整理头绪，梳理脉络，这样才能掌握得更牢固而不至于遗忘；对于新的知识一定要潜心钻研，寻根问底，掌握缘起和开端，抓住本质和关键，从而更加深刻地理解。他教导孙儿安道：

记诵工夫在幼年，从今格致政宜然。
但知学问由专力，莫道难攀古圣贤。③

① 《退溪先生文集·别集》卷二，《晦日夜吟次应顺韵》，见《陶山全书》第三册，韩国精神文化研究院，1980 年，第 456 页。

② 《退溪先生文集·外集》卷一，《示金而精》其二，见《陶山全书》第三册，韩国精神文化研究院，1980 年，第 414 页。

③ 《退溪先生文集·续集》卷二，《孙儿阿蒙，命名曰安道，示二绝云》其二，见《陶山全书》第三册，韩国精神文化研究院，1980 年，第 482 页。

人在幼年时期的记忆力是最好的，所以要趁年轻的大好时光，抓紧时间好好记忆背诵书本的知识，这样才能为将来更加深入地学习打好基础。退溪告诫孙儿，要铭记为学之道贵在专注和坚持，只要努力做好这些，就不要说难以达到圣贤的境界。这一类与做学问相关的诗歌在退溪诗集当中可谓比比皆是。透过这些文学作品，可以感受到其中所蕴含的浓浓学风，也展现了学者退溪在诗歌创作方面的独特面貌。

### （三）咏物诗

咏物诗就是以一客观事物为描写对象，从中寄托作者的思想情怀。

清代学者俞琰在《咏物诗选·自序》中说：

> 古之咏物，其见于经，则灼灼写桃花之鲜，依依极杨柳之貌，杲杲为出日之容，凄凄拟雨雪之状。此咏物之祖也，而其体犹未全。至六朝而始，以一物命题，唐人继之，著作益工。两宋、元、明承之，篇什愈广。故咏物一体，三百篇导其源，六朝备其制，唐人擅其美，两宋、元、明沿其传。①

上述内容大致梳理廓清了咏物诗的历史起源及各朝各代的演变发展。现代学者于志鹏界定咏物诗的概念为：

> 以自然风物，包括天象、植物、动物以及人工物品和物化的人等物类为吟咏对象。它们或为诗歌的题目，或为诗歌创作的主体，在诗中作者或就物论物，或借物咏怀寄寓深意。这样的诗歌，就叫咏物诗。②

① 俞琰：《咏物诗选》，成都古籍书店，1987年，第2页。

② 于志鹏：《中国古代咏物诗概念界说》，《济南大学学报》（社会科学版），2004年，第2页。

杨凤琴则进一步指出咏物诗的种类具体包括“天象及无生命的自然物类，如日月星辰、风云雨雪、山石水泉等；植物类，如花草树木等；动物类，如鸟兽虫鱼等；人工建筑物及器物类，如亭台楼阁、用具器皿、布帛衣履等”[①]，将咏物诗与其他类型的诗歌相区别，使得所咏之物的范围更加明确。中国古代的咏物诗较为著名的有骆宾王的《咏鹅》：“鹅，鹅，鹅，曲项向天歌。白毛浮绿水，红掌拨清波。”贺知章的《咏柳》：“碧玉妆成一树高，万条垂下绿丝绦。不知细叶谁裁出，二月春风似剪刀。”诸如此类脍炙人口、耳熟能详的作品，确为托物言志的佳作。

退溪的咏物诗，描写对象主要集中于花木。诗作中“属于花木的诗语占百分之二点三，诗韵占全部的二点九。其花木之中，以‘节友’为主。自注：‘松、竹、梅、菊、莲已为友。’”[②]退溪酷爱梅花，尤其欣赏梅花傲雪凌霜、高洁淡泊、坚韧不拔的精神与品性，如《庭梅二绝》其二：

剪冰裁玉岁寒姿，开向青春欲暮时。
自是天香无早晚，不应因地有迁移。[③]

梅花在退溪的笔下既有姿态风韵之美，又有精神气节之高。诗歌描写了岁末严寒里独自开放的梅花冰清玉洁、姿态优雅，是大自然“剪冰裁玉”的杰作。更为可贵的是，它一直从初春开到春末，本来就是国色天香，无心与百花争早晚，也不会因为栽种的地方迁移就改变其美丽的本质。这是借梅花而言退溪之志：不畏艰难、傲然挺立、与世无争，无论何时何地都坚守自己远大的志向与高洁的品性。

竹子挺拔有节，四季常青，象征君子潇洒清高、刚正不阿的情操。退溪的咏竹诗也写得生动传神、含义隽永，如《星山李子发号休叟索题申原亮画

---

① 杨凤琴：《唐代咏物诗研究》，上海师范大学博士学位论文，2005 年，第 3 页。

② ［韩］李秀雄：《朱熹与李退溪诗比较研究》，北京大学出版社，1991 年，第 155 页。

③ 《退溪先生文集 · 外集》卷一，《庭梅二绝》其二，见《陶山全书》第三册，韩国精神文化研究院，1980 年，第 412 页。

十竹十韵》其一“雪月竹”：

> 玉屑寒堆庆，冰轮迥映彻。
> 从知苦节坚，转觉虚心洁。[①]

此诗描绘了冬季下雪的夜晚，竹子所具有的风貌神韵。地上积满了厚厚的白雪，天上冷月徘徊，映照着清冷的人间。雪中的绿竹不畏风雪，挺直矗立，坚守气节，更让诗人想到了竹子坚硬外表下所隐藏的一片虚心，其纯洁高尚的品性令人心生喜爱。

菊花在陶渊明的笔下成了一代隐士的象征，它清新高雅，超凡出尘；它淡泊明志，宁静致远，代表了远离喧嚣，不与世俗同流合污的理想情怀。退溪喜爱陶渊明的诗作，也喜欢歌咏菊花，如《韩上舍永叔江墅十景》之六“菊劲秋霜”曰：

> 霜露鲜鲜菊万葩，金风萧瑟野人家。
> 花中隐逸知人意，岁晚心期讵有涯。[②]

诗中描绘了霜露寒凉的秋天里，菊花却依然朵朵开放，鲜艳可爱。百花之中，菊花作为高洁的隐士更能明晰人们的心意。由此看来，菊花对于退溪而言，俨然是相交多年的知己老友，彼此志趣相投，心意相通。咏菊实际上就是歌咏自己隐逸的理想和淡泊的胸怀。

总之，退溪的咏物诗形神毕肖、情感真挚，富有强烈的艺术感染力。他所歌颂的寒梅、青竹和金菊，正是其理想人格和精神气度的外在显现。通过阅读他的咏物诗篇，其君子风范和高洁品性更是一览无余，令人敬佩。

---

① 《退溪先生文集·内集》卷三，《星山李子发号休叟索题申原亮画十竹十韵》其一“雪月竹”，见《陶山全书》第一册，韩国精神文化研究院，1980年，第114页。

② 《退溪先生文集·内集》卷三，《韩上舍永叔江墅十景》之六“菊劲秋霜”，见《陶山全书》第一册，韩国精神文化研究院，1980年，第110页。

### （四）山水诗

退溪的大半生都住在山清水秀、风景宜人的陶山一带。大自然包容、灵动、温暖的特性使得退溪沉浸其中，如鱼得水，自由欢畅地释放自己的情绪，不断蕴藉和安顿着那颗饱经磨难的心灵。美丽的山川景物在某种程度上也成了他的生命乐土与精神家园。在退溪的诗歌当中，描绘自然美景的诗篇亦不在少数。退溪说朱熹的《武夷棹歌》并无学问次第意思，“而注者穿凿附会，节节牵合，皆非先生本意”[①]，此处的“山水诗”也取此意，即单纯欣赏自然山水的美好景致而有所感发，表达退溪个人情感的诗作。如前所述的借景说理之哲理诗不在此类别当中。

在中国，山水诗最早起源于《诗经》《楚辞》，但并不是整个作品描写的主体，而是诗人借此比兴的手段。直到魏晋南北朝时期，进入文学自觉的时代，谢灵运大量创作山水诗，使其正式踏入文学的舞台。刘勰在《文心雕龙》中说：“宋初文咏，体有因革，庄老告退，而山水方滋；俪采百字之偶，争价一句之奇，情必极貌以写物，辞必穷力而追新。”[②]进入唐代，山水诗的发展达到了顶峰，王维、孟浩然的作品情景交融、天人合一。之后的历代中国诗人创作出大量的山水诗。退溪的诗歌作品中，山水诗也有很多，如《三月初八日独游新岩六绝》之四：

> 杜鹃花发烂霞明，翠壁中开作锦屏。
> 满月泉圣仍坐久，洗来尘虑十分清。[③]

诗歌前两句写景，在山岩之中，杜鹃花漫山遍野地开放，美得就像绚烂的烟霞一样，青翠陡峭的山壁就像大门前装饰一新的锦屏，焕发着勃勃的生

---

① 《退溪先生文集·内集》卷十五，《答金成甫（德鹍）别纸（癸亥）》，见《陶山全书》第一册，韩国精神文化研究院，1980 年，第 368 页。

② 刘勰著，周振甫注：《文心雕龙注释》，人民文学出版社，1981 年，第 49 页。

③ 《退溪先生文集·内集》卷四，《三月初八日独游新岩六绝》之四，见《陶山全书》第一册，韩国精神文化研究院，1980 年，第 132 页。

机；后两句抒怀，诗人独自在圆圆的满月下面久坐，伴随旁边的是泉水叮咚的悦耳之声，沉浸在这样如梦幻般的美景之中，仿佛已经洗去了尘世间的所有烦恼，获得了内心的安宁与清静。作者陶醉在此情此景之中，心境恬淡平和，物我交融，怡然自乐。《次韵集胜亭十绝》之五“堂洞春花”：

一春花事发玄坤，锦绣千堆映洞门。
亭上百杯余兴在，欲随春去问花源。[①]

诗中以花开繁盛的春日美景为描写对象，表达了诗人向往自由，渴望寻觅到尘世之外清雅秀丽、安闲自适的理想家园，就像陶渊明笔下的世外桃源，在这一方净土之中安顿自己疲惫已久的心灵。《游月澜庵七绝》其五“朗咏台”：

无限云山落眼前，玉虹萦带俯长川。
何妨扫石凭高处，朗咏金声掷地篇。[②]

诗人登上高高的朗咏台，望不尽的云海纵横，山峦起伏雄壮，美丽的景色都集中在眼前，静静流淌的小河像一弯彩虹，温润如玉地静卧在山谷中央，如此仙山胜境让人不禁想要攀登到最高处，兴致勃发地大声朗读掷地有声的诗篇。退溪的山水诗描写景物惟妙惟肖，表达情感真挚细腻，将自我与山水融为一体，达到了天人合一的境界，新颖灵动，令人回味无穷。

### （五）题画诗

题画诗是一种比较特殊的诗歌类型，它蕴含了画和诗两种元素，将绘画

① 《退溪先生诗内集》卷五，《次韵集胜亭十绝》之五“堂洞春花”，见《陶山全书》第一册，韩国精神文化研究院，1980 年，第 153 页。

② 《退溪先生文集·内集》卷四，《游月澜庵七绝》其五“朗咏台”，见《陶山全书》第一册，韩国精神文化研究院，1980 年，第 130 页。

展现的固体物象和诗歌表现的情感变化融为一体，互相补充，相得益彰，形成了独特的艺术风格。“题画诗有广义和狭义之分，广义的题画诗指一切因画而作之诗，形式上可以题于画上，亦可题于画外，内容上可以咏画赞画家，亦可借画议论抒情。狭义的题画诗则专指题写于画上之诗。”①中国在唐代之前是题画诗的滥觞期，真正发展成熟是在唐代。杜甫留下的题画诗一共有19首，代表了唐代题画诗的最高水准。宋代的题画诗大家云集，名作不断涌现，最著名的是苏轼与黄庭坚。其后的元明清之发展，皆跳脱不出唐宋之藩篱。退溪的题画诗主题丰富，既有自然山水又有人物故事，既有飞禽走兽又有植物花卉，大多是以组诗的形式出现，在描写画面内容的同时，融入了诗人的主观情感，诗情画意，相映成趣。《题画八绝》中有睡雕、燕鹰、月鹤、芦燕、白鹭、猕猴、竹禽、稚鹊8种动物，其中“月鹤”篇云：

仙鹤刷毛衣，飒身望空月。
意欲谢尘氛，天门一超越。②

诗歌的前两句首先描绘画面上仙鹤的姿态动作，它在洗刷自己的羽毛，以飒爽之姿直立起来仰望着星空中的明月；后两句是诗人看着仙鹤如此行状来猜想它的愿望和意图，也代表了作者心中的一种幻想与企盼，就是要告别这凡尘俗世的一切，超越所有烦恼直飞天门。这就赋予了画面未有之深意，使得仙鹤的形象更加鲜明立体，画作的意境更加隽永深远。《郑之中求题屏画八绝》是关于人物故事的题画诗，都是中国历史上的精彩典故，有商山四皓、桐江垂钓、草庐三顾、江东归帆、栗里隐居、华山坠驴、濂溪爱莲、孤山梅隐。其三“草庐三顾”篇曰：

草庐三顾礼勤汤，谈笑逡巡辨帝王。

① 李旭婷：《南宋题画诗研究》，南京大学博士学位论文，2016年，第8页。

② 《退溪先生文集·别集》卷二，《题画八绝》之“月鹤”，见《陶山全书》第三册，韩国精神文化研究院，1980年，第454页。

莫恨天诛功未讫，奸雄心事泣分香。[①]

刘备三顾茅庐求得诸葛亮出山，为其出谋划策建立了蜀国江山，然而未能完成统一国家的心愿，诸葛亮就“出师未捷身先死，长使英雄泪满襟”了。这首题画诗更多表达了诗人对所绘图画观看之后的内心感受。诗中说刘备三顾草庐可谓是诚心之至，请了诸葛亮出山协助其治理大好河山。接下来指出诸葛亮没有必要伤心遗憾，虽然没有完成毕生心愿就离开人世，但是就算是曹操这样的一代奸雄，死的时候也不得不丢下妻子儿女而带着无穷的遗恨奔赴黄泉，从中显示出退溪对历史事件的评判态度与价值判断。《题山水图》其一：

云山顷刻满毫端，醉里无穷入眼看。
昨夜雨声添碧涧，小桥荒店酒旗寒。[②]

画家的功力深厚，顷刻之间笔端涌现出云雾缭绕的山色。醉眼看画之时出现无限朦胧的美丽景致。那云山之中的碧绿涧水、小桥、荒店、酒旗栩栩如生，读诗犹如观画，眼前浮现出颇具真实感的画面，这就是苏轼评价王维诗歌的“诗中有画，画中有诗”的境界。退溪的题画诗有对绘画内容的直接描绘，有个人心志情思的寄托，有观看画作之后的内心感受，有“诗画一体”的完美表达，从整体上呈现出较高的艺术价值与水准，使人印象深刻、回味无穷。

### （六）纪梦诗

梦是人类的一种特殊的精神活动，是对现实生活中未能实现的愿望的一

---

① 《退溪先生文集·内集》卷三，《郑之中求题屏画八绝》其三“草庐三顾”，见《陶山全书》第一册，韩国精神文化研究院，1980年，第112页。

② 《退溪先生文集·别集》卷一，《题山水图》其一，见《陶山全书》第三册，韩国精神文化研究院，1980年，第429页。

种补偿和治疗。孔子就曾经梦见周公，这是身处乱世的他渴望太平有序的社会和实现儒家人生理想的一种满足。张载也提出："从心莫如梦。"[①]可见梦对调节人类精神世界的重要作用。从古至今，诗人们都有着天马行空、驰骋想象的个性，虚幻与真实、自由与浪漫的梦境就成为他们关注的对象，纪梦诗也自然成为中国古典诗歌当中的重要题材之一。纪梦诗的主要内容有怀念故人的，如魏晋南北朝时期的何逊，他创作了《夜梦故人诗》[②]，将对友人的思念与个人的伤痛经历结合在一起，抒发了抱负难展，生不逢时的感慨；有梦回故乡的，如鲍照的《梦归乡诗》[③]，就是这方面的典型代表，诗作分为梦前、梦中、梦后三个阶段，表达了对故乡的强烈思念和渴望与家人团聚的心愿；有梦游仙境的，如李白的《梦游天姥吟留别》[④]，意境雄伟，缤纷多彩，在梦中，诗人来到了吴越的天姥山，见到了如梦如幻的美丽风景，然而这一切终究是一场梦，诗人从梦中醒来，不禁发出"世间行乐亦如此，古来万事东流水"的感慨；有对国事的忧怀挂念，如著名爱国诗人陆游的《九月十六日夜梦驻军河外，遣使招降诸城，觉而有作》[⑤]，高昂激越，振奋人心，诗人在梦境中看到了对敌战斗的胜利，长期以来渴望收复失地、统一中原的心愿获得了满足和蕴藉。退溪的纪梦诗也是其内心世界的曲折反映，如《梦中乐》一诗曰：

我梦携我友，扁舟泛湖江。
青山插两岸，绿水无涛泷。
飘飖凌万顷，浩荡白鸥变。
篧篧弄钓竿，盈盈对酒缸。
寒襟顿萧瑟，真境超鸿庞。
了知梦中乐，不用金石撞。

① 王夫之：《张子正蒙注》，中华书局，1975年，第203页。
② 逯钦立辑校：《先秦汉魏晋南北朝诗》，中华书局，1983年，第1697页。
③ 逯钦立辑校：《先秦汉魏晋南北朝诗》，中华书局，1983年，第1303页。
④ 彭定求编：《全唐诗》第5册，中华书局，1960年，第1780页。
⑤ 陆游著，钱仲联校注：《剑南诗稿校注》卷四，上海古籍出版社，2005年，第340页。

苇间有老父，令我意甚降。
溯洄欲问道，欻去人空洪。
霜风振古木，惊回仍故邦。
姮娥如相慰，粲然窥我窗。①

退溪梦见自己和好友在江湖泛着小舟，两岸青山沿江矗立，碧绿的江水平静而没有涟漪。微风吹来，波涛万顷，广阔的水面上白鸥嬉戏。他们用细长的竹竿钓鱼，共同斟满美酒举杯痛饮，不觉胸襟潇洒爽快，境界宽阔无边。这个时候他们在芦苇间看到一位老者，神采气质令诗人十分敬佩，想要移舟过去向他请教的时候，这位老人却急忙走进了山谷。冷风吹来摇动古树，也惊醒了诗人的美梦。惆怅之余，月亮也好似来安慰诗人，在窗户上洒下了美丽的银光。从题目可以看出，退溪做了这个梦是十分开心快乐的，与好友游览美景，共饮好酒，景色宜人，心情畅快。这是退溪平日里思念友人之情在梦境中的呈现。梦里都是充满神奇和瑰丽的，他遇到了一位世外高人，想要与他探讨学问之时却人去梦醒，又回到了现实。对美好梦境回味不已的退溪只好通过月亮来获取安慰。全诗叙述了梦中的过程，经历的人和事，周围的山水景色，诗人欢快的心情以及梦醒之后的依依不舍，细细回味，结构浑然一体，境界洒脱自然。《至月初八日夜记梦二绝》其一曰：

梦入天门近耿光，血诚容许露衷肠。
团辞未半惊蝴蝶，月落参横夜正长。

其二曰：

未竟危辞感慨多，不知能竟又如何？

① 《退溪先生文集·别集》卷二，《梦中乐》，见《陶山全书》第三册，韩国精神文化研究院，1980年，第436页。

起来依旧身痾绊，其奈洪恩若海波。[①]

退溪虽然后半生一直辞官不就，但内心也是忧心国事、牵挂君民的。这两首诗描述梦中他来到了天宫，向心中的君王圣上进献泣血的谏言，但是话还没有说到一半就从梦中惊醒，因为没有说尽逆耳的忠言，内心无限感慨。可是就算说尽了又能如何？清晨起床，诗人又带着满身的病痛踏上行程，心中涌起的是面对浩荡皇恩无以为报的歉疚怅然。此种梦境是诗人内心世界的真实反映，是积虑之久的情感宣泄，纪梦诗也成为诗人感发抒怀，记录心事的重要载体。《纪梦》一诗云：

我梦寻幽入洞天，千岩万壑凌云烟。
中有玉溪青如蓝，溯洄一棹神飘然。
仰看山腰道人居，行穿紫翠如登虚。
迎人开户一室清，臞仙出揖曳霞裾。
仿佛何年吾所游，壁上旧题留不留。
屋边刳木飞寒泉，团团桂树枝相床。
同来二子顾且叹，结栖永凝遗尘绊。
忽然欠身形蘧蘧，鸡呼月在南窗半。[②]

这首诗是典型的梦游仙诗。梦中，诗人为了寻求幽静之处而进入了仙境。千峰、溪水、小船、树木都是那么逼真，如在眼前。瘦削的道士仙衣飘飘地拱手相迎，退溪来到这深山雾霭之处的居室，仿佛以前曾经来过。他想在这里建造房屋住下来，永久地远离尘世的羁绊与束缚，但是这时忽然打了个哈欠、伸了个懒腰，发现自己正躺在床上，原来只是美梦一场，此时正好雄鸡

① 《退溪先生文集·内集》卷四，《至月初八日夜记梦二绝》，见《陶山全书》第一册，韩国精神文化研究院，1980 年，第 130 页。

② 《退溪先生文集·内集》卷五，《纪梦》，见《陶山全书》第一册，韩国精神文化研究院，1980 年，第 139—140 页。

打鸣，天还没有完全亮，月亮依旧悬挂在南边的半空之中。在这首诗中，退溪充分发挥想象力和创造力，在虚拟的梦境之中任凭思绪上下纵横，自由驰骋。他精心营造的艺术世界是现实与幻境的结合，亦真亦幻，如梦初醒。纪梦诗是退溪诗歌创作当中比较特别的一个类型，通过研究这些作品，可以更加清晰地窥见退溪深邃而丰富的内心世界，对其潜意识和思想活动也会有一个更加准确的把握与理解。

### （七）挽诗

对生命消逝的哀叹是文学创作中永恒的主题，它反映了人们面对死亡和离别时的态度以及对生命意义和价值的思考。挽诗就是纪念、哀悼去世之人的诗歌。《诗经》中的《唐风·葛生》[①]开头写："葛生蒙楚，蔹蔓于野。予美亡此，谁与独处？"面对逝去的爱人，生者的悲伤无法抑制。"角枕粲兮，锦衾烂兮。予美亡此，谁与独旦？"看见故人用过的东西，睹物思人，痛苦更甚，于是在诗歌的结尾部分发出了"夏之日，冬之夜。百岁之后，归于其居"的心愿，经历夏季的烈日炎炎和冬季的漫漫长夜，百年之后一定会相聚在一起。其哀伤之重、思念之深，真挚的感情动人心魄，成为了后世挽诗的源头。其后历朝历代，同题材作品不断涌现，形式也变得多样起来，出现了自挽诗、伤悼词、挽歌诗等。唐代诗人元稹的《遣悲怀》三首、宋代大文豪苏轼的《江城子·十年生死两茫茫》都是悼念亡妻所作，也是哀悼死者诗词中的经典之作。退溪的挽诗，从哀悼对象上看，有朋友、弟子、家人、弟子的亲属等；从内容上看，有表达悲伤心情的，有赞扬故人平生事迹和人品风貌的，有抒发对已逝之人永久怀念的，等等。《知中枢聋岩李先生挽词二首》之二云：

宠眷三朝厚，风流一代尊。
浮名同草芥，胜事极林园。
几幸蓝与举，俄惊鹤梦骞。

① 程俊英：《诗经译注》，上海古籍出版社，2004年，第122页。

羊昙无限恸，不忍过西门。[①]

聋岩李先生，名贤辅，他比退溪大34岁，二人私交甚好，往来频繁，结下了深厚的友情。退溪对其为人很是敬重。他去世以后，退溪不但为其作挽诗，还著有《祭聋岩李知事先生贤辅文》《崇政大夫行知中枢府事聋岩李先生行状》，可见二人交情非比寻常。诗歌开头两句赞扬聋岩先生历经三朝而一直受到人们的衷心爱戴，其显赫的尊名成为一代杰出的榜样。接下来退溪笔锋一转，写利禄浮名对于聋岩先生来讲就像草芥一样不值一提，他一生中最完美的事情都是在隐居生活中完成的。退溪经常庆幸这个年龄比自己大很多的老朋友，在年迈的时候还能够乘着竹轿来和他一起相聚，开怀畅聊，然而顷刻之间就得知了他驾鹤西去的消息，这让退溪感到很突然，一时之间无法接受这个悲伤的事实。诗歌最后两句说自己心中有无限的悲痛与感慨，就像羊昙一样不忍从西州门经过，这里使用中国古代的著名典故，形象而深刻地表达了退溪失去挚友，沉痛无比的心情。《黄星州仲举挽词二首》之一：

早聘词华晚改求，仕中为学欲兼优。
勤劬积日千苛集，归去中途万事休。
陶舍宿心违讲习，锦溪幽抱失藏修。
朱书每欲人同读，几忆平生泪共流。[②]

黄仲举，名俊良，号锦溪，平海人，“生有异质，明敏颖秀，风标如画”[③]，18岁参加南省考试，考官看到他的文章，拍手称赞，从此名声大振；22岁中进士。他是聋岩先生李贤辅的孙婿，通过聋岩结识了退溪，随后就坚定

① 《退溪先生文集·内集》卷二，《知中枢聋岩李先生挽词二首》之二，见《陶山全书》第一册，韩国精神文化研究院，1980年，第80页。

② 《退溪先生文集·内集》卷三，《黄星州仲举挽词二首》之一，见《陶山全书》第一册，韩国精神文化研究院，1980年，第113页。

③ 《陶山及诸门贤录》卷一，黄俊良篇，见贾顺先主编：《退溪全书今注今译》第八册，第515页。

地跟随退溪学习，他尤其喜欢读朱子书，颇受启发。黄仲举重视教育，创建了白鹤书院。在担任星州牧时，组织刻印了《朱子书节要》。他读书经常到废寝忘食的地步，每天孜孜不倦地深入钻研学问，所以退溪非常喜爱和器重这个刻苦又优秀的学生。他身体常年遭受病痛折磨，在47岁辞官回乡之时，死于途中。退溪为他撰写行状，并亲手校订文稿，可见师徒情谊之深厚。诗歌开头先称赞黄仲举的文章秀美纵横，仕途和求学都想做到优秀。接下来说他每日因过于辛苦劳累而导致百病缠身，最后在辞官回乡之时病发去世。陶舍和锦溪都是原来的模样，曾经的故人却已不见踪影。常常回忆起大家共同拜读朱子书时的场景，追忆往昔历历在目，不禁让人潸然泪下。退溪在这里抒发了痛失弟子和知音的一种深深的悲伤之情。退溪曾为自己的嫂子贞夫人金氏书写挽诗，主要讲述了她悲喜交加的人生经历：

延安金谱旧簪缨，今复移天得显荣。
半世已多征吉梦，中途何遽作哀茕。
恩沾夜隧年双九，庆到儿官月缺盈。
弱草惊尘谁不痛，归依还幸是同茔。①

贞夫人金氏是退溪的兄长李瀣的妻子。李瀣被奸相李芑设计陷害致死，其妻儿备受打击。诗歌前半部分讲述金氏出身延安的簪缨之家，与丈夫成婚之后过着幸福的生活。她前半生有过许多吉祥美好的梦，中年后因为丈夫的蒙冤离世，只剩下了无尽的哀痛与孤独。后半部分叙述君王下旨使冤案平反昭雪，但距离事件发生已经过去了整整十八年。正当大家共同庆祝她的儿子当官之时，饱受磨难的金氏却离开了人世。值得庆幸的是，她死后可以与丈夫埋在一个坟墓里，二人终于在九泉之下得以团聚，这是令退溪一家倍感欣慰的地方。退溪的挽诗感情真挚、表达深沉，具有很强的艺术感染力。

① 《退溪先生文集·内集》卷五，《贞夫人金氏挽词》，见《陶山全书》第一册，韩国精神文化研究院，1980年，第146页。

## 三、诗歌的意境与风格

意境是诗歌美学当中重要和基本的一个审美范畴，它是客观物象与主观意识相互融合之后的产物，是情与景、意与境、虚与实、有限之象与无限之意的结合与统一。《辞海》中对"意境"有明确的定义："文艺作品中所描绘的客观图景与所表现的思想感情融合一致而形成的一种艺术境界。具有虚实相生、意与境谐、深邃幽远的审美物征，能使读者产生想象和联想，如身入其境，在思想情感上受到感染。"[①]可见，原本是现实世界当中的客观景物，经过诗人思想感情的熔铸和心灵感受的投射，而创造出一种浑然天成、回味无穷的艺术境界，使人读后产生强烈的感染力与审美愉悦，这就是所谓"意境"。而是否具有美的意境也成为评判一首诗歌优劣的重要标准。中国历史上首次提出"意境"一词的是唐代王昌龄的《诗格》，他在其中指出：

> 诗有三境：一曰物境。欲为山水诗，则张泉石云峰之境，极力艳秀者，神之于心，处身于境，视境于心，莹然掌中，然后用思，了然境象，故得形似。二曰情境。娱乐仇怨，皆张于意而处于身，然后驰思，深得其情。三曰意境。亦张之于意而思之于心，则得其真矣。[②]

"物境"主要描绘泉石云峰等自然景物的形态，以写物取胜；"情境"主要表现人们娱乐仇怨等各种心理情感，以写情见长；而"意境"则是"张之于意而思之于心"，强调审美主体的艺术灵感和艺术想象，将外在景物与内在情感融合在一起，达到一种主客观统一的境界。

宋代诗论家严羽在他的《沧浪诗话》中也对意境理论进行了较为系统的研究，倡导一种含蓄深远、韵味无穷的诗歌意境，他说："盛唐诸公，唯在兴趣。羚羊挂角，无迹可求。故其妙处，透彻玲珑，不可凑拍。如空中之音、

① 《辞海》，上海辞书出版社，1999 年缩印本，第 2453 页。

② 张伯伟：《全唐五代诗格汇考》，江苏古籍出版社，2002 年，第 172 页。

相中之色、水中之影、镜中之象，言有尽而意无穷。”[①]

王国维则在吸取前代诸贤的理论基础之上，结合西方美学思想，完成了对意境理论的总结。他明确地把意境视为诗歌创作的最高美学范畴，无论诗歌的发展演变，作家作品的优劣得失，都是以有无“境界”来作为评判标准，他提出：“词以境界为最上，有境界则自成高格，自有名句。”[②]还进一步指出意境与气质、神韵、格律相比的重要地位：“言气质，言格律，言神韵，不如言境界；境界，本也；气质，格律，神韵，末也。有境界而三者随之矣。”在境界面前，气质、神韵、格律这些原本被古代文论家视为评判文学艺术作品的重要考察标准都要退居二线，因为意境是根本，把意境营造好了，这三者自然就随之而出了，最大程度地强化和凸显了意境的价值与作用。他还把意境从整体上划分为两种类型：

> 有有我之境，有无我之境。“泪眼问花花不语，乱红飞过秋千去”，“可堪孤馆闭春寒，杜鹃声里斜阳暮”，有我之境也。“采菊东篱下，悠然见南山”，“寒波澹澹起，白鸟悠悠下”，无我之境也。有我之境，以我观物，故物皆著我之色彩。无我之境，以物观物，故不知何者为我，何者为物。[③]

“有我之境”是以一种“以我观物”的方式，物我两分，客观物象因为作者主观意识的渗入而披上了一层鲜明的感情色彩。如秦观的“可堪孤馆闭春寒，杜鹃声里斜阳暮”，旅馆、杜鹃、斜阳都是自然界的客观存在，但是因为作者身在异乡、仕途受阻、生命将暮，因内心情感不被人所理解而产生了一种深深的孤苦凄凉之情，从而使得旅馆显得格外孤独，杜鹃发出悲哀的鸣叫，残阳日暮更添寂寥冷寞，“故物皆著我之色彩”，这就是“有我之境”。

---

① 北京大学哲学系美学教研室：《中国美学史资料选编》（下），中华书局，1980年，第121—122页。

② 王国维：《人间词话》，上海古籍出版社，1998年，第1页。

③ 王国维著，滕咸惠校注：《人间词话新注》，齐鲁书社，1981年，第37页。

“无我之境”是“以物观物”的方式，物我一体，把自己也视为被观察对象之“物”，淡化个人的喜怒哀乐，超脱自身的荣辱得失，从而达到一种自由、通达、纯净的心灵状态。如陶渊明的“采菊东篱下，悠然见南山”中的“菊花”素雅恬淡，是隐士的象征，“南山”静谧安然，寂然无语，自得其乐，这与陶渊明的心境气质十分符合，人与大自然达到了一种浑然一体、物我难分的境界，“故不知何者为我，何者为物”，这就是“无我之境”。王国维对意境的认识比较全面和系统，也为我们鉴赏诗歌作品、把握诗歌特点提供了重要的理论指导。

诗人的生活经历各有不同，思想感情也是丰富多样的，反映到诗歌创作中会出现很多不同种类的意境形态。即便是同一个作家的作品当中也会有各种不同的心境流露和情感宣泄，表现出作家复杂深邃的内心世界。清代刘熙载关于诗歌意境提出了著名的四分法：“花鸟缠绵，云雷奋发，弦泉幽咽，雪月空明，诗不出此四境。”[①]“花鸟缠绵”是指一种明丽鲜艳之美，如李白《清平调·其一》中的“云想衣裳花想容，春风拂槛露华浓”；“云雷奋发”是指一种热烈崇高的美，如苏轼《念奴娇·赤壁怀古》中的“大江东去，浪淘尽，千古风流人物”；“弦泉幽咽”是一种悲凉凄清的美，如李清照《声声慢》中的“寻寻觅觅，冷冷清清，凄凄惨惨戚戚”；“雪月空明”则是一种平和静穆的美，如王维《山居秋暝》中的“空山新雨后，天气晚来秋。明月松间照，清泉石上流”。不同的诗歌意境代表了诗人不同的情感特质与内心世界，对诗歌意境风格的分析研究，也是解读诗歌作品内涵，把握作者情感脉络的重要手段。退溪的诗歌意境，总体上可以划分为以下三类，即宁静淡泊、旷达开朗、清冷寂寥。

### （一）宁静淡泊

退溪天性喜静，他在《次友人寄诗求和韵二首》之二中曰：“性僻常耽静，形羸实怕寒。松风开院听，梅雪拥炉看。世味衰年别，人生末路难。悟

① 刘熙载：《艺概》，上海古籍出版社，1978年，第3页。

来成一笑，曾是梦愧安。”[1]他评价自己生来性情孤僻，喜欢幽静独处。身居小院，静静聆听山林中的阵阵松涛，围着火炉，他一边写诗，一边欣赏傲雪开放的梅花。虽然人世艰难，经历了种种挫折磨难，但是回首往昔，领悟感触之后发出了会心一笑，往事如梦，不必挂怀。他崇仰陶渊明是因为他和陶渊明一样，都想要远离世俗，保持恬淡自适的心境。他的诗歌当中，自然呈现出一种宁静淡泊、空寂幽美的意境，如《步自溪上踰山至书堂》一诗：

花发岩崖春寂寂，鸟鸣涧树水潺潺。
偶从山后携童冠，闲到山前问考槃。[2]

此诗的第一句写“静”，春天寂静无声，山崖上的野花寂静地开放。第二句写“动”，涧水不断流动，水声潺潺，旁边树上的鸟儿悠悠鸣叫。春天虽然寂静，但是花开草绿，树木生长，自有生气盎然之动态活力；深山之中的涧水潺潺，鸟儿声鸣，活跃之中又带有幽深静谧的机趣，这静中有动，动中有静，一动一静，相伴其间，从中表现出诗人的一种平和宁静、怡然自得之襟怀，与王维的《鸟鸣涧》“人闲桂花落，夜静春山空。月出惊山鸟，时鸣春涧中”一样，有着空灵静谧又蕴含生机活力的意境之美。《溪堂前方塘微雨后作》一诗云：

小塘雨丝丝，清晨独来憩。
窗虚可坐临，地净无尘翳。
霭霭云气垂，微微波纹细。
苍苔失满嵌，碧草沾委砌。
余霏洗水面，一鉴寒泼皆。

① 《退溪先生文集·内集》卷三，《次友人寄诗求和韵二首》之二，见《陶山全书》第一册，韩国精神文化研究院，1980年，第109页。

② 《退溪先生文集·内集》卷三，《步自溪上踰山至书堂》，见《陶山全书》第一册，韩国精神文化研究院，1980年，第105页。

度鸟忽遗影，游鱼新得计。
夙昔抱冲素，生平不狎世。
蒙泉有活源，果育希晚岁。
题诗岂梦占，观书尝天契。
何况后夜来，风月更光霁。[①]

诗人所住溪堂的前方有一个池塘，恰逢微微细雨，清晨起床之后，他独自在这里散步休息，雨中美景就这样呈现在眼前：大地被细雨湿润之后，非常纯净，没有灰尘。清风吹拂水面，泛起细细的波纹。苍苔与小草静静生长，池塘的表面也因为小雨的清洗而波光粼粼，使人望之清凉爽目。飞鸟掠过水面，留下潇洒的身影。鱼儿在水中自由嬉戏。正因为诗人一生抱守着冲淡质朴的人生观，从来没有用玩弄戏谑的态度对待世界上的人和事，所以才拥有如此平和静穆的心态，雨后风景在他笔下呈现出恬淡安宁、趣味十足的优美境界。《山居四时各四吟，共十六绝》中云：

夕阳佳色动溪山，风定云间鸟自还。
独坐幽怀谁与语，岩阿寂寂水潺潺。[②]

这首诗首句言夕阳的美丽光辉改变了溪水山林的美色，次句写晚风初定，觅食的鸟儿从云间返回家园，这是多么安宁闲适的景象！一个“动”和一个“定”，也揭示出了变化与静止之间相对相融的意蕴。诗人此刻独坐房中，幽怀心曲向谁诉说？窗外有寂静的山岩和潺潺的流水，一切尽在不言中。宁静淡泊的诗歌意境是退溪性格气质、精神风貌在文学创作中的具体呈现，也代表了退溪作品卓然不凡的艺术水准与价值成就。

---

① 《退溪先生文集·内集》卷二，《溪堂前方塘微雨后作》，见《陶山全书》第一册，韩国精神文化研究院，1980 年，第 73 页。

② 《退溪先生文集·内集》卷四，《山居四时各四吟，共十六绝》，“右春四吟”之《暮》，见《陶山全书》第一册，韩国精神文化研究院，1980 年，第 122 页。

### （二）旷达开朗

退溪是一位满腹学识的哲人、思想家，又尝尽了人生中的酸甜苦辣。丰富的阅历、智慧的思维，让他面对生活的时候，总是抱有一种旷达的胸怀，用他的一腔豪情去面对各种世事变化，在经历无数沧海桑田之后，也仍然保存一颗纯真的赤子之心。这也反映在他的诗歌创作当中，现实中的客观物象与他的洒脱胸襟和豪迈气势相互融合，呈现出一种旷达开朗、气势恢宏的艺术境界，如《夕霁登台》曰：

天末归云千万峰，碧波青嶂夕阳红。
携筇急向高台上，一笑开襟万里风。①

诗人在晴天的傍晚，拄着手杖，急匆匆地向高台奔去，远处天边万峰千山间流动着归去的白云，火红的夕阳映照着美丽的碧水青山，诗人迎着万里长风，敞开胸怀，放声大笑，酣畅淋漓，纵横恣肆。诗歌中所描写的景观大气磅礴、雄伟壮观。因为登高望远，所以视野开阔、胸襟豪迈，高高矗立的山峰与高台，夕阳、碧水、晚风都因为作者的心情而显得更为气势动人。《直渊瀑布韵》中曰：

白练横飞翠障围，劈开山谷减云肥。
涨时河落深春地，急处雷奔下激几。
何许灵源建海窟，几多余沫散林霏。
雄观未遂垆峰胜，且向兹山欲拂衣。②

瀑布在诗人的笔下无比雄伟壮观，像一尺白练从天上飞落，劈开山脊又

① 《退溪先生文集·内集》卷三，《夕霁登台》，见《陶山全书》第一册，韩国精神文化研究院，1980年，第107页。

② 《退溪先生文集·别集》卷二，《次韵季珍游边山诸作》之二《直渊瀑布韵》，见《陶山全书》第三册，韩国精神文化研究院，1980年，第446页。

冲散了浓云。水涨之时如银河直落九天，冲刷着平地。急流之处如雷神一般，怒吼奔突冲击着岩石。也许有连着大海的水窟做它的灵源，如此恢宏盛景，诗人还没有欣赏够，面对此山仍想振奋提衣向上攀登。诗中气势奔涌的瀑布与作者豪迈旷达的胸怀紧密结合在一起，营造了一个诗情满满、意境开阔的艺术效果，令人读之不禁豪情满怀，昂扬向上。《月溪峡暮景》云：

倚船吟望远山低，隐隐征帆总向西。
日暮烟波千万里，芳洲无限草萋萋。①

诗人乘船在月溪峡行驶着，他欣赏着奇丽的日暮之景。扶靠着船舷瞭望，远处的山峰是那样的低矮渺小。后两句“日暮烟波千万里，芳洲无限草萋萋”就凸显了作者开阔的视野和豁达的胸襟。日暮时分，夕阳西下，诗人乘船望着烟波浩渺，有千万里之遥，与天相连，无穷无尽。岸边的草木生长得非常茂盛，还传来了阵阵的清香，就算平素心中有什么烦恼忧虑，也会在这波涛滚滚、水势浩瀚、绿叶芳草、隐隐飘香的情景之中烟消云散吧！此种旷达开朗之意境的确使人心旷神怡、回味悠远。

### （三）清冷寂寥

退溪自幼苦读诗书，因为用功过度而落下了“羸悴之疾”，之后辞官讲学的后半生，病痛一直折磨着他瘦弱的身躯。而且他本无心入仕，迫于家庭贫困、母亲年老，在周围亲友的不断劝说之下才无奈应举。在他做官任职的10余年间，无时无刻不想着有朝一日能够归隐山间钻研学问，直到年近五旬才实现愿望，却因年老体弱、精神不济而不能全力投入，常常感到悔恨与自责。再加上仕途中遭遇的挫折与迫害，两度丧妻，中年丧子，兄长被诬陷身亡，种种伤心之事，无法排解之时，诗歌就成为他治疗伤痛和对抗病魔的良

---

① 《退溪先生文集·别集》卷一，《月溪峡暮景》，见《陶山全书》第三册，韩国精神文化研究院，1980年，第419页。

药。通过创作诗歌作品，宣泄内心的凄苦悲凉，也是退溪自我疗救的一种重要的方式，所以退溪诗歌中有很大一部分呈现出清冷寂寥、苍茫沉郁的意境。《十六日雨》中曰：

忆昨大雪当严冬，北风怒号寒威凶。
鸟雀冻死熊罴蛰，冷室破絮愁病翁。
今朝雨声满园林，枕上已作悲春心。
年光如驰人事改，世故莽莽头雪侵。
东屯西崦屡迁居，小草远志终何如？
起来大叫索酒卮，看云搔首仍踌躇。①

诗人在寒冷简陋的卧室里，披着破烂的棉被，拖着病痛的身躯，回忆起昨天下的大雪，西北风带着寒冷的冬意呼啸而过，弱小的鸟雀们都被冻死了，熊罴这样的猛兽也赶紧躲起来蛰伏冬眠。早晨醒来听见外面雨声阵阵，不禁产生了悲春之心。然而真正让人感到寒冷的不是大自然的雪雨风霜，而是这个冷漠凄清的人世。时光飞逝，岁月沧桑，周围的一切早已发生了诸多变化，诗人的头发也已花白，不断把家从东村迁到西村来回折腾，就算是小草有远大的志向又能如何？诗人只能仰望苍天，抚摸着自己的白发，心中无限伤心与苦闷。这首诗通过大雪严冬、北风怒号、冻死的鸟雀、蛰伏的猛兽、寒冷的屋舍、破烂的棉絮、愁苦的病翁等这些鲜明立体的意象动态，细致刻画了一个寒冷寂寥、孤独忧伤的艺术境界，表达了作者在寒冷天气中独处之时，内心所充满的凄苦愁闷之感。《映湖楼》诗云：

客中愁思雨中多，况值秋风意转加。
独自上楼还尽日，但能有酒便忘家。

---

① 《退溪先生文集·内集》卷二，《十六日雨》，见《陶山全书》第一册，韩国精神文化研究院，1980年，第67页。

殷勤唤友将归燕，寂寞含情向晚花。
一曲清歌响林木，此心焉得似枯槎。[①]

客居他乡遇到下雨的时候特别容易产生乡愁，更何况这阵阵萧瑟的秋风使得愁思更深一层。诗人孤身一人在楼上坐了一整天，只有通过喝酒来排遣苦闷。连将归的燕子都殷勤地呼唤着朋友，傍晚的花朵也在寂寞的愁绪中脉脉含情。清歌一曲可以震响山间的林木，这种心情就像枯木一样在江水之中浮浮沉沉，看不到希望，只留下凄凉冷落、寂寞愁苦。整首诗的笔法沉郁、含义深邃，呈现出溢满愁情、愁思的清冷之境。《十七日朝寄大成》一诗云：

时光倏忽如飞电，花事纷披似乱云。
独坐独吟仍独卧，清愁难禁为思君。[②]

诗人不由得回想起往昔快如闪电的时光，转眼之间自己就走到了人生的暮年。"独坐独吟仍独卧"一个句子中重复出现了三个"独"字，通过"坐""吟""卧"这三个作者一人独自进行的动作，深刻表达了他内心的孤寂凄凉。清冷之愁无以为寄，写下诗歌送给友人以表达思念之情。时光易逝，永不复返，斯人老矣，青春不再，只有自己一个人在房间里坐立起卧，孤独地吟诵着诗歌，其间弥漫的是一种凄清冷寂、幽静沉郁的氛围与情境，读后令人不禁哀婉感伤，这种孤独清冷的感觉是浸入骨髓的，久久难以释怀。

风格是一名作家在艺术上成熟的标志，代表着一种鲜明的创作个性，是作家自身艺术风貌与特色的充分展现，如李白的豪放俊逸、杜甫的沉郁顿挫、孟浩然的静逸明秀、高适的慷慨奇伟、王昌龄的清刚劲健等。而众多杰出诗人的诗歌作品之所以能够光耀千古，为后世之人所喜爱与传颂，正是由于他

① 《退溪先生文集·别集》卷一，《映湖楼》，见《陶山全书》第三册，韩国精神文化研究院，1980年，第423页。

② 《退溪先生文集·内集》卷四，《十七日朝寄大成》，见《陶山全书》第一册，韩国精神文化研究院，1980年，第121页。

们颇具个性和辨识度的艺术风格。退溪的诗歌风格特色鲜明，概括起来，可以用清、正、淡、远四个字来形容。

（一）清

清，就是清新雅致、脱尘拔俗。正所谓诗品如人品，退溪素有清静淡泊的胸怀，静观世间万物的盛衰荣辱、千变万化，才能以清纯之气，遣清雅之词，造清新之诗。《溪庄喜黄锦溪惠访追寄》中有："为人性癖爱云烟，矗矗泠泠更酷怜。"①在这里，退溪说自己性情孤僻，喜欢飘然的云烟，更加酷爱高峻清新的大山。对待诗歌也是如此，在他心目当中，好诗一定是和"清"字有关的。如前所述，他欣赏友人、弟子的诗篇，多数以"清"来评价衡量，而他自己的诗歌作品也呈现出清新脱俗的风格特点。他游览庆云楼时所作诗歌，其二云：

春深花映竹，风细雨斜池。
静里泉声咽，浑疑说我诗。②

此诗语言之运用是自然而发的，不矫揉造作，不华丽雕琢，呈现出"天工与清新"的境界。诗人在好友的引导下登上楼台，只见春意浓浓之中，花儿掩映着翠竹，微风阵阵、细雨斜斜，慢慢浸润着楼前的水塘。四周宁静之中又有清泉叮咚，仿佛是在吟诵着他的诗篇。清泉吟诗这种拟人手法的运用，新颖别致，充满趣味，创造出清新怡人的诗歌佳作。《陶山言志》一诗云：

自喜山堂半已成，山居犹得免躬耕。
移书悄悄旧龛尽，植竹看看新笋生。

① 《退溪先生文集·别集》卷二，《溪庄喜黄锦溪惠访追寄》之三，见《陶山全书》第三册，韩国精神文化研究院，1980年，第440页。

② 《退溪先生文集·续集》卷一，《闻庆云楼西阁对山临池，极清绝。金贰相、李贰相皆题咏，主人赵良弼导余以登眺二首》其二，见《陶山全书》第三册，韩国精神文化研究院，1980年，第464页。

未觉泉声妨夜静，更怜山色好朝晴。
方知自古中林士，万事浑忘欲晦名。[①]

陶山的屋舍将要建成，退溪难掩心中的喜悦心情。他对周围的自然景物进行细致观照，坦诚直率地说出心中的真实想法，不虚夸、不掩饰，直接表达对隐居生活的喜爱与期盼，身处清雅幽静的山林之中，新竹、山泉、晨景、暮色，一切都是那么秀丽可爱，诗人终于明白了自古以来的山中隐士，他们隐姓埋名、忘记尘世烦恼，融入天地自然之间的淡泊之趣。全诗浑然天成、挥洒自如，清新秀雅、情景交融。

（二）正

正，就是雅正敦厚、高尚纯净。退溪从小接受传统儒家教育，秉承“温柔敦厚”的诗教观，十分重视文学作品的思想内涵和道德教化，提倡诗歌要表达温顺和柔的性情和敦厚深远的内蕴。他的诗歌作品大多透露出一股浩然之气，具有浓浓的学者气息。即使在表现情感之时也要做到节制有度，把握分寸。《赠李叔献四首》诗中有：“过情诗语须删去，努力工夫各日亲。”[②]退溪提出创作诗歌之时，凡是过分宣泄个人情感的诗句和语词都应该删除剔去，因为这不符合温柔敦厚的创作旨意。从某种程度上来说，情感是文学的生命，诗歌作为一种特别的文学体裁，用最简洁凝练的形式表达作者最丰富深刻的情感，中国历代诗歌作品都以亲情、友情、爱情作为主要的题材来源，其中不乏传世之精品。如孟郊《游子吟》中的“慈母手中线，游子身上衣”，李白《赠汪伦》中的“桃花潭水深千尺，不及汪伦送我情”，元稹《离思》中的“曾经沧海难为水，除却巫山不是云”。退溪的诗歌作品也抒写情感，有思乡之情、兄弟之情、怀友之情、师徒之情、爱国之情等，但是对于男女之间的爱情却未有一篇涉及，这固然与其理学家的身份境遇和思维方式密切相关，

① 《退溪先生文集·内集》卷三，《陶山言志》，见《陶山全书》第一册，韩国精神文化研究院，1980年，第107页。

② 《退溪先生文集·外集》卷一，《赠李叔献四首》之一，见《陶山全书》第三册，韩国精神文化研究院，1980年，第406页。

却也反映出他对诗歌作品雅正敦厚之风的追求。白居易的著名爱情诗篇《长恨歌》和《诗经》当中的《郑风》《卫风》，因为是“淫丑之语”，读后恐怕“赠淫荡志”，都成为他批判否定的对象。《东斋月夜》一诗真实再现了他日常生活中的常态化：

> 暑雨初收夜气清，天心孤月满窗棂。
> 幽人隐几寂无语，念在先生尊性铭。①

夏日晚间，雨过天晴之后夜色愈加清新宜人，天空之中有一轮孤独的明月静静照射着书斋的窗棂，幽静恬淡的诗人伏案读书，寂然不发一声，正在心中深深默念先辈前贤们所尊崇的性理名言。这样一位嗜书如命，整日钻研学问，以性理之学为人生之根本的学问家，其诗歌作品中的学术气息和雅正思想十分浓厚就不足为奇了。如前所述，退溪的诗歌创作中有相当大的比重是直接说理、阐述探讨学问的理语诗，哲学思考与文学表现相互结合的理趣诗，劝人读书上进，强调学问重要性的劝学诗，即使是寄情山水、咏物兴怀、娱乐身心之时，也不忘记探讨学问之旨趣。《七月既望（并序）》一诗曰：

> 溪堂月白川堂白，今夜风清昨夜清。
> 别有一般光霁处，吾侪安得验明诚。②

退溪在这首诗的序文中说自己住在溪边，接连几个夜晚看到月色都非常清澈明净，所以无心睡眠。今天出门正好遇到赵穆（字士敬），说到月川的夜景，不禁欣喜开怀，但是古人所说的风光霁月，大概不是单指这种自然界之景象，而是蕴含理学要义精旨在里面的。他告诉赵穆说那是另外一番风清月

① 《退溪先生文集·内集》卷三，《东斋月夜》，见《陶山全书》第一册，韩国精神文化研究院，1980年，第93页。

② 《退溪先生文集·内集》卷三，《七月既望（并序）》，见《陶山全书》第一册，韩国精神文化研究院，1980年，第118页。

明的景况，恐怕是我辈所不能轻易验证明了的。退溪诗歌内容的雅正敦厚，充满浓浓的学术之气，是与文学家的诗歌作品相比，具有鲜明的个人风格与特色。

（三）淡

淡，就是平淡自然、质朴纯真。“淡”原本是老子哲学当中的一个重要概念，《道德经》中曰：“道之出口，淡乎其无味。”[①]老子认为世界万物的本源是“道”，而“道”的本质则是“淡”，是洗尽铅华、去除凡尘俗世欲望之后的返璞归真。三国时期的刘劭把“淡”作为评价人物才智的标准和手段，《人物志》中说：“凡人之质量，中和最贵矣。中和之质必平淡无味，故能调成五材，变化应节。”[②]南北朝时期，“淡”开始进入文艺领域。刘勰的《文心雕龙》中提出：“简文勃兴，渊乎清峻，微言精理，函满玄席，淡思浓彩，时洒文囿。”[③]此后，人们在诗歌创作中逐渐追求“淡思浓采”。唐代著名诗论家司空图在《诗品》中总结了24种不同的诗歌风格。其中，他把“冲淡”置于贯穿全书的主导地位，提出“浓尽必枯，淡者屡深”[④]，“冲淡”即平淡，就成为司空图的诗歌审美理想。进入宋代，随着儒释道三家思想的融合、理学思想的盛行，士人普遍关注内在的人格修养与省察，平淡成为文学艺术领域所追求的最高级别的审美境界。梅尧臣说：“作诗无古今，唯造平淡难。”[⑤]苏轼特别推崇以平淡诗风见长的陶渊明，他说：“所贵乎枯淡者，谓其外枯而中膏，似淡而实美，渊明、子厚之流是也。若中边皆枯淡，亦何足道？”[⑥]苏轼认为平淡不是平庸寡淡，是技巧纯熟、浑然天成、绚烂之极的境界。“凡文字，少小时须令气象峥嵘，五色绚烂，渐老渐熟，乃造平淡，其实不是平淡，绚烂之极也。”[⑦]理学大师朱熹也很欣赏陶渊明，崇尚其平淡的诗风。他评价陶渊明

① 陈鼓应注译：《老子注译及评价》，中华书局，2009年，第196页。

② 马骏麒、朱建华：《人物志全译》，贵州人民出版社，2009年，第2页。

③ 刘勰著，周振甫注：《文心雕龙注释》，人民文学出版社，1981年，第479页。

④ 何文焕：《历代诗话》上册，中华书局，2001年，第40页。

⑤ 朱东润：《梅尧臣集编年校注》上册，上海古籍出版社，2006年，第115页。

⑥ 孔凡礼点校：《苏诗文集》第5册，中华书局，2004年，第2109—2110页。

⑦ 孔凡礼点校：《苏诗文集》第5册，中华书局，2004年，第2523页。

的诗说："渊明所以为高，正在其超然自得，不费安排处。"[①]退溪的诗歌作品中有很多笔法简净朴素、风格平淡自然之作，如《三月初八日独游新岩六绝》之二：

乱山深入水洄洄，野杏山桃处处开。
逢着田翁问泉石，回头指点白云堆。[②]

诗中以自然晓畅的语言描写诗人在山中独自行走，遇到农家老翁，向他询问山岩美景之所在，全诗娓娓道来，如话家常。野杏、山桃、清泉、白云都是自然界极其普通之物象，但是经过作者的组合加工，却显得非常自然和谐，几乎无斧凿之痕迹，更显示出山中游玩，遍寻美景的趣味与意趣，感情真挚，质朴无华。《二十六绝》之二十三《长郊》一诗曰：

炎天弥翠浪，商节满黄云。
薄雾归鸦望，遥风牧笛闻。[③]

诗歌描写了田里的庄稼生长、成熟的场景，语言质朴无华，不加雕饰，普通寻常的景物，经过诗人的笔触，就变成了一幅优美宁静的田园风光图，表现了作者恬静的心境和纯真的情感，读来使人倍感亲切。《友人见访》中云：

五十年前八九人，算来存没太伤神。
休嫌白发如霜雪，好对黄花醉小春。[④]

① 郭齐、尹波点校：《朱熹集》，四川教育出版社，1997年，第2947页。

② 《退溪先生文集·内集》卷四，《三月初八日独游新岩六绝》之二，见《陶山全书》第一册，韩国精神文化研究院，1980年，第132页。

③ 《退溪先生文集·内集》卷三，《二十六绝》之二十三《长郊》，见《陶山全书》第一册，韩国精神文化研究院，1980年，第99页。

④ 《退溪先生文集·内集》卷四，《友人见访》，见《陶山全书》第一册，韩国精神文化研究院，1980年，第129页。

退溪身居山林之中，正逢友人来访，不胜欣喜，大家互相问候，想起很多好友已经去世不禁悲从中来，然后又互相安慰劝说自己，不要嫌弃自己满头如霜如雪的白发，大家还能对着菊花品尝美酒，一起醉倒在这温暖怡人的小阳春之中。全诗语言朴素平易、明白如话，感情真挚淳朴、动人心扉。诗人不需要进行刻意的雕琢，也不必要过分地渲染，年华的流逝、友情的珍惜就从他的笔下缓缓流出，于自然中见其真切，在平淡中蕴其深厚，其真情真意充斥诗篇之始终。

（四）远

远，就是悠长深远、意味隽永。诗歌作品所包含的深层内蕴，远不止字面上直接读取的意思，而使人读后回味悠长，久久难忘，这才是完美的作品。梅尧臣说："诗家虽率意而造语亦难，若意新语工，得前人所未道者，必能状难写之景，如在目前；含不尽之意，见于言外，然后为至矣。"[①] 这"见于言外"的"不尽之意"就是诗歌的深远意蕴。姜夔在《白石道人诗说》中写道：

> 语贵含蓄。东坡云"言有尽而意无穷者，天下之至言也"。山谷尤谨于此。清庙之瑟，一唱三叹，远矣哉。后之学诗者，可不务乎？若句中无余字，篇中无长语，非善之善者也。句中有余味，篇中有余意，善之善者也。[②]

姜夔认为苏轼所说的"言有尽而意无穷"，是天下的至理名言，黄庭坚在这个方面尤为重视。就像清庙的音乐，一唱三叹，余音绕梁。如果一个句子中有余味，一篇诗歌中有余意，才是"善之善者也"。退溪的诗歌作品正是以平淡自然的语言、真挚坦率的情感、质朴寻常的意象建构了一个含义深远、意蕴非凡的艺术世界，适合反复咀嚼，不断回味，如《二十六绝》之十一首

① 吴文治：《宋诗话全编》卷 1，凤凰出版社，2006 年，第 214 页。
② 吴文治：《宋诗话全编》卷 7，凤凰出版社，2006 年，第 7549 页。

《钓矶》云：

弄晚竿仍袅，来多石亦温。
鱼穿青柳线，蓑带绿烟痕。①

天色已晚，诗人还在江边长满青苔的石头上垂钓，因为坐得太久了，所以石头也都变得温热。诗人把钓到的鱼儿用青色的柳条穿起来，回去的时候，身上穿的蓑衣还带有烟霞的痕迹。这首诗还包含着更深一层的意蕴，即江中鱼儿众多，为什么钓起来的是这几尾呢？因为它们贪吃饵食，就像追求名利的人最后会遭到毁灭一样，诗人早已意识到这一点，所以他选择离开世俗社会，回归山林，做一个自由自在之人，在宁静美丽的大自然中体会隐居和读书的乐趣。读完此诗，渔父之乐、山林之趣使人不断回味，意蕴深长。《金慎仲挹清亭十二咏》之二《听江》曰：

前溪寂寥过，远江还有声。
世人筝笛耳，谁参静里听。②

退溪眼前的溪水静悄悄地流淌，远处的江水传来激烈奔流的声音。诗人不禁发出疑问：世上之人都知道丝竹之声的悦耳，谁能从这寂寥之中聆听到大自然的美妙声音呢？字面之后蕴含了更深一层的含义，即人人都喜欢世俗的、热闹的、繁华的景象，而世间真正的道理，人生的真谛却都蕴含在大自然的江河流淌、斗转星移之中。我们应该停下匆忙的脚步，静下心来慢慢欣赏，细细聆听这充满旨趣的天籁之音。这就是苏轼所谓“言有尽而意无穷”，梅尧臣的“含不尽之意，见于言外”。退溪的诗歌看似平淡却意蕴深厚，诗情

① 《退溪先生文集·内集》卷三，《二十六绝》之十一《钓矶》，见《陶山全书》第一册，韩国精神文化研究院，1980年，第98页。

② 《退溪先生文集·内集》卷五，《金慎仲挹清亭十二咏》之二《听江》，见《陶山全书》第一册，韩国精神文化研究院，1980年，第151页。

横溢，韵味十足，充分展示了一位思想深邃的理学家在文学方面的独特风貌，具有很高的艺术成就与审美价值。

## 第二节　对中国古代诗人文学创作的接受与扩展

退溪在给弟子郑琢的信中曾经说：“夫诗虽末技，本于性情，有体有格，诚不可易而为之。”[①]既然诗歌创作有固定的形式体格，不能轻易写就，那么如何才能写出好的诗歌作品呢？退溪提出：“仍取古今名家，着实加工而师效之，庶几不至于坠堕也。”[②]退溪认为诗歌创作要学习借鉴他人作品，不能闭门造车，“信口信笔胡乱写去”，而历史上很多优秀的诗人都是在接受前贤作品的影响和滋养之下而创作出精彩诗篇的。《退溪先生言行录》中记载：“先生喜为诗，乐观陶杜诗，晚年尤喜看朱子诗。”[③]可见退溪对陶渊明、杜甫、朱熹的诗歌的喜爱与推崇，他们三人的文学创作对退溪产生了较大的影响。除此之外，与理学家的学术意见不甚相合的苏轼，其诗歌作品也得到了退溪的认可与肯定，称其为“苏仙”“坡仙”，有“苏仙一去几千古，依旧杯中一片月”[④]等诗句，并创作了数量不少的和苏诗。朝鲜文人申锡愚评价说：“退溪之诗，颇似东坡。”[⑤]所以本节主要选取对退溪的诗歌创作产生重要影响的这四位中国古代诗人进行具体分析，从而更好地把握退溪诗歌的创作特点。

---

① 《退溪先生文集·内集》卷四十九，《与郑子精》，见《陶山全书》第三册，韩国精神文化研究院，1980 年，第 53 页。

② 《退溪先生文集·内集》卷四十九，《与郑子精》，见《陶山全书》第三册，韩国精神文化研究院，1980 年，第 53 页。

③ 《退溪先生言行录》卷一，见贾顺先主编：《退溪全书今注今译》第五册，四川大学出版社，1992 年。

④ 《退溪先生文集·内集》卷二，《十一夜，陪聋岩先生月下饮酒杏花下，用东坡韵》，见《陶山全书》第一册，韩国精神文化研究院，1980 年，第 70 页。

⑤ ［朝鲜］申锡愚：《紫霞软谭》，见《海藏集》，《韩国文集丛刊》卷十七。

## 一、陶、杜之诗：出世与入世、浪漫与现实的结合

退溪《遗集》卷七中收录了一篇关于诗人与诗歌创作的《策》[①]。在文章开头，退溪发出感慨："对周诗以后，以诗名家者，不知其几人也！唐宋以来，尚论诗家者，亦不知其几人也"，随后论述了诗歌的本源是来自性情而表现于言辞，所以性情敦厚之人，他的言辞和正；轻浮狂躁之人，他的言辞浮华。"是故自汉以下，诗人之工词绘句者不为不多，而其能震耀于当时，雷轰于百代者，不过一二人而止耳。"那么谁是退溪心目中这凤毛麟角的"一二人"呢？接下来退溪就重点评价了两位诗人：一位是陶渊明，说"渊明之于诗，独得其清高淳雅之一节而能造其极"；另一位则是杜甫，他说："莫不以杜诗为古今之冠，称之不容口，慕之不啻己。"陶渊明和杜甫，一位是厌倦官场黑暗和世俗羁绊而选择归隐田园的出世之人；一位则深怀儒家仁政理想，忧国忧民，想要实现"致君尧舜上，再使风俗淳"的出世理想；一位是富有浪漫主义情怀，用清新自然的笔触构筑心中的理想家园；一位则从现实主义出发，用如椽巨笔真实记录安史之乱前后广阔、深刻的社会生活。看似风格迥异、各有特点的两位诗人却在退溪的心中综合融汇在一起，对他的诗歌创作产生了丰富而深刻的影响。

陶渊明对退溪的浸润是从他青少年时期就开始了的，退溪14岁时便"好读书，虽稠人广坐，必向壁潜玩。爱渊明诗，慕其为人"[②]。退溪之所以与陶渊明结下如此不解之缘，主要是因为以下三种原因。

一是退溪与陶渊明二人所处的社会环境、个人经历有很多相似之处。陶渊明生活在东晋末至南朝宋初期，这个时期的中国各类政权更替频繁、战乱不断，动荡混乱。他少年时也曾"猛志固常在"，有胸怀天下，报国安民的志向，其曾祖陶侃是东晋王朝的开国元勋，曾官任大司马，封长沙郡公，使得陶氏家族显耀一时。但是到了陶渊明父亲一辈，家道衰落，不复从前。当时

① 《退溪先生文集·遗集》外篇卷七，《策》，见《陶山全书》第四册，韩国精神文化研究院，1980年，第314—315页。

② 《退溪先生年谱》卷一，见贾顺先主编：《退溪全书今注今译》第一册，第9页。

的社会非常看重门第和等级制度，这使得陶渊明想要跻身朝廷的高位，充分施展自己的政治抱负是一件比较困难的事情。他从29岁起，先后几次出仕，都只做了祭酒、参军一类的小官，最后终于不为五斗米折腰，辞去了彭泽县令一职，回归田园，布衣终老。退溪生活的朝鲜中期，也是一个党争、士祸、战争连绵不断的动荡时期，退溪34岁开始步入仕途，不久之后就遭遇朝廷权贵金安老的打击报复。45岁时，奸相李芑专权用事，士祸不断，人心惶惶，退溪无辜被削职，兄长也被陷害蒙冤枉死，看清了官场的黑暗与人心之险恶，退溪在49岁时毅然辞官归隐，讲学山林。虽然鉴于其声望与才华，朝廷在其离开之后陆续不断地授予其官职，但退溪每次都努力请辞，他将大部分的精力和心血都倾注于钻研学问和讲学著述之中。相似的背景、相同的经历使得退溪的心与陶渊明越来越靠近，虽然相隔千年，却成为精神上的挚友与知音。

二是陶渊明清高直率，不同流合污、不趋炎附势的人格精神深深打动了退溪。陶渊明最后一次做官是担任彭泽县的县令一职，到任两个多月，恰逢傲慢无礼的督邮去彭泽检查工作，有人提醒陶渊明要穿戴整齐去拜见督邮。陶渊明认为自己不能因为区区五斗米的俸禄折腰，于是弃职归家。在陶渊明看来，官职俸禄在人格尊严面前是一钱不值的，他不愿为了获取物质利益而失去心灵上的自由。退溪在面对权贵势力时，也和陶渊明做出了一样的选择。当金安老向他抛来橄榄枝，也许对于别人来说是无比珍贵、可以飞黄腾达的机会，他却无心攀附，坚守自我，其清高的气度和正直的品性颇有陶渊明的风范。二人的处世方式如出一辙，自然感同身受，心灵相通。

三是陶渊明平淡自然的诗歌作品使得退溪产生了精神上的强烈共鸣。陶渊明笔下的“暧暧远人村，依依墟里烟。狗吠深巷中，鸡鸣桑树颠”所表现出的恬静淡泊、生机盎然，使人深深领会到田园之乐与隐居之趣；“采菊东篱下，悠然见南山。山气日夕佳，飞鸟相与还”的返璞归真、怡然自乐，又使人在大自然的永恒之中感受到生命的无限美好。他的菊花和诗意，温暖了无数饱经磨难的士子之心，成为他们安放灵魂的精神家园。身为理学大师的退溪，也在诗人陶渊明这里找到了精神上的片刻安宁和心灵上的短暂休憩，这是诗歌作品带给他的无穷力量。

退溪在诗歌创作中接受陶渊明的影响是多方面的。首先是思想主题方面的热爱自然山水和向往归隐田园。退溪在《陶山杂咏》中云：

> 呜呼！余之不幸，晚生暇裔。朴陋无闻而顾于山林之间。夙知有可乐也。中年妄出世路，风埃颠倒，逆旅推迁，几不及自返而死也。其后年益老，病益深，行益踬，则世不我弃，而我不得不弃于世。乃始脱身樊笼，投分农亩，而向之所谓山林之乐者，不期而当我之前矣。然则余乃今所以消积病，豁幽忧，而晏然于穷老之域者，舍是将何求矣。①

退溪经历半生风雨，人生几多起伏，终于可以脱离俗世的樊笼，投身到田园自然之中，山林之趣就这样与他不期而遇了，身处这样的美景当中，可以"消积病，豁幽忧"，安然度过晚年成为他此刻的心愿，山中的一花一草、一树一木都成为他的心中挚爱。在《答郑静而》中，退溪说："仆独卧漳滨，日觉衰耗离索之忧，知古人之实获我心也，若非林泉鱼鸟之乐，殆难度日。每思如公辈长在城中，不知有此乐，其何以消遣耶？"②退溪的"衰耗离索之忧"是依靠"林泉鱼鸟之乐"来排遣的，没有大自然的美景与乐趣，他很难度过眼前的时光。生活在繁华喧闹的都市中的人们，不能体会退溪认为非常重要的山林之趣。该如何来消解他们的忧愁烦闷？退溪不禁为此担心，从中显示出退溪对大自然美景的喜爱与沉醉。

退溪的诗歌创作中，热爱自然美景的作品有很多，如在《山居四时各四吟，共十六绝》③中，退溪将山居生活春、夏、秋、冬四个季节，每个季节的朝、昼、暮、夜四个时段的美景用文笔细致地描绘，一共创作了16首绝句，

---

① 《退溪先生文集·内集》卷三，《陶山杂咏》，见《陶山全书》第一册，韩国精神文化研究院，1980年，第95页。

② 《退溪先生文集·内集》卷十五，《答郑静而》，见《陶山全书》第一册，韩国精神文化研究院，1980年，第367页。

③ 《退溪先生文集·内集》卷四，《山居四时各四吟，共十六绝》，见《陶山全书》第一册，韩国精神文化研究院，1980年，第122页。

深刻表现了大自然之中的真乐趣。既有“雾卷春山锦绣明，珍禽相和百般鸣”的大好春光，又有“秋堂眺望与谁娱，夕照枫林胜画图”的绚烂秋景；既有“晨起虚庭竹露清，开轩遥对众山青”的清晨之乐，又有“花光迎暮月升东，花月清宵意不穷”的迷人夜色。他沉浸其中，细细品味，自然而然地想起了陶渊明，于是写出了“手把黄花坐忆陶”的诗句。这组诗中还有“始知当日归田客，夕露衣沾愿不违”，其中的“归田客”就是指陶渊明，即使被夕露沾湿了衣襟也不愿意改变自己的愿望与追求，这也是退溪内心深处最真实的想法。《山居四时各四吟，共十六绝》中的诗人心境是对陶渊明思想的追随与再现，颇有陶诗淡雅深邃的意境和旨趣。

退溪虽然身在仕途，心里却时刻挂念家乡的人和事，渴望有朝一日能够归隐田园，自由自在地生活。《岁末得乡书抒怀》一诗就较为完整而深刻地表现了退溪的心声，诗云：

乡书十数纸，字字亲旧笔。
晨兴忽满眼，读尽更一一。
岂不喜平安，喜多情转郁。
忆我辞北堂，霜风菊花节。
西来何所为，闷默击袍笏。
但知趁公务，不暇忧病骨。
驰光忽不淹，逼此岁除日。
客枕多忧思，魂梦辄飞越。
抚躬良自愧，报国亦云缺。
胡不早收愚，归安在蓬荜。
力耕给公上，甘旨奉怡悦。
兹诚分所宜，久矣不自决。
强颜名利薮，掩抑徒自失。
犹能得酒狂，无计学真诀。
敝衣屡欲典，瓶粟行告竭。

宦情易成歇，乡心不可遏。
感此远饷意，珍重不在物。
儿童岂知此，呼叫索梨栗。
床前有笔砚，长吟聊自述。[①]

这是退溪诗歌当中比较长篇幅的作品，退溪用如此多的笔墨就是想要表达自己厌倦官场仕途生活，思慕归隐的心愿。诗中写在岁末年终之时，身在外地任职的退溪收到了家乡寄来的书信。他仔细阅读，感受亲朋旧友的深情厚谊，为他们的平安喜不自禁，又转喜为悲，想念母亲和家乡的一切。“西来何所为，闷默击袍笏。但知趁公务，不暇忧病骨”说出自己目前在西部任职，公务的烦冗复杂和内心的忧愁痛苦。“抚躬良自愧，报国亦云缺。胡不早收愚，归安在蓬筚”这四句指出自己缺少治国安邦的才能，为何不早早收拾行囊辞官归隐，回到家乡过恬淡美好的田园生活。“兹诚分所宜，久矣不自决。强颜名得薮，掩抑徒自失”表现了诗人对自己真正应该做的事情一直拖着不能决断，为每天为了名利强颜欢笑，拼命压抑自己心情的行为感到悔恨。所以在儿童欢闹，本该是喜乐祥和的佳节之中，独自写诗抒发深切的感慨。《次韵答季珍》之四中曰：“拘官不去谩思归，身似轻猿着礼衣。寄语江湖旧钓伴，不如坚坐白云矶。”[②]这里运用比喻的艺术手法，说自己长期被官职束缚想要归隐不成，就好像一个穿戴了人的礼服衣冠的猿猴一般滑稽可笑，没有真正属于自己的思想和灵魂，所以奉劝以前一起钓鱼的伙伴，最好还是稳坐石矶享受自由的乐趣，全诗生动形象地表现了作者思慕归隐的渴望与企盼。

陶渊明从小熟读儒家经典著作，年轻时有大济苍生的抱负与志向，但同时也接受了中国古典神话故事如《山海经》，还有《庄子》《离骚》和《汉赋》等浪漫主义作品的很多影响，所以他的诗文中也呈现出一种大胆想象、

① 《退溪先生文集·内集》卷一，《岁末得乡书抒怀》，见《陶山全书》第一册，韩国精神文化研究院，1980 年，第 37 页。

② 《退溪先生文集·别集》卷二，《次韵答季珍》之四，见《陶山全书》第三册，韩国精神文化研究院，1980 年，第 438 页。

神奇瑰丽、充满理想主义色彩的浪漫情怀。如《读山海经十三首》[①]用夸张的手法和奇特的想象描绘了天上仙境的美丽图画，歌颂了勇敢无畏、不怕牺牲、誓死不屈的英雄形象，充满了作者的理想色彩。还有他最著名的《桃花源记》[②]，刻画了一个世外桃源，一个理想社会的图景，那里“阡陌交通，鸡犬相闻。其中往来种作，男女衣着，悉如外人。黄发垂髫，并怡然自乐”，问起他们关于外面的世界，“乃不知有汉，无论魏晋”，这与当时的社会黑暗、战乱不断，自然灾害、赋税严重，百姓流离失所、饥寒交迫的现实相比，是多么安宁美好的世界。这是浪漫主义情怀在陶渊明作品中的理想化呈现。退溪慕陶、爱陶，创作了许多和陶诗，如《和陶集饮酒二十首》《和陶集移居韵二首》等。其中，也描绘了充满理想化色彩的浪漫仙境，如《和陶集饮酒二十首》其二：

我欲挟天风，遨游昆仑山。
区区未免俗，至今无足言。
前有百千世，后有亿万年。
醉中见天真，那忧醒者传。[③]

诗人想要驱散现实之中寂寞忧愁的心境，于是通过醉酒之时的思绪奔涌，想象着自己裹挟天上的清风，去那神秘美丽的昆仑山遨游，显示出退溪的浪漫主义精神和豪迈气概。在他思慕归隐的诗歌作品中，有些归隐的地点不是家乡田园，而是天上的仙山，如《次韵赵松冈见寄十二首》之六曰：

碌碌成何事，徒悲镜蚀尘。
但令神守宅，无俾气挠人。

---

① 袁行霈：《陶渊明集笺注》，中华书局，2003 年，第 393—419 页。

② 袁行霈：《陶渊明集笺注》，中华书局，2003 年，第 479—489 页。

③ 《退溪先生文集·内集》卷一，《和陶集饮酒二十首》其二，见《陶山全书》第一册，韩国精神文化研究院，1980 年，第 63 页。

至道宁容揽，闲愁不上颦。

何时隐仙岳，环卦炼循旬。①

在诗歌开头，诗人为自己碌碌无为，没有做出什么事业功绩而感到忧愁伤心。只能让淡泊的心境来固守心田，不被世俗扰乱侵蚀。何时才能归隐仙山呢？诗人展开丰富的想象，运用夸张的手法，构想自己归隐之后的美妙生活，仙山代表的是理想化的世界，表现了诗人浪漫洒脱的襟怀。

陶渊明对退溪诗歌创作的影响还体现在其作品中频繁出现的与陶渊明有关的人名、地名及诗歌意象等。据孟群在《退溪李滉对陶渊明文学的接受》中的统计，在退溪的汉文诗歌中，有30首诗直接出现陶渊明的名讳，如陶渊明、渊明、陶潜、五柳、陶元亮等；有29首诗引用地名，如栗里、武陵、柴桑；有17首诗中出现了陶渊明作品中的经典意象，如桃源、菊花、松树、葛巾等②。另外，退溪的诗歌作品中还多处化用和效仿陶渊明诗句，如《次韵金道盛三绝》中的"闻昔浔阳归卧客，结庐人境每开门"③，还有歌颂三友台的诗中的"既无车马喧，聊为静者徒"④就是化用陶渊明最著名的《饮酒》其五中的"结庐在人境，而无车马喧"⑤的诗句。可见，陶渊明对退溪诗歌创作的影响之深广。

杜甫是中国文学史上最伟大的诗人之一，清代诗论家叶燮说："千古诗人推杜甫，其诗随所遇之人、之境、之事、之物，无处不发其思君王、忧祸乱、悲时日、念友朋、吊古人、怀远道，凡欢愉、幽愁、离合、今昔之感……读其诗一日，一日与之对；读其诗终身，日日与之对也，故可慕可乐而可敬

① 《退溪先生文集·内集》卷二，《次韵赵松冈见寄十二首》之六，见《陶山全书》第一册，韩国精神文化研究院，1980年，第77页。

② 孟群：《退溪李滉对陶渊明文学的接受》，延边大学硕士学位论文，2011年，第25—26页。

③ 《退溪先生文集·内集》卷五，《次韵金道盛三绝》，见《陶山全书》第一册，韩国精神文化研究院，1980年，第150页。

④ 《退溪先生文集·别集》卷一，《吴宜宁公三友台》，见《陶山全书》第三册，韩国精神文化研究院，1980年，第420页。

⑤ 袁行霈：《陶渊明集笺注》，中华书局，2003年，第247页。

也。"[1]安史之乱是唐代由盛到衰的转折点，也是整个中国传统文化变古开今的关键时期，杜甫就是这样一位承前启后的文化巨人，他一生中大多数时间生活在大唐盛世，而最后的十五年，却是在山河残破、战乱频仍中度过的。对于安史之乱前后所发生的天地巨变，他用冷静而深沉的笔墨进行真实的再现。"尤其是他在安史之乱之后的作品，平民化的仁者情怀，感时伤世、忧国忧民的精神焦虑，使其诗多涉笔社会动荡、政治黑暗与人民疾苦，这些感时伤世的诗篇成为唐王朝由盛而衰、江河日下的诗化编年，被后世誉为诗史。"[2]退溪给予杜甫以很高的评价，他说：

> 至若子美之诗则异于是，生于盛唐之时，得其光岳之全。追踪乎风雅，凌驾乎屈宋。忠爱之诚出于天赋，忧时感事触目皆然。故北征之篇作于仓卒而谆复乎，国事慈恩之诗作于游遨而意在乎天宝。其不为空言也。类如是故，唐史称其为诗史，先儒拟之于六经，然则集诸家之所长，会众流而一之者，其不在兹乎？[3]

退溪认为杜甫的创作是追踪儒家的风雅之篇，才华远超屈原和宋玉，有忠君爱国之诚，忧国忧民，感怀时事，他的作品是儒家心目中标准的载道之文，最后甚至给出了"集诸家之所长，会众流而一之"这样堪称至高无上的评价，可见杜甫在退溪心中的重要地位。这其实与宋代人对杜甫的评价基本上是一致的。杜甫在中国诗歌史上典范地位的最终确立，是在两宋时期。在唐代人编选的诗歌作品集当中，并没有看到杜甫的大量作品，只有晚唐韦庄的《又玄集》选录杜诗7首。因为杜甫喜欢写近体诗，以诗歌作品再现真实的社会生活，与唐代编选者的艺术追求、创作主张不相符合，所以杜甫在他

① 叶燮：《原诗》，见王夫之等撰：《清诗话》，上海古籍出版社，1999年，第572—596页。

② 吴河清：《今存"唐人选唐诗"为何忽略杜甫诗探源》，《河南大学学报》（社会科学版）第4期，2007年，第45页。

③ 《退溪先生文集·遗集》外篇卷七，《策》，见《陶山全书》第四册，韩国精神文化研究院，1980年，第314页。

所生活的时代，诗歌并没有达到后世如此尊崇的地步，在他去世之后，进入相对成熟的宋型文化发展阶段，杜甫的创作在很大程度上符合他们对文化典范的标准和要求，即政治功用、道德教化、对自我的省视与完善、理性的思考和沉着冷静，所以掀起了崇杜、尊杜的高潮。梁桂芳说：

> 宋人不仅编撰了接近今日的杜集定本，基本确定了杜甫的生平、诗歌编年，而且有了号称“千家”的杜诗注本。更重要的是，宋人从多方面对杜甫其人其诗作了深入阐释，视其人如同圣哲，推其诗为“诗中六经”“诗史”“集大成”，这不仅开辟了后世杜甫接受的主要途径，更使杜甫成为宋文化的光辉典范。①

退溪奉宋代理学思想为圭臬，深受宋人推崇的杜甫，自然成为退溪敬仰与学习的对象。杜甫对退溪诗歌创作的影响首先体现在忠君爱国、忧国忧民的思想倾向。杜甫著名的诗歌作品《春望》、《兵车行》、“三吏”、“三别”都是这方面的典型代表，显示了诗人心怀家国天下，希望救民于水火之中的仁爱之心。退溪的《十一日晓地震三首》之三云：

> 凶云虐雪极阴狞，风势如奔百万兵。
> 冻及日中乌可畏，沟中未暇念民生。②

十一日发生了地震，这场天灾之后紧接着的是极其恶劣的气象变化，凶神恶煞的浓雾笼罩天空，暴雪的面目显得格外狰狞。狂风呼啸好似百万敌兵正在奔行，寒冷的天气里连太阳也畏惧不出，最后一句“沟中未暇念民生”表达了作者在面对灾难之时，心系黎民百姓，关心民生疾苦，希望大家能安

① 梁桂芳：《宋代杜甫接受的文化阐释——以杜甫与韩愈、李白、陶渊明宋代接受之比较为中心》，《文史哲》第3期，2006年，第88页。

② 《退溪先生文集·内集》卷一，《十一日晓地震三首》之三，见《陶山全书》第一册，韩国精神文化研究院，1980年，第62页。

然克服灾难的赤诚胸怀。《冬日甚雨，而已大雪，喜而有作》一诗曰：

北风怒起万木号，黝云四合如翻涛。
山蒸础润气郁沉，雨声书夜闻嘈嘈。
当冬汔可石燕蛰，此日怪见商羊跳。
直恐渺漫百川溢，已觉横流千渎豪。
愆阳发泄龙战野，冥顼敛缩如藏逃。
尔来寒燠苦不常，饥荒疫疠民嗷嗷。
腐儒无策谩多忧，圣上焦思精贯高。
晓来风色忽已变，滕六骉屃阴机挑。
初看霰集如撒盐，顷刻眩眼吹鹅毛。
莫嫌潢污旋消融，渐见高低浑盖韬。
乾坤浩荡无际涯，万境合沓同周遭。
丰年作瑞古所云，千尺藏蝗那肆饕。
天民天恤理则然，导迎佳祥宜更劳。
岂惟端本弭众灾，中和乐职堪濡毫。
流民流民各归业，从今圣泽完尔曹。①

诗歌的前半部分描写寒冷冬季之中，突降大雨，天气冷热变化、反复无常已经令人苦不堪言，而寒冷、饥饿与瘟疫又使得大批百姓深陷痛苦，哀号连连。身为百姓的父母官，心怀仁民爱物的宽厚儒者，退溪为自己没有办法救百姓于水火之中而感到无奈和痛苦，也为国君的焦虑愁闷而感到忧心忡忡。诗歌的后半部分，糟糕的情况发生了转机，天空中先是落下来一些密集的小冰粒，然后鹅毛大雪开始漫天飞舞，天地渐渐连为一体，分不清边际。瑞雪兆丰年，上天的子民得到了眷顾与垂怜，流离失所的农民回到家乡安心劳作，

① 《退溪先生文集·内集》卷一，《冬日甚雨，而已大雪，喜而有作》，见《陶山全书》第一册，韩国精神文化研究院，1980年，第56页。

辛苦付出之后能迎得来年的丰收，作者的心情也由阴郁转为欣喜，期盼天气转好之后，百姓能够安居乐业、丰衣足食。退溪这种心系苍生、爱国爱民的精神品质与杜甫简直如出一辙。

在退溪诗歌当中，这种用现实主义手法创作的关心民生疾苦的作品还有很多，如《至月十六日雪》一诗描写了国家连续两年遭遇自然灾害，君王爱民如子，采取各项措施，努力帮助灾民渡过难关的情形：

朔云掩四合，玄关闭不启。
茫茫不见垠，莽莽靡有底。
霏霏者维霰，先集若有徯。
俄顷雪花作，倏忽势相递。
漫空乍晻霭，盖地已瑳玼。
素鸾飘羽毛，玉妃纷侄娣。
万树攒寂寂，千街浑弥弥。
银阙裹斛棱，瑶城装埤堄。
岂唯净沟涂，渐觉平陇坻。
古来腊前白，丰征贺天陛。
今兹幸及时，汔可润麦荠。
念彼湖与岭，二年遭凶痸。
赤子在焚溺，圣心轸一体。
德意与天同，推行法周礼。
去年尚有蓄，犹多赖以济。
今年蓄已竭，何处得饘米。
未免责饥民，补末戕其柢。
此亦无奈何，何由弭怨诋。
但愿天覆闵，嘉祥终不低。
穰穰百谷登，我民兄保弟。
闾阎歌鸿雁，鬼神享酒醴。

一饱亦君恩，万寿成拜稽。

力疾坐独谣，潸然下双涕。[①]

诗中写到的“赤子在焚溺，圣心轸一体。德意与天同，推行法周礼”，表现了君王心系天下苍生的爱民情怀，这是退溪非常赞扬和推崇的。国君的高尚品德与天地同行，效法周礼以推施恩惠，拿出去年的国库积蓄救济灾民。诗歌最后诗人提出了自己的心愿，“但愿天覆闵，嘉祥终不低。穰穰百谷登，我民兄保弟”，他真诚希望天降祥瑞，怜悯体恤百姓，使他们能够安居乐业，丰衣足食。“一饱亦君恩，万寿成拜稽。力疾坐独谣，潸然下双涕”，人民能吃饱肚子亦是君王的恩泽，万民皆拜谢并祝祷其万寿无疆，这样君王爱护子民，百姓感恩拥戴国君的场景，不正是儒家仁政思想的具体呈现吗？一想到这里，退溪不禁双眼潸然泪下，感慨万千。综合以上诗歌作品的分析，可以看出退溪忠君爱国、忧国忧民之思想以及通过现实主义手法反映真实的社会生活是接受杜甫诗歌创作影响最直接的表现。

退溪接受杜甫诗歌创作的影响还体现在用典和炼字方面。擅于用典是杜甫诗歌的一大特点。宋代张戒的《岁寒堂诗话》中说：“诗以用事为博，始于颜光禄而极于杜子美。以押韵为工，始于韩退之而极于苏黄。”[②]杜甫博闻强记、知识渊博，在诗歌创作当中灵活运用典故，恰如其分、生动活泼，使得作品含蓄蕴藉、回味悠长，对后世诗歌创作产生了重要影响。退溪的诗歌作品中也广泛使用典故，增强了作品的表现力和感染力，如劝勉青年学子努力学习、奋发向上时，他用了毛遂自荐的典故：“少年前去路方长，发愤功深未遽凉。十九人前何畏笑，愧君先自剥刚肠。”[③]“十九人前”据《史记·平原君虞卿列传》记载，赵孝成王九年（前257年），秦国攻打赵国都城邯郸，平原

① 《退溪先生文集·续集》卷二，《至月十六日雪》，见《陶山全书》第三册，韩国精神文化研究院，1980年，第481页。

② 丁福保：《历代诗话续编》，中华书局，1983年，第452页。

③ 《退溪先生文集·内集》卷二，《闲居次赵士敬、具景瑞、金舜举、权景受诸人唱酬韵十四首》之四，见《陶山全书》第一册，韩国精神文化研究院，1980年，第68页。

君准备带20个人奔赴楚国请求支持，但是门客当中只挑出来19个人，这时毛遂自告奋勇，自己推荐自己，与平原君一同去楚国。退溪用在这里，可谓考虑得当、用心良苦。《与诸君同登狎鸥亭后冈》[①]中有："万事经营槐穴梦，一时感慨菊花樽。沙禽岂管人间事，浩荡风流无语言"，这里的"槐穴梦"来自南柯一梦的典故，据唐代李公佐的《南柯太守传》载：淳于棼做梦自己来到了槐安国，被国王招为乘龙快婿，官至南柯太守，富贵荣华，盛极一时。后来在战场上打仗失败，被国王遣回。醒来以后发现是幻梦一场，槐树南枝下面的小小蚂蚁穴，就是自己梦中经历的地方。退溪与友人登上江边的高冈眺望，不禁心旷神怡，想到槐树之下的南柯一梦，世间万事最后终究是虚空一场，应该像快乐的沙鸥那样，抛却一切烦恼之事，在天地之间自由地翱翔。

杜甫是著名的炼字大师，他的锤炼功夫和艺术水平被后人广泛认可与称颂。欧阳修在《六一诗话》中说：

> 陈公时偶得《杜集》旧本，文多脱误，至《送蔡都尉诗》云："身轻一鸟"，其下脱一字。陈公因与数客各用一字补之。或云"疾"，或云"落"，或云"起"，或云"下"，莫能定。其后得一善本，乃是"身轻一鸟过"。陈公叹服，以为虽一字，诸君亦不能到也。[②]

这个"过"字很普通，却把诗中勇猛的蔡都尉那轻巧自然的跳跃神态立体地呈现在读者面前。如果进一步推敲斟酌，发现也只有这个"过"字用到这里才十分形象生动，是一种恰到好处的表达，确实是"虽一字，诸君亦不能到也"。叶梦得更是在其《石林诗话》中，大力赞扬杜甫的炼字功夫达到了一种变化开阖、出奇无穷的至高境界，他说："诗人以一字为工，世固知之，

① 《退溪先生文集·内集》卷一，《与诸君同登狎鸥亭后冈》，见《陶山全书》第一册，韩国精神文化研究院，1980年，第41页。

② 欧阳修著，郑文校点：《六一诗话》，人民文学出版社，1962年，第8页。

惟老杜变化开阖，出奇无穷，殆不可以形迹捕。”[①]退溪受到杜甫的影响，在诗歌创作中十分重视锤炼和琢磨字句，力求实现完美的艺术表达效果。所以他提醒林大树作诗要“加工炼与律”，告诉黄俊良文章须是“百炼取精英，千磨非苟且”。另外，杜甫作为退溪诗歌学习和崇敬的对象，在他的作品当中也频频出现，如“子美悲三蛰楚雷，我来雷蛰又三开”[②]“孤山微吟占风情，草堂索笑开愁肠”[③]“把酒李生吟且闻，伤时杜老坐无眠”[④]等，显示了不同时代、不同国家的两位诗人之间紧密而深刻的联系。

## 二、苏轼：多使坡语，创新发展

苏轼因其“文、诗、词三方面都达到了极高的造诣，堪称宋代文学最高成就的代表”[⑤]。同时，他也是宋代诗风转变的关键。严羽在《沧浪诗话》中说：“国初之诗，尚沿袭唐人。王黄洲学白乐天，杨文公、刘中山学李商隐，盛文肃学韦苏州，欧阳公学韩退之古诗，梅尧臣学唐人平淡处。至东坡、山谷始自出己意以为诗，唐人之风变矣。”[⑥]

关于苏轼的文学成就，中国历代文人对其评价都颇高。袁宏道曾在《与李龙湖》的信中说：“苏公诗高古不如老杜，而超脱变怪过之，有天地来，一人而已。仆尝谓六朝五诗，陶公有诗趣，谢公有诗料，余子碌碌，无足观者。至李杜而诗歌道始大；韩柳元白欧，诗之圣也；苏，诗之神也。”[⑦]这“一人而已”的“诗之神”，可谓是给予了苏轼在文学史上的极高之地位。而苏轼豁达

---

① 何文焕：《历代诗话》，中华书局，1981 年，第 420 页。

② 《退溪先生文集 · 别集》卷二，《至日有感三首》之三，见《陶山全书》第三册，韩国精神文化研究院，1980 年，第 455 页。

③ 《退溪先生文集 · 内集》卷三，《歧亭十咏》之六“梅坞清香”，见《陶山全书》第一册，韩国精神文化研究院，1980 年，第 106 页。

④ 《退溪先生文集 · 内集》卷三，《和子中闲居二十咏》之十七“玩月”，见《陶山全书》第一册，韩国精神文化研究院，1980 年，第 103 页。

⑤ 袁行霈：《中国文学史》第三册，高等教育出版社，2003 年，第 87 页。

⑥ 严羽：《沧浪诗话校笺》，上海古籍出版社，2012 年，第 181 页。

⑦ 袁宏道：《瓶花斋集》，上海古籍出版社，1995 年。

豪放、乐观坚强、进退自如、宠辱不惊的人格魅力与处世态度更是为人们所称颂与敬仰。当时在他周围就有许多青年作家跟随学习，如著名的“苏门四学士”等。在他去世之后，历朝历代更有无数文人学子崇拜模仿，特别是他对明代的公安派和清代的宋诗派诗人都有重要的启迪。然而，他的影响又远不止于此。随着中国与周边国家的交流不断加深，苏轼的诗文在高丽文坛产生了极大的影响，迅速兴起一股“学苏”热潮。徐居正《东人诗话》卷上云：“高丽文士专尚东坡，每及第榜，出则人曰‘三十三东坡出矣’。”[①]高丽时期著名文人李奎报也说：“夫文集之行乎世，亦各一时所尚而已，然今古以来，未若东坡之盛行，尤为人所嗜者也。”[②]这种学习热潮一直延续到朝鲜李朝，对当时文人的创作也产生了不小的影响。然而随着社会思潮的发展与变迁，朝鲜中期，性理学大盛，以苏轼为首的蜀学与以程颐为代表的洛学曾因学术上的分歧而演变为政治上的相互争斗，就是所谓“洛蜀党争”，双方在政治上均遭受重创。一些朝鲜文人遂对苏轼进行激烈的攻击与批判，如周世鹏在《辟邪》中说：

> 然世皆知乡愿杨墨老佛之为异端，而不知苏氏之为大异端。彼其学谲而言成理，吞吐宇宙，搥倒山河，不但惊动一世，而亦足以驱驾百代。于是，倨肆自大，媢侮正士，无少忌惮，至使伊洛之泽，竟不得渐于时，其狂波滔天，殆不可遏，厥后，又百年然后，朱子大声辟之曰：“苏氏兄弟仪秦老佛，合为一人。”斯言一出，天下始识其昏垫而有所惧矣。[③]

周世鹏认为苏轼是“大异端”，他倚仗自己的学术思想与才华“倨肆自大，媢侮正士”，批判他与洛学之间对立的行为，简直是“狂波滔天，殆不可遏”，并且引用理学大师朱熹的话来加强论述，对苏轼进行讨伐与否定。退溪

① 张公：《论高丽朝诗人对苏轼诗的接受与发展》，延边大学硕士学位论文，2010年，第7页。
② ［高丽］李奎报：《答全履之论文书》，见《韩国文集丛刊》，景仁文化社，1996年，第557页。
③ ［朝鲜］周世鹏：《辟邪》，《竹溪志·别录》，见《韩国文集丛刊》卷六。

作为朝鲜的性理学巨擘，程朱思想的集大成者，他是如何来看待苏轼的呢？退溪弟子李德弘曾经记载：

> 先生四月既望，与侄侨孙安道及德弘，泛月濯缨潭。泝流泊盘陀石，至栎滩解缆而下。酒三行，正襟端坐，凝定心神，不动声气。良久而后，咏前后《赤壁赋》曰："苏公虽不无病痛，其心之寡欲处，于'苟非吾之所有，虽一毫而莫取'等句，见之矣。又尝谪去，载棺而行，其脱然不苟如此。"因以清风明月分韵，得明字。[①]

退溪说苏轼"虽不无病痛"应该是指其学术思想上的种种不与程朱理学相合之处。但即便如此，退溪仍对他的文学成就予以了肯定和赞扬。退溪在《奉酬金慎仲咏梅三绝句一近体》中写道：

> 朱先生尝和东坡松风亭梅花诗，有"梅花自入三叠曲"之语。盖坡诗三篇，而先生三和之，合为六篇，篇篇皆有仙风道韵。每一讽诵，令人飘飘然，有凌云之气，不胜其欣慕爱乐之情，亦尝两和于东湖梅，一和于陶山梅，僭妄何可言也。[②]

退溪认为苏轼写的咏梅诗与朱熹的一样精彩，苏轼写了3篇，朱熹写了3篇对他的和诗，一共是6篇。这6篇诗歌"篇篇皆有仙风道韵"，每当吟诵的时候都"令人飘飘然，有凌云之气"，可见他对苏轼诗歌的喜爱与欣赏。这也反映了退溪的翩翩君子之风，看待问题清醒理智，并没有因与苏轼的学术观念对立而对他的文学作品进行否定与批判。不仅如此，退溪还大量学习借鉴苏轼的诗歌作品，使得他的文学创作"颇似东坡"。权应仁在《松溪漫录》中说：

① ［朝鲜］李德弘：《溪山记善录》（下），《艮斋先生文集》，见《韩国文集丛刊》卷六。

② 《退溪先生文集·内集》卷五，《奉酬金慎仲咏梅三绝句一近体》之四，见《陶山全书》第一册，韩国精神文化研究院，1980年，第135页。

丽代文章优于我朝，而举世师宗，则坡诗不可谓之卑也。若薄其为人，则晚唐诗人贤于苏者几何人耶？唯退溪相公好读坡诗，常诵“云散月明谁点缀，天容海色本澄清”之句，其所著诗使坡语者多矣。[①]

虽然当时有些朝鲜文人对苏轼“薄其为人”，但是退溪喜欢读东坡之诗，经常吟诵其经典诗句，“其所著诗使坡语者多矣”。如果对退溪的诗歌作品进行深入分析，就会发现权应仁所言非虚。据统计[②]，退溪对中国古代诗人的作品进行追和的诗篇共有122首，而其中对苏轼的和诗是14首，在所有中国古代诗人和诗数量中居第四名，排在前三位的依次是朱熹30首、陶渊明22首、杜甫18首，由此也可以看出退溪最喜爱的中国诗人正是这四位，他们对退溪的诗歌创作都产生了很深的影响。退溪的和苏诗，较为著名的有《晨至溪庄，偶记东坡新城途中诗，用其韵二首》[③]，其一云：

触热朝天病未行，溪庄回辔趁鸡声。
云山正似盟藏券，身世浑如战退钲。
雨过洞门林气爽，风生石窦涧音清。
山翁笑问溪翁事，只要躬耕代舌耕。

其二云：

朝从溪上傍溪行，才到溪庄闻雨声。
里社行夸宰分肉，词坛曾笑将鸣钲。
宽闲南野麦浪遍，翠密西林禽语清。
圣主洪恩知不弃，只缘多病合归耕。

---

① ［朝鲜］权应仁：《松溪漫录》，见《韩国文集丛刊》。

② ［韩］柳素真：《海东朱子李滉的和苏诗》，《中国语文学》第83辑，2020年，第3—4页。

③ 《退溪先生文集·内集》卷一，《晨至溪庄，偶记东坡新城途中诗，用其韵二首》，见《陶山全书》第一册，韩国精神文化研究院，1980年，第50页。

这两首和苏诗写于1546年（朝鲜明宗大王元年），退溪46岁之时。据《退溪先生年谱》记载，这一年退溪的主要经历有：

> 二月，乞假还乡，葬外舅权公碩。五月，病，未还朝，解职。七月，夫人权氏卒。八月，除校书馆校理，兼承文院校理。十一月，除礼宾寺正，皆不赴。筑养真庵于退溪之东岩。先是构小舍于温溪之南，芝山之北，以人居稠密，颇未幽寂。是年始假寓于退溪之下数三里，于东岩之旁作小庵，名曰“养真”。溪俗名兔溪，先生以“退”改“兔”，因自号焉。[①]

此前一年，也就是退溪45岁时，刚刚因经历了奸相李芑的陷害而被削去官职。本就无心仕途的退溪，目睹官场之上的权力纷争、钩心斗角，身心俱疲，归隐山林的心愿也日渐强烈。退溪46岁向朝廷请假归乡，埋葬岳父权公碩。这一年的七月，夫人权氏去世了。八月、十一月，朝廷分别两次授予其官职，他都没有赴任，而是在家乡的一条小溪下面大约三里之处的东边岩石旁边修筑了“养真庵”，改小溪俗名“兔溪”为“退溪”，这就是他自号为“退溪”的由来。

第一首诗歌前半部分描写天气炎热，退溪身体抱恙，所以没有着急赶路，在雄鸡报晓之时，骑马缓缓经过溪庄。“云山正似盟藏券，身世浑如战退钲”这两句表达了退溪看透功名富贵，感慨自己身世飘零的复杂心情，让人感觉到沉闷与不快，然而诗歌后半部分却笔锋一转，展示了一幅清新凉爽的山林美景，原本沉郁的心情也变得轻快舒爽了许多。最后两句“山翁笑问溪翁事，只要躬耕代舌耕”明确表达了诗人想要归隐田园的心愿。第二首诗歌的主题意旨也大致相仿。其中的“宽闲南野麦浪遍，翠密西林禽语清”也是描写农家风光的，因为诗人眼中看到的和笔下所描绘的都是大自然的美好景色和田园之乐，是诗人热切希望的理想生活，所以结尾两句“圣主洪恩知不弃，只

---

① 《退溪先生年谱》卷一，见贾顺先主编：《退溪全书今注今译》第一册，第45—46页。

缘多病合归耕”，虽然朝廷的洪恩不该抛弃，但无奈自身体弱多病无法胜任，只好选择归耕田园。全诗语言清丽，情景交融，意蕴深远。为什么要和苏轼诗歌的韵呢？苏轼原诗为《新城道中二首》[①]，其一曰：

东风知我欲山行，吹断檐间积雨声。
岭上晴云披絮帽，树头初日挂铜钲。
野桃含笑竹篱短，溪柳自摇沙水清。
西崦人家应最乐，煮芹烧笋饷春耕。

其二曰：

身世悠悠我此行，溪边委辔听溪声。
散材畏见搜林斧，疲马思闻卷旆钲。
细雨足时茶户喜，乱山深处长官清。
人间岐路知多少，试向桑田问耦耕。

诗歌题目中的新城是杭州附近的一个属县，1073年的二月，苏轼正任职杭州通判，他去新城视察民情时创作了这两首诗。此前因反对王安石推行新法，苏轼被新党们列为清除对象，在京城已然无法容身，无奈被迫自请外放杭州，远离朝堂是非之地，然而心中的政治理想和报国愿望无法实现，苏轼的内心是比较压抑惆怅的。在新城视察之时，他走进大自然，亲近淳朴民众和乡村生活，内心感觉到了轻松与喜悦，第一首后半部分的“野桃含笑竹篱短，溪柳自摇沙水清。西崦人家应最乐，煮芹烧笋饷春耕”这四句，展现了一片明媚绚烂的春光美景，村民们在农忙之余烹制美食犒劳自己，一派热闹欢快的氛围。第二首末尾两句点题：“人间岐路知多少，试向桑田问耦耕”，诗人感慨世事艰难，仕途官场之中的人心险恶，斗争磨难不断，心中想到应

① 王文浩辑注、孔凡礼点校：《苏轼诗集》卷9，中华书局，1987年。

该换一种方式生活，尝试一下桑田农耕的快乐与清闲。退溪之所以和东坡的这两首诗，是因为二人的境遇和心情十分相像，退溪也是经历削官免职，家人不断离世，因在心情愁苦之时看到悠然自适的田园生活而瞬间欣然开怀的，大自然带给诗人的是轻松、舒适的感觉，让他体会到了不一样的生活之美，内心得到安慰与满足，所以想要抛却往日的烦恼，追求精神的解脱。退溪感受到了和苏轼一样的心情，自然而然就想到了苏轼曾有描述这样情景和心境的诗歌，于是相和而作。二人的诗歌主旨一致、心意相通，具有异曲同工之妙。然而同中也有相异的地方，那就是同为表达归隐的思想，二者的迫切心情和坚定意志的程度不尽相同。苏轼虽然一时看见乡村美景陶醉其中，萌生归隐的想法，但是他始终无法放下济世安邦之志，出世解脱对他来说只是一种理想愿景；而退溪因为自身性格和学术追求的原因，从来就无心于仕途，所以当外部环境的挫折和痛苦、困难和压力向他袭来之时，归隐山林就成为他内心最真切的渴望和最坚定的选择。这是诗人不同的个人情况所造成的，也体现了退溪对苏轼诗歌接受影响基础之上的再创造。

苏轼才华横溢，手法高超，一生所写诗歌名篇数不胜数，其中一首《月夜与客饮杏花下》，将花、月、人、酒四者完美地融合在一起，营造了一个清灵明静、潇洒缥缈的超凡境界。退溪在与好友聋岩先生的交游中也追和了这首诗。苏轼原诗为：

杏花飞帘散余春，明月入户寻幽人。
褰衣步月踏花影，炯如流水涵青苹。
花间置酒清香发，争挽长条落香雪。
山城薄酒不堪饮，劝君且吸杯中月。
洞箫声断月明中，惟忧月落酒杯空。
明朝卷地春风恶，但见绿叶栖残红。[①]

① 王文浩辑注、孔凡礼点校：《苏轼诗集》卷18，中华书局，1987年。

诗人在一个暮春之夜，被月亮的盛情所感，来到庭院之中，在一片皎洁月光和柔美杏花之中欣赏夜色。此处将月亮进行拟人化处理，让月亮邀请诗人观赏美景，可谓是新颖独特，诗趣盎然。“炯如流水涵青苹”这一句当中的“炯如流水”是指月光的清澈如水，似水的月光穿过杏花之后，在地面上投下斑斑光影，就好像流水中荡漾着青苹一般。这样一来，流动的月光与摇曳的青苹，就为原本沉静的夜色增添了许多动感与活力，诗人面对这鲜花月光的美景，心中的烦恼与不快都洗净散空了。接下来的“花间置酒清香发，争挽长条落香雪”两句写花与酒的完美组合，美酒因为在花丛中去饮，香味会变得更加浓郁；鲜花借助酒兴来观赏，也会更加地美丽动人，二者彼此依存，相映成趣。诗人所处的山城偏僻狭小，没有上好的美酒款待客人，但是有这绝佳的月色可以弥补酒薄之不足。“劝君且吸杯中月”是告诉客人，虽然此处的酒不是美酒，但是月色迷人，不妨来品尝这映入酒杯之中的明月吧！赏月带来的精神愉悦远比饮酒更令人身心舒畅，东坡真是写景融情的艺术高手。诗歌的结尾四句寄托了诗人对命运无常的感慨，并借想象中的落花场景来表达他内心的惜春之情和身世之感，意味更加深远。花、月、酒与人互通心曲，全诗由情设景，因景生情，情景交融，出神入化，不愧为苏轼诗歌中的传世名篇。这首诗不仅在中国广为传唱，同时还远播海外，退溪的忘年交聋岩李贤辅先生就令其侍儿为退溪歌唱，并写次韵之作拿给退溪看，退溪也和诗一首奉上，可见他们对苏轼诗歌的喜爱。退溪和诗为：

病卧山中九十春，起拜岩仙春唤人。
岩中老仙惜光景，独立汀洲咏白苹。
倚岩红杏尚未发，催令雪儿唱香雪。
待得花开要赏春，只恐花时已无月。
咳唾珠玑俄顷中，吟罢不觉杯心空。
江边归兴浩无涯，回首乱山花欲红。[①]

---

① 《退溪先生文集·内集》卷一，《拜聋岩先生，先生令侍儿歌东坡〈月夜饮杏花下〉诗，次其韵示之，滉亦奉和呈上》，见《陶山全书》第一册，韩国精神文化研究院，1980 年，第 62 页。

诗歌描述了与好友交游赏玩的情景。退溪在山中病卧多年，是春天把他唤起去拜访聋岩先生，这里的春天唤人和东坡的明月邀人何其相似，应是退溪受苏轼创作手法的启发和影响而作。山中的老翁珍惜美好的春光，独自站立在水边吟咏水中的白苹，这与苏轼诗歌之中表达的惜春之情一致。尽管山岩边的红杏尚未开放，聋岩先生已经迫不及待让侍儿来吟唱苏东坡的杏花诗了，满心期待山花齐放的时候来欣赏这无边的春色，又担心花朵盛开之际没有了明月的相随。就这样一边欣赏侍儿的表演，一边吟诵美丽的诗篇，不知不觉之间酒杯已经喝空，从江边归来的时候，诗人的兴致依旧浩荡勃发，他回望远处的群山，期盼鲜花的早日绽放。同样是歌咏花、月、人、酒，同样是情景交融，空灵婉转，妙趣横生，但是苏轼欣赏的是已经盛开的杏花，担心大风刮过把这一树的繁花吹落。而在退溪的诗歌当中，红杏还没有开放，心中未免有惋惜之情，如果这个时候花儿已经绽放了，和友人赏美景、听吟诗、饮美酒岂不更加完美开怀？但是他此时此刻只能听着侍儿吟唱苏轼的杏花诗来想象苏轼看到的花开盛景，心中更加期盼迷人春景的早日到来，同时想到苏轼诗中花与月的完美融合，虽然现在有月色而花朵没有开放，那么将来杏花盛开的时候会不会没有了美丽月色的陪伴呢？可见退溪对苏轼诗歌当中美好意境的追慕与向往。相比起东坡诗歌结尾对月落花谢的惆怅和对命运无常的感慨，退溪在作品末尾表达的是一种兴致勃发、昂扬向上、对未来充满希望与憧憬的情怀，因为他还没有看到盛开的红杏，所以对此美景充满期待。两位诗人处于杏花生长开放的不同时段，退溪的和诗与苏轼原诗相比，就呈现出别样的意境与氛围。

退溪对苏轼诗歌创作的接受还表现在化用诗句和运用典故这两个方面。退溪十分喜爱苏轼的作品，反复吟诵欣赏，很多诗句早已烂熟于胸，在他创作之时就会自然地涌上心头，或直接借用，或稍作改动，或加以扩展，或进行缩减，灵活而广泛地运用其间，从而使得其作品颇似东坡之语。如退溪勉励家境贫寒的赵士敬“人间贫富海茫茫，每忆君穷感叹长”[①]就直接借用苏轼

① 《退溪先生文集·内集》卷三，《赠赵士敬》，见《陶山全书》第一册，韩国精神文化研究院，1980年，第107页。

的《赠杨耆并引》中的“劝尔一杯聊复睡，人间贫富海茫茫”[①]的原句。退溪的《大雷雨行》中的“天公号令不虚出，摧残震动皆仁煦”[②]就是苏轼《次韵孔毅父久旱已而甚雨三首》其三中的“天公号令不再出，十日愁霖并为一”[③]改动“再”字为“虚”字而来。退溪的《闻庆途中遇雪》中的“乱云吞吐吐欲埋山，急雪惊风扑马鞍”[④]是在苏轼的《过庐山下并引》里的“乱云欲霾山，势与飘风南”[⑤]的基础上扩展而成的，由原来的五言诗句增加扩展为七言诗句。退溪有时还将苏轼作品中的语句进行缩减化用，如《钓几》中的“弄晚竿仍袅，来多石亦温”[⑥]源自苏轼《六年正月二十日，复出东门，仍用前韵》的“岂惟见惯沙鸥熟，已觉来多钓石温”[⑦]，将七言句缩短成了五言句，但是表达的意思没有改变。

苏轼的弟弟苏辙也以文章著称于世，他们兄弟二人与其父苏洵并称“三苏”，在文坛颇有盛名。苏轼和苏辙两兄弟之间的感情很好，但是壮年之后各自辗转多地为官，相聚的时光非常短暂，苏辙曾在《逍遥堂会宿二首》中记载了创作诗歌的缘由：

> 辙幼从子瞻读书，未尝一日相舍。既壮，将游宦四方，读韦苏州诗，至“安知风雨夜，复此对床眠”，恻然感之，乃相约早退为闲居之乐。故子瞻始为凤翔幕府，留诗为别曰：“夜雨何时听萧瑟？”其后子瞻通守余杭，复移守胶西，而辙滞留于淮阳、济南，不见者七年。熙宁十年二月，始复会于澶濮之间，相从来徐，留百余日，

① 王文浩辑注、孔凡礼点校：《苏轼诗集》卷22，中华书局，1987年。

② 《退溪先生文集·内集》卷一，《大雷雨行》，见《陶山全书》第一册，韩国精神文化研究院，1980年，第48页。

③ 王文浩辑注、孔凡礼点校：《苏轼诗集》卷21，中华书局，1987年。

④ 《退溪先生文集·别集》卷一，《闻庆途中遇雪》，见《陶山全书》第三册，韩国精神文化研究院，1980年，第427页。

⑤ 王文浩辑注、孔凡礼点校：《苏轼诗集》卷38，中华书局，1987年。

⑥ 《退溪先生文集·内集》卷三，《钓几》，见《陶山全书》第一册，韩国精神文化研究院，1980年，第98页。

⑦ 王文浩辑注、孔凡礼点校：《苏轼诗集》卷22，中华书局，1987年。

时宿于逍遥堂，追感前约，为二小诗记之。[①]

兄弟二人在风雨之夜，对床而卧，读韦应物之诗，彼此之间有了“早退为闲居之乐”的约定。然而各地为官，“不见者七年”，再次相逢之时，回忆往日的约定，无限感慨，苏辙写下了《逍遥堂会宿二首》，其一曰：“逍遥堂后千寻木，长送中宵风雨声。误喜对床寻旧约，不知漂泊在彭城。”苏轼在《辛丑十一月十九日，既与子由别于郑州西门之外，马上赋诗一篇寄之》中也写道：“亦知人生要有别，但恐岁月去飘忽。寒灯相对记畴昔，夜雨何时听萧瑟。君知此意不可忘，慎勿苦爱高官职。”[②]之后“对床夜雨”就逐渐演变为一个典故，形容亲朋好友之间久别重逢、倾心交谈的情形。退溪在其诗歌创作中，多次运用此典故来表达内心的情感，如《丙申七月晦日，与兄同宿西斋，时余将往宜宁，感念离合之故，用苏子由逍遥堂诗韵》[③]的其一中写道：

对床风雨西斋夜，何事还为肠断声。
洒泪鸰原悲不尽，分飞又向楚南城。

其二云：

共约青山映黄发，何时官爵弃如泥。
怪来今夜同眠处，风转萧萧雨转凄。

此二首诗是退溪与其兄长李瀣一起回乡探望母亲，当晚同宿房中，对床而眠之时彼此约定辞去官职，隐退山林之间而创作的。此情此景与苏轼苏辙两兄弟简直一模一样，可见虽然国家不同，时代不同，但是兄弟之情和隐居

① 曾枣庄、马德富点校：《栾城集》卷7，上海古籍出版社，1987年。

② 王文浩辑注、孔凡礼点校：《苏轼诗集》卷3，中华书局，1987年。

③ 《退溪先生文集·别集》卷一，《丙申七月晦日，与兄同宿西斋，时余将往宜宁，感念离合之故，用苏子由逍遥堂诗韵》，见《陶山全书》第三册，韩国精神文化研究院，1980年，第422页。

之乐却是亘古不变、永远相通的。退溪的《腊月二十日，景清兄将行，风雨尽日。仍出安西客舍夜话及涵虚堂话别诗七首，谨次韵，叙感》其七曰：

逍遥风雨两苏公，黄发青山宿愿同。
此志未酬真可惜，令人长忆亩南东。[①]

逍遥风雨之中的苏氏两兄弟，虽历经沧海变幻但心愿相同，只可惜他们的约定一直未能实现，总让人思慕美好田园的隐居之乐。退溪在此处引用苏轼与苏辙的经典故事，借以表达自己对兄弟的思念和思慕归隐的真实心愿。

虽然学术思想不同，但退溪却十分欣赏苏轼的诗歌作品，不但创作许多和诗，而且多处借用苏轼诗句，频繁运用与其相关的典故，从中可以看出苏轼对退溪诗歌创作的重要影响。同时，退溪在学习借鉴苏轼作品的基础之上，进行了颇有创意的扩展与改造，使得他的诗歌与原作相比，具有了崭新的意境与韵味。

## 三、朱熹：哲人之诗，诗情理趣的融合

朱熹是继孔子之后，中国历史上最著名的思想家和教育家之一，也是宋代理学的集大成者。同时，他又是理学家中极富文学艺术修养之人，在经、史、文、乐等方面均有很深的造诣，一生之中创作了大量的文学作品，仅诗词就有1300余首，堪称一位卓有成就的诗人。宋代的李性学在《文章精义》中说："晦庵先生诗，则《三百篇》之后一人而已。"[②]清代的李重华则直接将朱熹比肩陆游：

① 《退溪先生文集·续集》卷一，《腊月二十日，景清兄将行，风雨尽日。仍出安西客舍夜话及涵虚堂话别诗七首，谨次韵，叙感》，见《陶山全书》第三册，韩国精神文化研究院，1980年，第475页。

② 陈骙、李性学：《文则·文章精义》，人民文学出版社，2016年，第80页。

> 南宋陆放翁堪与香山踵武，益开浅直路径，其才气固自沛乎有余。人以范石湖配之，不知石湖较放翁，则更滑薄少味。同时求偶对，惟紫阳朱子可以当之。盖紫阳雅正明洁，断推南宋一大家。①

钱穆在《朱子新学案》中也说：

> 北宋如邵康节，明代如陈白沙，皆好诗，然皆不脱理学气。阳明亦能诗，而才情奔放，亦朱子所谓今人之诗也。惟朱子诗渊源《选》学，雅澹和平，从容中道，不失驰驱……朱子倘不入道学儒林，亦当在文苑传中占一席地。②

由此可见朱熹在文学方面所取得的成就以及重要的地位。退溪以其在朱子哲学的继承和发展方面所作出的卓越贡献，被人们誉为“海东朱子”。然而不仅是理学思想，在诗歌创作方面，退溪也与朱熹一脉相承，无论在思想内容和艺术风格方面都受到朱熹很大的影响。《退溪先生言行录》中记载：“（先生）为诗清严简淡，类其为人。少尝学杜诗，晚喜晦庵诗，往往格调如出一手。”③退溪的诗歌作品中直接提到朱熹的次数很多，具体名称有紫阳、紫阳翁、晦庵、晦翁、晦父、朱子、文公、考亭等，其表现内容主要分为以下三类。

一是表达对朱熹的仰慕、敬仰，对其学问思想的追慕和赞美，如《次韵金秀才士纯三绝》之三云：

> 云谷书传千圣心，读来如日破昏阴。
> 平生不上罗浮望，几向冥涂枉索寻。④

① 郭齐笺注：《朱熹诗词编年笺注》，巴蜀书社，2000年，第947页。

② 钱穆：《朱子新学案》，巴蜀书社，1986年，第1714页。

③ 《退溪先生言行录》卷五，“杂记”，见贾顺先主编：《退溪全书今注今译》第五册，四川大学出版社，1992年。

④ 《退溪先生文集·内集》卷三，《次韵金秀才士纯三绝》之三，见《陶山全书》第一册，韩国精神文化研究院，1980年，第111页。

退溪认为朱熹的著述表达了历代诸位圣贤的心意，读起来就像有阳光穿破昏暗的天空，为其指明方向。《次韵答新宁宰黄仲举》其一中有："涉历始知新得趣，归来真觉旧迷方。谁言简策为糟粕，此事应须问紫阳。"[①]退溪感叹游览四方才能知道人生的乐趣，回来的时候才发现自己从前的迷茫，要想获得学问的真谛，应该去请教朱熹，可见朱熹在他心目中的地位，是颇具有权威性的。退溪坐船东归时，写绝句云：

学到能寻考亭绪，方知河伯谩夸河。
我曾用力嗟无得，心切还堪愧老婆。[②]

做学问要能够达到探究朱子学的端绪，才知道像河伯那样夸大自己的人是毫无可取之处的。退溪在此的暗含之意为朱子学博大精深，我辈治学应当勤勉谦逊，学无止境。

二是表现对朱熹诗歌作品的喜爱与学习。《再访陶山梅十绝》之七曰：

坡仙十绝与三词，不独西湖作已知。
况有紫阳风雅手，长吟绝叹寓心期。[③]

这里提到了咏梅诗写得好的两个人，即苏轼和朱熹。苏轼赞美梅花的诗歌有10首绝句和3首叠韵诗，朱熹有歌颂梅花的高雅艺术之手笔，可以学习二人的诗作，长吟绝叹以抒发内心的感慨。退溪赠别卞成温秀才五绝中之四云："江台辽阔共登临，俯仰鸢鱼感慨深。妙处自应从我得，晦庵诗句为君

① 《退溪先生文集·内集》卷二，《次韵答新宁宰黄仲举》之一，见《陶山全书》第一册，韩国精神文化研究院，1980年，第71页。

② 《退溪先生文集·别集》卷二，《舟行东归，南时甫追至大滩同行，有绝句次韵》，见《陶山全书》第三册，韩国精神文化研究院，1980年，第458页。

③ 《退溪先生文集·内集》卷四，《再访陶山梅十绝》之七，见《陶山全书》第一册，韩国精神文化研究院，1980年，第132页。

吟。”[①]与友人一同登临天渊台，水面辽远，天空广阔，鸢飞在天，鱼游在水，此等美景令退溪深深感慨大自然的神奇，他认为其中的玄妙之处只要吟诵晦庵先生的诗作就能明晰。《次韵黄仲举》其二中有：“梦想庐山河落水，风尘三复紫阳词。”[②]退溪梦中看到了飞流直下的庐山瀑布，醒来以后反复吟诵朱熹的诗词。可见，学习和欣赏朱熹的诗歌作品是退溪生活中的一大乐趣。

三是叙述朱熹的生平事迹，借圣贤的事例来抒发自己的所感所想。如退溪与赵士敬等人唱酬诗作，其中的第九首说：“文公平昔警门墙，主敬研几进室堂。若事真经与程注，指南应不叹亡羊。”[③]退溪在这里引用朱熹教导弟子的事例，说朱熹经常警戒他的学生们要用主敬的工夫去研究学问，这样才能领会圣人之道。退溪告诉他的弟子们如果认真研读真德秀的《心经》和程门学问的意旨，就能走上正路，从而不至于误入歧途。《荣川双清堂莲塘》一诗云：“大叶盘盘小叶田，红妆明媚拥苍烟。微风飐盖时时动，急雨跳珠个个圆。晦父欣逢数君子，濂翁爱说濯清涟。凭栏尽日追余赏，陡觉襟怀已洒然。”[④]诗歌的前半部分主要描写池塘里的美景，后半段借用朱熹很高兴有一批志同道合的人做朋友来比拟作者此时此刻的心情，在落日的余晖中凭栏远眺，内心怀有无限的超脱与潇洒。

朱熹所处的宋代，其诗歌创作与辉煌的唐诗相比，有其自身独特的风貌，这与理学思想的盛行有很大关系。许总在《宋明理学与中国文学》一书中说：

> 纵观整个宋诗的发展、兴盛、衰落的全程，其与理学的确立、演变、分化的进程密切相关。在这样漫长的历程中，无论理学还是

① 《退溪先生文集·内集》卷三，《湖南卞成温秀才来访，留数日而去，赠别五绝》之四，见《陶山全书》第一册，韩国精神文化研究院，1980 年，第 108 页。

② 《退溪先生文集·内集》卷二，《次韵黄仲举》，见《陶山全书》第一册，韩国精神文化研究院，1980 年，第 74 页。

③ 《退溪先生文集·内集》卷二，《闲居次赵士敬、具景瑞、金舜举、权景受诸人唱酬韵十四首》，见《陶山全书》第一册，韩国精神文化研究院，1980 年，第 68 页。

④ 《退溪先生文集·内集》卷四，《荣川双清堂莲塘》，见《陶山全书》第一册，韩国精神文化研究院，1980 年，第 132—133 页。

宋诗都有着重要的变化，表现出丰富的内涵容量，但就本质特征而言，宋诗无疑是哲理化与议论化，理学则是使传统儒学思辨化。正是因此，由作为宋学核心构成的理学家涉足诗坛而形成的理学诗派，也就自然成为宋诗哲理化以及议论说理特征的最集中体现与最典型标志。①

谢桃坊在《略论宋代理学诗派》一文中，将理学诗派重要诗人的作品数量进行了统计②，并指出："宋代理学诗派远不止金履祥所编选的《濂洛风雅》所列的四十八家……其阵容之大与数目之多是绝不会亚于江西诗派的。"③朱熹作为理学诗派的代表作家，其作品最大的特色就是其中所包含的理蕴与理趣。《斋居感兴》之十九云：

哀哉牛山木，斤斧日相寻。
岂无萌蘖在，牛羊复来侵。
恭惟皇上帝，降此仁义心。
物欲互攻夺，孤根孰能任？
反躬艮其背，肃客正冠襟。
保养方自此，何年秀穹林？

诗歌前四句写牛山之木原本生长得很茂盛，但是斤斧日日来砍伐，诗人为此感到悲哀，当然也不是没有冒出新芽，只是因为牛羊又时常来啃食侵害，所以只剩光秃秃的山了，昔日的美好山林景象不复存在。这四句的素材来自《孟子·告子章句上》：

① 许总：《宋明理学与中国文学》，百花洲文艺出版社，1999年，第208页。

② 据谢桃坊在《略论宋代理学诗派》中统计，周敦颐存诗29首，邵雍存诗1583首，张载存诗16首，程颢存诗67首，程颐存诗3首，杨时存诗239首，朱熹存诗1318首，陆九渊存诗23首，真德秀存诗95首，魏了翁存诗711首，金履祥存诗83首。(《文学遗产》第3期，1986年，第37页。)

③ 谢桃坊：《略论宋代理学诗派》，《文学遗产》第3期，1986年，第38页。

孟子曰："牛山之木尝美矣。以其郊于大国也，斧斤伐之，可以为美乎？是其日夜之所息，雨露之所润，非无萌蘖之生焉，牛羊又从而牧之，是以若彼濯濯也。人见其濯濯也，以为未尝有材焉，此岂山之性也哉。"①

接下来指出恭敬的上天降给人们的仁义之心都是相同的，但是物欲却来抢占攻夺。末尾四句表明作者态度：人们应该深刻反省，增强自我修养，以严肃庄重的态度来保养本心，使得繁茂的牛山之林能够恢复往日的模样。此诗以"牛山之林"比喻人的仁爱纯净之本心，是万事万物中所蕴含的天理，以"斤斧""牛羊"比喻外在的物欲诱惑与戕害，从而引申出"存天理、遏人欲"的主旨意蕴。全诗形象鲜明、含义深刻，耐人寻味。退溪晚年尤其喜欢读朱熹的诗，并在其日常创作中进行不断的学习、模仿与借鉴。他的《权贰相景由江亭三绝》之三可以明显看到朱诗的痕迹：

美目齐山斧与羊，
人心何况日交床。
久知理欲相消长，
莫遣微尘翳镜光。②

诗歌前两句指出美好的山林经常受到刀斧、牛羊的侵害，就好像人的纯净内心天天受到外在因素的干扰破坏一样。后两句直接点题：天理与人欲是彼此相生相灭的，不能让细小的微尘遮住了明镜的光芒。意即保存天理，抑制人欲。这与朱诗的思想如出一辙，一脉相承，是在朱诗阐发义理的基础上更加直接和明确的表达。

朱熹的理趣诗当中，不能不提的就是著名的《观书有感二首》，其流传甚

① 《孟子·告子章句上》，见朱熹：《四书章句集注》，中华书局，1933 年，第 330 页。

② 《退溪先生文集·内集》卷三，《权贰相景由江亭三绝》之三"养心堂"，见《陶山全书》第一册，韩国精神文化研究院，1980 年，第 119 页。

广，脍炙人口。其一云：

半亩方塘一鉴开，
天光云影共徘徊。
问渠那得清如许？
为有源头活水来。

这首诗运用了比兴的手法，前两句描绘了一幅静谧安宁的池塘美景。清澈明净的池塘水波不兴，平静的水面上没有任何涟漪，就像一个硕大无比的铜镜倒映出天上的蓝天白云，光彩流动，美不胜收。后两句用设问的手法，自问自答：为什么这半亩方塘能长久地保持澄澈清明呢？因为它的源头有活水不断地注入，并不是一潭死水。如果没有生生不息的源头活水，这个小池塘就会成为藏污纳垢的场所，直到最后干涸荒芜，哪里会有现在看到的清澈灵动呢？这是朱熹在读书学习的过程中所悟出的道理，“方塘”喻指人的心灵，“源头活水”指圣贤之书，以池塘水的清澈比喻人们学习圣贤之书后内心得到了纯净升华，所以人要不断地学习新知识，让圣贤之真理源源不断地滋养心田，荡除涤清心中的污垢，使心灵保持纯洁明净。全诗将读书之理依附于具体的艺术形象，让人明晰圣贤之书的重要性和养成持之以恒的学习习惯，理境浑融，含蓄蕴藉，诗趣盎然。诗中的“方塘”“天光云影”“活水”等意象及内涵在退溪诗歌中得到了进一步的彰显与发扬。《野池》诗中的“小塘清活净无沙”“云飞鸟过元相管”所营造出的意境与朱诗有异曲同工之妙。《琴闻远东溪惺惺斋》之三云：“上台真觉洗心肠，对此虚明一镜光。若使襟灵乾物累，天云那得似方塘。”[①]意指要净化心灵、排除干扰，若使外在事物累拘胸怀，就不会有倒映天光云影的美丽方塘。朱熹原诗主要讲读书过程中要不断吸取圣贤之真理精华来提升自我认识，丰富知识储备，从

① 《退溪先生文集·续集》卷二，《琴闻远东溪惺惺斋》之三，见《陶山全书》第三册，韩国精神文化研究院，1980年，第485页。

而长久地保持心灵的纯净。而退溪在这两首诗中主要强调的是排除外在物欲的扰乱侵害，保持天理的纯正明澈，重在申明“存天理、遏人欲”这一理学思想的主旨。此外，退溪的《次韵金舜举学谕题天渊佳句二绝》之一中的“此理何从问紫阳，空看云影与天光”[①]，《阳智县清鉴堂南景霖韵》中的“小水之玄曲，方塘玉鉴清。净添元自活，虚受本无声”[②]等诗句都是化用借鉴朱诗意象意旨的具体呈现。退溪的诗歌创作也和朱熹一样呈现出浓浓的哲人之诗的特点与风范。

朱熹喜爱自然山水，一生游历无数名山大川。南宋罗大经在《鹤林玉露》中说：“朱文公每经行处，闻有佳山水，虽迂途数十里，必往观。”[③]朱熹面对自然美景之时，常常陶醉其中，不知疲倦，其弟子说：“先生每观一水一石、一草一木，稍清阴处竟日目不瞬。”[④]在赏心悦目的同时，朱熹也诗兴勃发，挥洒笔墨，留下了许多清新自然、传诵千古的山水诗篇。其中，《武夷棹歌》十首堪称是这方面的经典之作。南宋孝宗淳熙十年（1183），朱熹在风景秀丽的武夷山筑屋定居。武夷山有九曲，朱熹的住所位于第五曲大隐屏，取名“武夷精舍”。这里山水环绕，丹崖翠壁，是非常安宁静美之地。朱熹在此潜心治学，著书立说，讲学交友，闲游赋诗。次年春天，他和友人、弟子数人溯流直上，畅游武夷九曲，归来时写下了著名的《武夷棹歌》，原题为《淳熙甲辰仲春，精舍闲居，戏作武夷棹歌十首，呈诸友游，相与一笑》。全诗融自然山水、历史故事、神话传说为一体，细致勾勒武夷九曲的全景，同时感发抒怀，表达个人情志思想，为文人士子构建了一个理想的精神家园，后来有许多诗人都作和诗，或纪念朱熹，或寄托理想。如宋代辛弃疾的《游武夷作棹歌呈晦翁十首》，明代程文德《武夷和紫阳先生九曲棹歌》十首等。退溪对朱熹的这一组诗歌也非常喜爱，他曾在书信中进行多次探讨，如退溪在给金成甫写

---

① 《退溪先生文集·内集》卷三，《次韵金舜举学谕题天渊佳句二绝》之一，见《陶山全书》第一册，韩国精神文化研究院，1980 年，第 108 页。

② 《退溪先生文集·续集》卷一，《阳智县清鉴堂南景霖韵》，见《陶山全书》第三册，韩国精神文化研究院，1980 年，第 462 页。

③ 门岿：《中国历代文献精粹大典》上册，学苑出版社，1990 年，第 1400 页。

④ 黎靖德编：《朱子语类》，中华书局，1986 年，第 2674 页。

的信中说："大抵九曲十绝并初无学问次第意思，而注者穿凿附会，节节牵合，皆非先生本意。"[①]这说明退溪对于此诗的创作主旨的把握是比较准确到位的。他还说最后一首诗的"前两句直叙所见，而末两句意若曰，勿谓抵此境界为极至处，而须更求至于真源妙处，当有除是泛常人间而别有一段好乾坤也"，显示出了他对朱熹诗歌的深刻理解。同时，退溪次韵《武夷棹歌》而作《闲居读〈武夷志〉次九曲棹歌韵十首》[②]，运用朱诗之主题内涵，点化加工，使得同中有异，创造出了新的意境。

朱熹诗其一：

武夷山上有仙灵，山下寒流曲曲清。
欲识个中奇绝处，棹歌闲听两三声。

退溪诗其一：

不是仙山诧异灵，沧州游记想余清。
故能感激前宵梦，一棹赓歌九曲声。

这两首诗都是组诗当中的序诗，目的是为接下来的描述做好铺垫。朱熹的"武夷山上有仙灵，山下寒流曲曲清"，寓意武夷山上有超脱世俗的隐士，并以清澈的流水比喻人的高风亮节。退溪的"不是仙山诧异灵，沧州游记想余清"直接追忆朱子的高尚遗风。朱诗的末尾两句说想要认识其中的奥妙奇绝，以此引出接下来要歌颂的九曲风景，退溪则是因为昨夜一梦而感慨倍生，希望优美的船歌可以在九曲河流之中传送飘荡。两首诗歌的主旨功用一致，因具体表述不同而呈现出不同的境界美。

① 《退溪先生文集·内集》卷十五，《答金成甫（德鹍）别纸（癸亥）》，见《陶山全书》第一册，韩国精神文化研究院，1980年，第368页。

② 《退溪先生文集·内集》卷一，《闲居读〈武夷志〉次九曲棹歌韵十首》，见《陶山全书》第一册，韩国精神文化研究院，1980年，第54—55页。

朱熹诗第七首：

六曲苍屏绕碧湾，茆茨终日掩柴关。
客来倚棹岩花落，猿鸟不惊春意闲。

退溪诗第七首：

六曲回环碧玉湾，灵踪何许但云关。
落花流水来深处，始觉仙家日月闲。

这两首诗都描绘了武夷六曲的山水景致。朱熹诗的前两句由“苍屏绕碧湾”的自然风光联系到“茆茨掩柴关”的隐居生活，后两句中的“客来倚棹”“岩花纷落”“猿鸟不惊”“春意悠闲”展现了天地万物合为一体，动中有静、物我融通的境界。退溪诗没有描写隐居生活，而带有一抹仙风神韵的色彩。面对六曲美景，想要在雾霭茫茫之中试着追寻神仙的踪迹。落花随着溪水在深山中缓缓流出，终于发现神仙的日常岁月是多么地悠闲自得，展现出与朱诗截然不同的崭新的诗歌意境，这是在朱熹诗歌基础上的进一步扩展与创造。

朱熹诗第十首：

九曲将穷眼豁然，桑麻雨露见平川。
渔郎更觅桃源路，除是人间别有天。

退溪诗第十首：

九曲山开只旷然，人烟墟落俯长川。
劝君莫道斯游极，妙处犹须别一天。

朱熹的结尾之诗蕴含深意，一过九曲眼前就豁然开朗，进入平川便可看到九曲尽头的星村之景象。这里土地平坦肥沃，桑麻蔽野，屋舍林立，鸡犬相闻，好像是陶渊明笔下的世外桃源，作者想要寻觅九曲之外的理想家园，寓意除了人间的美景之外还别有洞天。退溪反复吟咏朱熹诗歌，深刻掌握其诗意旨的情况下，为了避免人们对作品内容的误解，更加明确地指出：不要以为历尽九曲就到达了游赏的极致，最美妙的地方还在另外一个天地之中，使人读后豁然开朗，心胸、境界都到达了一个更高的层次。细细品味这两首诗，都给人一种余音绕梁、回味不绝的感觉。

综上所述，朱熹在各个方面都对退溪的诗歌创作产生了直接、广泛而深刻的影响，这就是“格调如出一手”的鲜明体现。李退溪与朱熹一样，都是理学家群体中文学成就突出的典范。

## 小　结

诗歌作品是退溪文学创作中最为重要的组成部分，也是最能够反映和体现出退溪在文学方面的卓越成就和鲜明风格的代表。本章首先对退溪的诗歌创作情况进行了总体上的分析与介绍。然后选取了中国古代诗人中对退溪影响最大的陶渊明、杜甫、苏轼与朱熹，从诗歌思想内容到艺术形式，从创作背景到运用手法等各个方面，对退溪接受中国古代诗人的影响和在此基础上进行的扩展与创新进行了分析与探讨。

退溪的诗歌创作数量众多，类型多样。退溪一生写作诗歌大约有3150首，留存至今的一共有2214首。其中，七言诗比五言诗多，绝句比律诗多，特别是七言绝句的数量达到了1105首，在退溪诗歌中位居榜首，超过了其全部诗作的二分之一。退溪的诗歌创作主要集中在他人生的后半段，1～33岁的修学期只写了7首诗，34～49岁的出仕期共写诗509首，50～70岁的讲学期一共写诗计1497首，占据全部诗歌的半数以上。可见退溪的诗歌成就与他的学术研究是呈正比例趋势增长的。从思想内容上来划分，退溪的诗作可以分为哲理诗、劝学诗、咏物诗、山水诗、题画诗、纪梦诗、挽诗七类。哲理诗是退溪诗歌创作中的一大特色，这一类侧重说理、蕴含理趣的作品，是“文以载道”的典型体现。其中，有直接阐发理学思想，表达一定学术观点的，如《示诸友》《次韵奇明彦，赠金而精二首》之二等；还有不直接单纯说理，而是运用比兴的手法，将精警深刻的哲理内涵寓于生动具体的艺术形象中，这些诗歌作品融诗情与理趣为一体，使人产生审美愉悦之后自然而然地感受到了其中所蕴含的哲理，如《野池》《琴闻远东溪惺惺斋》等；退溪一生刻苦钻研学问，他的诗作中有相当一部分阐发了读书的乐趣和劝勉、鼓励年轻人珍惜大好时光、发奋读书的劝学诗，显示了他作为学者的独特一面。比较著名的有《晦日夜吟次应顺韵》《示金而精》其二等。退溪的咏物诗，其描写对象主要集中于花木，最为钟情的歌颂对象是梅花、竹子、菊花等代表君子高洁品格的植物。特别是他的咏梅诗，字句优美，内涵丰富，形象鲜明，取得了很高的艺术成就。退溪一生热爱大自然，渴望归隐山林，经常陶醉于自然美景中流连忘返，他的山水诗描写景物惟妙惟肖，表达情感真挚细腻，将自我与山水融为一体，达到了天人合一的境界，新颖灵动，回味悠远，如《三月初八日独游新岩六绝》之四、《次韵集胜亭十绝》之五等。题画诗蕴含了画和诗两种元素，将绘画展现的固体物象和诗歌表现的情感变化融为一体，形成了独特的艺术风格。退溪的题画诗主题丰富，既有自然山水，又有人物故事；既有飞禽走兽，又有植物花卉。大多是以组诗的形式出现，在描写画面内容的同时，融入了诗人的主观情感，诗情画意，相映成趣，如《郑之中求题屏画八绝》《题画八绝》等。纪梦诗是退溪感发抒怀，记录心事的重要载体，通过这些纪梦诗的研究，可以更加清晰地窥见退溪深邃而丰富的内心世界。退溪在诗作中充分发挥想象力和创造力，在虚拟的梦境之中任凭思绪上下纵横、自由驰骋，营造了一个亦真亦幻、神奇瑰丽的艺术世界，如《梦中乐》《纪梦》等。挽诗是纪念、哀悼去世之人的诗歌，反映了人们面对死亡和离别时的态度以及对生命意义的思考。中国自《诗经》中的《唐风·葛生》开启了后世挽诗的先河，其后历朝历代，各种哀悼的诗作不断涌现，比较著名的有唐代诗人元稹的《遣悲怀》三首和宋代大文豪苏轼的《江城子·十年生死两茫茫》等。退溪的挽诗，从哀悼对象上来看，有朋友、弟子、家人、弟子的亲属等；从内容上看，有表达悲伤心情的，有赞扬故人平生事迹和人品风貌的，有抒发对已逝之人永久怀念的等，情感真挚、表达深沉，具有较强的艺术感染力，如《知中枢聋岩李先生挽词二首》《黄星州仲举挽词二首》等。

意境是诗歌美学当中重要和基本的一个审美范畴。退溪的诗歌意境，总体上可以划分为宁静淡泊、旷达开朗、清冷寂寥这三类。退溪天性喜静，他崇敬陶渊明，想要远离世俗，保持恬淡自适的心境。他的诗歌当中，自然呈现出一种宁静淡泊、空寂幽美的意境，如《溪堂前方塘微雨后作》《步自溪上踰山至书堂》等。退溪满腹学识，充满哲思智慧，又经历丰富，思考深刻，所以他总是用旷达的胸怀去应对各种世事变化，这反映在他的诗歌创作中，现实中的客观物象与他的洒脱胸襟和豪迈气势相互融合，呈现出一种旷达开朗、气势恢宏的艺术境界，让人读后心旷神怡，回味悠远，如《直渊瀑布韵》《夕霁登台》等。退溪一生仕途坎坷，又屡遭亲人去世之痛，诗歌在他孤独的晚年生活中扮演着重要的角色，是他治疗伤痛和对抗病魔的良药。通过笔下的抒写，宣泄内心的凄苦悲凉，所以退溪诗歌中有很大一部分呈现出清冷寂寥、苍茫沉郁的意境。笔法沉郁，含义深邃，如《十七日朝寄大成》《映湖楼》等。

风格是一个作家在艺术上成熟的标志，也是其创作个性与独特风貌的展现。退溪的诗歌风格，特色鲜明，概括起来，可以用清、正、淡、远四个字来形容。清，就是清新雅致、脱尘拔俗。因为退溪一直以来都以清静淡泊的胸怀，静观世间万物的盛衰荣辱、千变万化，所以他的诗歌也呈现出清新脱俗、自然而发的风格，没有矫揉造作和华丽装饰，呈现出浑然天成的艺术境界，如《陶山言志》《溪庄喜黄锦溪惠访追寄》等。正，就是雅正敦厚、高尚纯净。退溪秉承“温柔敦厚”的诗教观，十分重视文学作品的思想内涵和道德教化，提倡诗歌要表达温顺和柔的性情和踏实敦厚的内蕴。所以他的诗歌作品大多透露出一股浩然之气，即使在表现情感之时也要做到节制有度，把握分寸。退溪的诗作中，没有一篇是关于男女爱情的，这可能与其理学家的身份境遇和思维方式密切相关，却也反映出他对诗歌作品雅正敦厚之风的追求。淡，就是平淡自然、质朴纯真，最早是老子哲学当中的一个重要概念，三国时期的刘劭把“淡”作为评价人物才质的标准和手段，至南北朝刘勰的《文心雕龙》正式进入文艺领域。唐代司空图的《诗品》中，平淡成为他的一种诗歌审美理想。宋代时，理学思想的盛行，平淡成为文学艺术领域所追求的最高级别的审美境界，梅尧臣、苏轼、朱熹都对平淡之风推崇备至。退溪的诗歌作品中有很多笔法简净朴素、风格平淡自然之作，如《友人见访》《三月初八日独游新岩六绝》之二等。远，就是悠长深远、意味隽永。退溪的诗歌作品以平淡自然的语言、真挚坦率的情感、质朴寻常的意象建构了一个含义深远、意蕴非凡的艺术世界，使人读后不断回味，意蕴深长，如《金慎仲挹清亭十二咏》之二、《二十六绝》之十一首等。这些诗歌看似普通，却含义深厚、韵味十足，充分展现了一位思想深邃的理学家在文学方面的独特面貌和高超的艺术成就。

退溪十分尊崇中国古代的著名诗人陶渊明，概括其原因主要有：一是他们二人所处的社会环境、个人经历有很多相似之处；二是陶渊明清高直率，不同流合污、不趋炎附势的人格精神深深打动了退溪；三是陶渊明平淡自然的诗歌作品使得退溪产生了精神上的强烈共鸣。退溪在诗歌创作中接受陶渊明的影响首先是思想主题方面的热爱自然山水和向往归隐田园。他的诗作中歌颂自然美景的有很多，而且写了“手把黄花坐忆陶”“始知当日归田客，夕露衣沾愿不违”等许多直接带有陶渊明痕迹的诗句，其思慕归隐的渴望和恬淡悠然的心境与陶渊明如出一辙。其次，陶渊明诗歌中驰骋想象、神奇瑰丽、充满理想主义色彩的浪漫情怀在陶渊明作品中得到了理想化的呈现，如《和陶集饮酒二十首》其二、《次韵赵松冈见寄十二首》之六等。再次，退溪作品中频繁出现与陶渊明有关的人名、地名及诗歌意象等，如渊明、陶潜、五柳、陶元亮，栗里、武陵、柴桑，桃源、菊花、松树、葛巾等。最后，退溪的诗歌作品中还多处化用和效仿陶渊明诗句，如“闻昔浔阳归卧客，结庐人境每开门”“既无车马喧，聊为静者徒”就是化用陶渊明最著名的《饮酒》其五中的“结庐在人境，而无车马喧”。杜甫在中国诗歌史上典范地位的最终确立，是在两宋时期。因为杜甫的创作在很大程度上符合宋型文化对典范的一种标准和要求，即政治功用、道德教化、对自我的省视与完善、理性的思考和沉着冷静，所以掀起了崇杜、尊杜的高潮。退溪给予杜甫很高的评价，说他是“追踪乎风雅，凌驾乎屈宋。忠爱之诚出于天赋，忧时感事触目皆然”，“集诸家之所长，会众流而一之者”。杜甫对退溪诗歌创作的影响首先体现在忠君爱国、忧国忧民的思想倾向，如退溪的《十一日晓地震三首》之三、《冬日甚雨，已而大雪，喜而有作》等诗歌。其次，杜甫对退溪诗歌创作的影响还体现在用典和炼字方面。杜甫在诗歌创作当中灵活运用典故，使得作品含蓄蕴藉、回味悠长。退溪的诗歌作品也模仿其用典，增强了作品的表现力和感染力。杜甫是著名的炼字大师，他的锤炼工夫和艺术水平被后人广泛认可与称颂。受其影响，退溪在诗歌创作中十分重视锤炼和琢磨字句，力求实现完美的艺术表达效果。退溪倾慕、学习陶杜之诗，实现了出世与入世、浪漫主义与现实主义的统一与结合。

苏轼在学术思想上与程朱理学颇为不合，退溪说苏轼“虽不无病痛”，但是对他的文学成就却欣赏不已。他大量学习借鉴苏轼的诗歌作品，使得他的文学创作“颇似东坡”。首先，退溪创作了很多和苏诗，并在原作基础上结合自身情况加以扩展创新，呈现出崭新的意境与氛围，为中韩古代文学的交流与互动作出了突出的贡献，如退溪的《晨至溪庄，偶记东坡新城途中诗，用其韵二首》。其次，退溪在诗歌创作中多处借用苏轼诗句，频繁运用与其相关的典故，使得退溪诗歌明显带有了苏诗的风格与痕迹。

退溪的诗歌作品中曾经多次直接提到朱熹，具体名称有紫阳、紫阳翁、晦庵、晦翁、晦父、朱子、文公、考亭等。其表现内容主要分为三类：一是表达对朱熹的仰慕、敬仰，对其学问思想的追慕和赞美；二是表现对朱熹诗歌作品的喜爱与学习；三是叙述朱熹的生平事迹，借圣贤的事例来抒发自己的所感所想。从中可以看出退溪与朱熹在诗歌创作方面存在着千丝万缕的联系。朱熹对退溪诗歌的影响首先表现在理趣诗的创作，他们的作品是诗情和理趣相互融合的哲人之诗，如退溪的《野池》、《琴闻远东溪惺惺斋》之三，都是对朱熹《观书有感二首》之一的内涵、意象的进一步彰显与发扬。其次，朱熹清新自然的山水诗歌对退溪产生了重要影响。退溪次韵朱熹的《武夷棹歌》而作《闲居读〈武夷志〉次九曲棹歌韵十首》，在朱熹诗作主题内涵的基础之上点化加工，使得同中有异，创造出了新的意境。

# 第五章　退溪的散文创作

《退溪先生文集》当中，除了诗歌以外，还有形式多样、内容丰富的散文作品。这些散文的文学性和艺术性虽然没有诗歌作品强，但是也显示了作者深厚的写作功底，特别是其中一些表达了作者内心的诚挚情感，塑造了鲜明生动的人物形象，反映了当时真实深刻的社会生活以及各种文学艺术手法的运用等，是退溪在散文创作方面所取得的成就。对这些进行整体观照和系统研究，有助于我们把握退溪文学创作的全貌。散文这一文体从诞生之初就是以实用性为主要目标的，发展到后来人们才逐渐关注到它的审美性。正如谭家健在《中国散文史纲要》中所说：

> 如果说古代诗歌、小说、戏剧最初产生于愉悦耳目、快意情志的话，古代散文乃起源于社会交流的实际需要。从甲骨卜辞、铜器铭文到《尚书》、《左传》、诸子百家，它们首先是记叙事件、人物，总结经验教训，沟通思想、表达情感的工具，有着具体的社会功利目的，而不单纯为了审美的享受。在实践过程中，人们发现，美的文辞可以达到更佳的社会效果，于是逐渐讲究并追求审美。这条经验就是孔子总结的“言之无文，行而不远”。为了“行远”，即扩大影响，必须“辞达”，有“文”。这样就把实用和审美结合起来了。[①]

所以说散文不像诗歌、戏剧、小说那样，主要是为了审美愉悦和精神享受，它在人们的日常生活中发挥着重要的作用，在社会交往和人际关系中扮

① 谭家健：《中国散文史纲要》，山西教育出版社，2011 年，第 5 页。

演着重要的角色。实用性、功利性是散文区别于其他文学体裁的一个主要特点，而中国古代散文也经历了一个漫长的发展过程，从先秦的甲骨卜辞、铜器铭文、历史散文、诸子散文到秦汉的政论文、说理文、史传文、汉赋，再到魏晋南北朝的骈俪文，中唐韩愈、柳宗元领导的古文运动影响下产生的明道之文，北宋的欧阳修、苏轼、王安石、曾巩，南宋的朱熹、陆游、范成大，金元时期的王若虚、元好问、钟嗣成、陶宗仪，明代的前、后“七子”复古之文，唐宋派、公安派以及清代的桐城派文章，可谓是名家辈出，佳作不断，影响深远。关于古代散文的具体分类，以往学术界大多比较认可清代姚鼐和方宗诚的见解，主要是他们二人意见的综合：“清姚鼐的《古文辞类纂》分文体为十三类，即论辨、序跋、奏议、书说、赠序、诏令、传状、碑志、杂记、箴铭、颂赞、辞赋、哀祭。简繁得中，比较实用，为以后学人所首肯。姚氏是从形式上着眼。稍后有方宗诚，他从功用和内容上分散文为三大类，他说：‘文之事本一，而其用三：曰晰理，曰纪事，曰抒情……是三者，文之大用也。’（《古文简要序》）”[①]然而随着社会的变迁、时代的发展，旧的文章体裁也随之不断演变，单从名称和形式上来考察就显得不够周密与科学，所以当代学者大多以内容为主、形式为辅，将古代散文分为记叙文、议论文、写景文、抒情文或者记人记事、写景状物、抒情言志、说理论道，等等。《退溪先生文集》当中的文体分布，按照1980年版《陶山全书》[②]来看，首先是《内集》，具体情况为：

卷1—5：诗

卷6—7：教、疏、札、经筵讲义、启议

卷8：辞状、启辞、书契修答

卷9—57：书

卷58：杂著

① 谭家健：《中国散文史纲要》，山西教育出版社，2011年，第3页。

② 《陶山全书》1—4册，韩国精神文化研究院，1980年。

卷59—60：序、记、跋

卷61：箴铭、表笺、上梁文

卷62：祝文、祭文

卷63—64：墓碣志铭

卷65—66：行状

《外集》1卷和《别集》2卷都是诗。《续集》卷1—2是诗，卷3—7为书，卷8为序、跋、碣铭、杂著。《遗集》内篇卷1是歌辞、诗，卷2—8为书，卷9是杂著；外篇卷1为歌辞、赋、诗，卷2—6是书，卷7为策、杂著、墓碣、识、事实、记、后，卷8为杂著。

本章根据退溪散文作品的主要内容，结合文体形式与特点，选取其中比较有代表性的作品，主要分为两大类（写人叙事类的行状、墓碣志铭，议论说理类的奏疏、札、经筵讲义等）来加以分析鉴赏，从文学的角度进行考察，从而探寻和总结出退溪散文的创作成就与艺术之美。

## 第一节　写人叙事类散文的文学风貌

退溪的散文创作中有一类以描写人物、叙述事件为主要内容的文章，如行状和墓碣志铭等，它们虽然都属于古代注重实际功能的应用性文体，但是经过退溪的加工创作，运用了丰富多样的文学手法，使得作品的文学元素得到彰显，也形成了别样的文学风貌。深入考察和总结这个方面，有助于我们更加准确地把握退溪散文的文学性特点。

行状是中国古代传记文的一种文体，通常由状主亲属、门生故吏执笔，主要撰写死者的世系身份、姓名籍贯、年寿及一生的事迹经历，目的是为了求谥或者为墓志铭、史传的写作提供原始材料。明代徐师曾在《文体明辨序说》中指出：

> 盖具死者世系、名字、爵里、行治、寿年之详，或牒考功太常使议谥，或牒史馆请编录，或上作者乞墓志碑表之类，皆用之。而其文多出于门生故吏亲旧之手，以谓非此辈不能知也。[①]

徐师曾的这段论述十分明确地揭示了行状这种文体的主要内容、撰写目的、作者与状主的关系以及为什么选择他们来写的原因等信息，使我们能够一目了然地认识与把握行状的基本情况。明代吴讷说："按行状者，门生故旧状死者行业上于史官，或求铭志于作者之辞也。"[②]清代陈懋仁在注解任昉的《文章缘起》中的"行状"条时说："状者，貌也，类也。貌本类实，备史官之采，或乞铭志于作者之辞也。"[③]方熊补注的内容也都是引用吴讷之言。

行状起源于汉代，最早出现在东汉蔡邕《荐边文礼》中，"更以属缺招延，表贡行状，列于王府。跻之宗伯，纳之机密，展其力用，副其器量"[④]。《东观汉记》卷十八"李善"条云："时钟离意为瑕丘令，上书荐善行状。"[⑤]由此可知，行状在产生之初是汉代用于举荐人才、考察品行、选拔官员的文字材料，随后发展到魏晋南北朝成为一种独立的文体。刘勰在《文心雕龙》中说："状者，貌也。体貌本原，取其事实，先贤表谥，并有行状，状之大者也。"[⑥]任昉在《文章缘起》中叙述行状时，认为最早的行状是《杨元伯行状》，可惜现今已佚，看不到其详细面貌了。萧统的《昭明文选》中所收录的《齐竟陵文宣王行状》与后世行状的内容非常接近。行状从荐举材料发展为独立的文体之后，其实用功能也逐渐扩大，唐雯说行状："至南朝时渐渐

---

① 徐师曾：《文体明辨序说》，见《文章辨体序说·文体明辨序说》，人民文学出版社，1962 年，第 147—148 页。

② 吴讷：《文章辨体序说》，见《文章辨体序说·文体明辨序说》，人民文学出版社，1962 年，第 50 页。

③ 任昉著，陈懋仁注，方熊补注：《文章缘起》，邵武徐氏丛书，第 2 函第 20 册。

④ 《蔡中郎集》卷三，四库全书本。

⑤ 刘珍、吴树平校注：《东观汉记校注》卷十八，中华书局，2008 年，第 849 页。

⑥ 刘勰著，周振甫注：《文心雕龙注释》，人民文学出版社，1981 年，第 280 页。

演变为官员死后记录其一生行事供朝廷定其谥号的公文。”[①]除此之外，这个时期的行状也成为撰写史传的依据材料。《南史·吴均传》中记载：“先是，均将著史以自名，欲撰齐书，求借齐起居注及群臣行状，武帝不许，遂私撰《齐春秋》奏之。”[②]同时，行状也成为撰写碑志文的原始材料，《梁书》载：“大同三年，故佐史尚书左丞刘览等诣阙陈勉行状，请刊石纪德，即降诏许立碑于墓云。”[③]宋代人吴曾在《能改斋漫录》中的“行状”一条说：“自唐以来，未为墓志铭，必先有行状，盖南朝以来已有之。”[④]发展至唐代，行状文进入了一个相对定型的阶段，其篇幅不断扩大，各项功能逐渐加强，书写形式较之以前也有了一个较为固定的格式，即文章开始的部分主要追述状主的祖先，然后正文部分陈述其一生的主要事迹经历，基本上都是按照时间的先后顺序来叙述的，最后结尾的部分表明作者的写作目的。唐代的行状文骈散结合，艺术手法增多，在刻画人物、描述事件方面，其整体水平较之前代有了大幅度的提升，涌现出许多名家名篇。如韩愈弟子李翱为其师所作的《韩公行状》，文风朴实、叙述详细，没有过多的溢美之词，而是客观地将事实呈现出来，符合行状“质实详备”[⑤]的行文要求。如他写韩愈谏皇帝烧佛骨一事：

> 岁徐，佛骨自凤翔至，传京师诸寺。时百姓有烧指与顶以祈福者。公奏疏言，自伏羲至周文武时皆未有佛，而年多至百岁，有过之者。自佛法入中国，帝王事之，寿不能长，梁武帝事之最谨，而国大乱。请烧弃佛骨。疏入，贬潮州刺史。[⑥]

---

① 唐雯:《盖棺论未定: 唐代官员身后的形象制作》,《复旦学报》(社会科学版)第1期, 2012年。

② 《南史》卷2，《文学传》，中华书局，1975年，第1781页。

③ 《梁书》卷25，《徐勉传》，中华书局，1973年，第387页。

④ 吴曾：《能改斋漫录》卷2，《事始》，上海古籍出版社，1979年，第22页。

⑤ 陈绎曾：《文说》，文渊阁四库全书，台湾商务印书馆，1983年，第245页。

⑥ 董诰等：《全唐文》，中华书局，1983年，第6460页。

韩愈向唐宪宗进谏烧掉佛骨的事情，险些使他丢掉性命。大臣裴度等人极力劝阻，说韩愈内心怀有对国君的至忠之心，应该鼓励这样的忠臣多提意见，宪宗才退了一步，最后将他贬为潮州刺史。李翱在叙述恩师生平事迹之时，采用平易畅达的语言，不事雕琢，娓娓道来，其中韩愈冒死进谏的勇气、尊儒反佛的坚定意志以及为国为民的赤胆忠心给人留下了深刻印象。唐代的行状文善于通过描写细节去刻画人物形象，取得了较高的艺术成就。如殷亮的《颜鲁公行状》，写颜真卿一生的主要事迹。其中有一处细节描写得很成功。安禄山攻陷东京洛阳之后，将留守的三位官员全部杀害，并将三人的首级送到颜真卿处，想要威逼他屈服，不战而降。颜真卿害怕军心动摇，士气涣散，所以对众人说他仔细辨认了，不是这三个人的首级，是叛贼欺骗的行为，然后命令腰斩来使。实际上，他“潜令收藏三首，……数日稍定，……乃缚蒲为身棺敛。发哀致祭，城外殡之，哭三日，举声下泪，受文武吊慰，左右无不出泣涕者”[①]。文章将颜真卿在遇事之时的智慧果敢和对待同僚的仁义爱护都表现得淋漓尽致。唐代行状文还通过选取典型事例来凸显人物性格，从而取得了良好的艺术效果。例如，韩愈的《董公行状》重点描写董晋运用计谋招降叛将李怀光，以及率领将士平定叛乱，使汴州百姓安居乐业的事迹；柳宗元的《段太尉逸事状》主要叙述段秀实为官清廉、整顿军纪、代农交租的典型案例，突出表现了治政有方、爱国爱民的清官形象。

进入宋代，行状文的创作变得更加成熟，作品众多，内容充实，可谓盛极一时，蔚为大观。除了数量剧增之外，宋代的行状文较之前代的篇幅也有了很大的扩展，出现了很多长篇作品，“其中苏轼的《司马温公行状》有九千四百余字，朱熹的《张魏公行状》长达四万三千七百多字，黄榦的《朱子行状》也有一万六千余字，这是一种前所未有的现象”[②]。篇幅容量的增加使得宋代行状在刻画人物、描写事件的时候有了更加深入详尽的表现空间，同时也为文学性、艺术性的创造提供了更大的可能性。苏轼的《司马温公行状》

① 董诰等：《全唐文》，中华书局，1983 年，第 5225 页。

② 俞樟华、林怡：《论宋代三大长篇行状》，《荆门职业技术学院学报》第 19 卷第 4 期，2004 年，第 22 页。

深入塑造了北宋著名政治家、史学家司马光为人忠诚正直，敢于冒死进谏的勇气以及心怀天下、忧国爱民、操劳政事、鞠躬尽瘁的鲜明形象。朱熹的《张魏公行状》用长达4万多字的篇幅，洋洋洒洒地记录了南宋著名抗金将领张浚的传奇一生。特别是在当时动荡不安、复杂严峻的形势之下，张浚不顾个人安危，誓死保家卫国的英勇气概和智勇双全、善于指挥的大将风范令人钦佩不已。文章中多处运用语言描写和细节展示，凸显了一代名将的拳拳报国之心和殷殷爱民之情。还有一些日常生活场景的描写，使得英雄充满了烟火气息，更加真实可信。文中还重点刻画了张浚尽心侍奉母亲、报答养育之恩的孝子形象，为后代子嗣树立了典范和榜样。黄榦用了将近20年的时间，反复增删修改，呕心沥血地写成了《朱子行状》，将弟子对恩师的崇敬思念之情全部倾注于这16000余字的文章之中。他在《晦庵朱先生行状成告家庙文》中写道：

> 追思平日闻见，定为草稿。以求正于四方之朋友，如是者十有余年。……行状成于丁丑之夏，然犹藏之箧笥，以为未死之前，或有可以更定者，如是者又四年。①

可见其倾注心血之深和用心的程度。他笔下的朱熹，既才华横溢又谦虚谨严，既天赋异禀又刻苦努力，既严肃庄重又平易近人，尽显一代理学宗师的崇高风范。而且文中对于本可以一笔带过或略微提及的朱熹奏疏之文，不嫌烦琐地大量引用，目的是更加全面地展现这样一位学术大师的思想深度，也成功凸显了朱熹的爱国之情与忠贞气节，使得人物形象更加立体鲜活，栩栩如生。

另外值得关注的一点就是宋代行状文作为私人撰写的人物传记，对国家官方正史的编写修订产生了更大的支持和影响，成为国史馆修撰臣僚传

① 黄榦:《勉斋集》卷39,《晦庵朱先生行状成告家庙文》, 见《景印文渊阁四库全书》第1168册, 台湾商务印书馆，1986年，第484页。

记的重要史料来源，其重要作用得到了更大程度的发挥。如《宋史》卷三百三十六《司马光传》曰：

神宗即位，擢为翰林学士，光力辞。帝曰："古之君子，或学而不文，或文而不学，惟董仲舒、扬雄兼之。卿有文学，何辞为？"对曰："臣不能为四六。"帝曰："如两汉制诏可也；且卿能进士取高第，而云不能四六，何邪？"竟不获辞。[①]

此文就是直接取材于苏轼所撰的《司马温公行状》，稍加简缩改动而成，苏轼原文曰：

神宗即位，首擢公为翰林学士，公力辞，不许。上面谕公："古之君子，或学而不文，或文而不学，惟董仲舒、扬雄兼之。卿有文学，何辞为？"公曰："臣不能为四六。"上曰："如两汉制诏可也。"公曰："本朝故事不可。"上曰："卿能举进士，取高等，而云不能四六，何也？"公趋出，上遣内臣至合门，强公受告，拜而不受。趣公入谢，曰："上坐以待公。"公入，至廷中。以告置公怀中，不得已乃受。[②]

这样的情况还有很多，据杨佳鑫在《私家传记与〈宋史〉列传关系考辨——以行状为中心》一文中的统计：

《宋史·曾巩传》全文1294字，除文末曾巩论王安石的一段史料出自宋人笔记《后山谈丛》，还有吕公著论曾巩的一段史料不知所据何书，其他1135字，占全文88%的内容可以从行状中找到史

① 脱脱：《宋史》卷336，《司马光传》，中华书局，1977年，第10762页。
② 苏轼著，孔凡礼点校：《苏轼文集》卷16，《司马温公行状》，中华书局，1986年，第482页。

料来源；《宋史·司马光传》全文6894字，源自苏轼所撰《司马温公行状》的内容有5000字左右，占全文73%；《宋史·张浚传》全文（除评论外）共7632字，出自朱熹所撰《少师保信军节度使魏国公致仕赠太保张公行状》的内容有7500字左右，占全文98%。《宋史·陈良翰传》全文1459字，据朱熹所作《敷文阁直学士陈公行状》而撰写的内容有1370字，占全文94%，仅有一条史料不在行状之内。①

由上述材料可知宋代行状文的影响力之大，它是官方正史的最主要的史料来源和写作依据。我们在看到宋代行状文所取得的文学成就之外，应该注意到行状文体"亦史亦文"的特点，这是它区别于其他古代文体的显著一面。明清之后的行状文写作，基本承袭宋代行状文的形制面貌，并无过多创新和相异之处。正如陈寅恪所言："华夏民族之文化，历数千年之演进，造极于赵宋之世。"②宋代也成为中国古代行状文发展的鼎盛时代。

退溪现存行状文一共有8篇，分别是《内集》中的《明宗大王行状》《崇政大夫行知中枢府事聋岩李先生行状》《星州牧使黄公行状》《静庵赵先生行状》《晦斋李先生行状》《赠大匡辅国崇禄大夫议政府左议政兼领经筵监春秋馆事行崇政大夫议政府右赞成兼判义禁府知经筵事权公行状》《先府君行状草记》和《遗集》中的《赠吏曹参判兼同义禁府事俞公行略》。状主的身份有国君、宰相、各级官吏，与退溪的关系有君臣、同僚、好友、亲属等，性别主要是男性。格式与唐代定型期的行状文比较接近，题目一般是已故之人生前的职位、御赐头衔等，如《崇政大夫行知中枢府事聋岩李先生行状》。文章开头先叙述状主的姓名、籍贯、祖上世系等情况，一般是三代，然后正文部分按照时间先后顺序撰写主人公一生的主要事迹行略，最后末尾说明写作的缘

① 杨佳鑫：《私家传记与〈宋史〉列传关系考辨——以行状为中心》，《河南大学学报》（社会科学版）第56卷第2期，2016年，第84页。

② 陈寅恪、邓广铭：《宋史职官志考证》序，见《寒柳堂集》，生活·读书·新知三联书店，2001年，第722页。

由目的，如《权公行状》的末尾说："滉以中表后生，久蒙提掖之厚，于公立朝大节，盖心识之叙次行事，念诸方来，义无可辞。今因直长之属，粗具始末，如右以俟当世立言之君子，有所考信云。"[①]退溪的行状文篇幅没有宋代那么长，通常在四五千字左右，风格朴实，文字简洁，详略得当。

墓碣志铭是古代刻在石碑上用以缅怀和纪念逝者的文字，主要内容包括墓主人的姓名、世系、生平事迹、享年，还有对其功绩的赞颂和逝去的哀悼。"碣"就是顶部为圆形的石碑。《后汉书·窦融列传》注中曰："方者谓之碑，圆者谓之碣。"[②]褚斌杰在《中国古代文体概论》一书中说：

> 在古代碑文中，墓碑的数量很大。古代的墓碑，又分为埋于地下的和立于地上的两种，前者称墓志铭，后者称墓碑文或墓表文。……墓志铭，是古代墓碑文的一种，它前有一篇记述死者生平的传记，后有一篇颂赞体的铭文。……墓志铭有许多异名简称，如又称"葬志""埋铭""圹志""圹铭"等；……墓志铭在写法上也有许多变化，……一般都是死者家属请能文之士代笔。……墓表文有的称神道碑铭，有的称墓碣文。称表，是叙其学行德履，以表彰于外的意思，它是有官位或无官位的人均可用的，后世常作墓前碑文的总称。……墓碣，最初也是墓碑的意思，唐以后则规定五品以上立碑，七品以上立碣。[③]

综合以上材料可知，墓碣铭和墓志铭因石碑的形状和所处位置不同而名称不一，但实质内容大致相近。退溪为其二哥李瀣和二嫂金氏两个人分别撰写了墓碣铭和墓志铭，加起来一共是4篇。古人去世之后，通常要举行隆重的

---

① 《退溪先生文集·内集》卷六十六，《赠大匡辅国崇禄大夫议政府左议政兼领经筵监春秋馆事行崇政大夫议政府右赞成兼判义禁府知经筵事权公行状》，见《陶山全书》第三册，韩国精神文化研究院，1980年，第399页。

② 《后汉书·窦宪传》，中华书局，1965年，第817页。

③ 褚斌杰：《中国古代文体概论》，北京大学出版社，1990年，第444—448页。

丧葬仪式。陈华文在《丧葬史》中说：

> 灵魂和灵魂不死引发了丧葬风俗。……既然灵魂是不死的，善待死者的肉体便可以使灵魂获得藉慰，从而护佑活着的人。这样在灵魂和灵魂不死观念的影响下，对死者不是随意遗弃而是妥善地加以处理，原始的丧葬方式便产生了。[①]

通过举办丧葬仪式，可以使死者的灵魂得到安息，使生者的心灵得到安慰，而儒家孝悌观念的深入影响也使中国人非常重视丧葬事宜。一代儒学宗师孔子大力提倡孝道："弟子入则孝，出则悌，谨而信，泛爱众，而亲仁，行有余力，则以学文。"[②]父母活着的时候要尽心侍奉，孝敬顺从。父母去世之后举办丧葬仪式就成为子女实际尽孝的最后步骤，也是孝道有始有终的具体表现。儒家对丧礼的每一个环节都做了详细的规定，形成了影响中国社会几千年的丧礼制度与仪式。以墓碣志铭为代表的碑刻文献就是在历史悠久的丧葬文化的发展过程中诞生的，通常是一个人去世之后，其子孙请求逝者的熟人好友、同僚门生根据所提供的行状等相关材料提炼加工，撰写而成，主要是为了长久地标识墓主人的身份，确保不会因为时间的流逝、外部环境的变化而使后人无法寻觅祖先墓址进行祭拜缅怀，而且更是想要永远铭记祖先的美德功勋，并希望可以惠泽恩施后世的子孙万代。因为墓碣志铭大多是由当时社会的名流或文坛名士执笔，这些文章也多收录在其文集当中，成为后人欣赏的传世名篇。这样一来，墓主人的高尚品德被传扬出去，对于其子孙后辈来说也是莫大的光荣，这就在很大程度上成就了逝者不朽的人生，更是完成了亲属们的心愿，所以此类文章得以迅猛发展，中国历朝历代不乏精品涌现，其中著文颇具代表性的有唐代的大文豪韩愈。《文章辨体序说》中这样评价韩愈在墓碣志铭书写方面所取得的成就和作出的贡献："古今作者，惟昌黎最

① 陈华文：《丧葬史》，上海文艺出版社，2007 年，第 3—5 页。

② 何晏注，邢昺疏：《论语注疏》卷一，见阮元校刻：《十三经注疏》本，中华书局，1980 年版，第 2458 页。

高。行文叙事，面目首尾，不再蹈袭。”[1]韩愈笔下的此类文章不落窠臼，创新变化结构格式，注重对人物形象的刻画，将其生平事迹描写得绘声绘色、生动精彩，堪称名作佳篇，比如《唐柳州刺史柳子厚墓志铭》，全篇围绕柳宗元生平的重要行迹进行叙写，重点表现了他杰出非凡的文学才能和美好高尚的品德风范，并对柳宗元一生遭遇的坎坷曲折表示深深的悲叹和哀痛，语言质朴文雅、简洁凝练，句式长短交错、骈散结合，特别是韩愈将议论手法带入墓碣志铭的撰写当中，对后世产生了深远的影响：

> 呜呼！士穷乃见节义。今夫平居里巷相慕悦，酒食游戏相徵逐，诩诩强笑语以相取下，握手出肺肝相示，指天日涕泣，誓生死不相背负，真若可信；一旦临小利害，仅如毛发比，反眼若不相识，落陷井不一引手救，反挤之，又下石焉者，皆是也。此宜禽兽夷狄所不忍为，而其人自视以为得计，闻子厚之风，亦可以少愧矣。子厚前时少年，勇于为人，不自贵重顾籍，谓功业可立就，故坐废退。既退，又无相知有气力得位者推挽，故卒死于穷裔。材不为世用，道不行于时也。使子厚在台省时，自持其身，已能如司马、刺史时，亦自不斥。斥时有人力能举之，且必复用不穷。然子厚斥不久，穷不极，虽有出于人，其文学辞章，必不能自力以致必传于后如今无疑也。虽使子厚得所愿，为将相于一时，以彼易此，孰得孰失，必有能辨之者。[2]

这一段思想深刻的论述成为后人评价认识柳宗元一生功绩的主要依据，“士穷乃见节义”突出表现了柳宗元的高尚品德，通过与落井下石的小人作对比，更加彰显了柳宗元的为人之正，韩愈还高度赞扬了他的文学成就，假设柳宗元政治上一帆风顺、节节高升，也许就没有了曲折艰难境遇中所创作的

① 吴讷著，于北山校点：《文章辨体序说》，人民文学出版社，1998 年，第 53 页。
② 屈守元、常思春主编：《韩愈全集校注》，四川大学出版社，1996 年，第 2392—2393 页。

精品辞章流传于世了，相比起这些绝世佳作，就算“子厚得所愿，为将相于一时”，而“孰得孰失，必有能辨之者”，可谓是评价得当、认识准确。这篇墓志铭也因为有议论手法的加入而提升了整体的思想境界，显示出较强的文学性与可读性。韩愈不愧为一代文章大家。

宋代欧阳修在韩愈的基础上进一步发展，将议论手法更加广泛地运用到墓碣志铭的创作当中，直接表达作者的思想与情感。例如，《狄栗墓志铭》中描写狄栗为官从政、治理一方，清正廉洁，尽心尽力，使老百姓能够安居乐业，纷纷感慨遇到他这样的清官廉吏实属不易；《永春县令欧君墓表》中通过作者的议论，突出表现了欧庆正直廉洁，不攀附权贵、刚正不阿的高尚品格。这种夹叙夹议的方式，是作者因事生感、有感而发的真实反映，既表达了对现实社会的深刻思考，又展现了对死者不舍的哀悼之情，深沉哀婉、精策动人，超出了此类文章纪念死者的内容本体，而具有了更加深刻的思想价值，其文学性、艺术性也得到了进一步加强。一般的金石文字都是以严肃、庄重、简洁、深奥为宜，有时不免显得呆板而缺乏变化。而欧阳修在创作中大量使用平日里生动流畅的文字，并在文章内容中注入作者强烈的主观感情，从而使刻在石碑上的文字具有了鲜活而生动的魅力，为墓碣志铭的创作开拓了一个新的文学境界。

退溪的墓碣志铭，根据《陶山全书》的收录情况来看，一共有46篇，即《内集》的第六十三卷、六十四卷“墓碣志铭”，合计40篇；《续集》的第八卷“碣铭”2篇；《外篇》第七卷“墓碣”4篇。撰述形式有“碣阴纪事”“墓碣识”“墓碣铭”“墓志铭”。“碣阴纪事”1篇：《先考赠嘉善大夫吏曹参判兼同知义禁府事成均进士碣阴纪事》；“墓碣识”4篇，如《先妣赠贞夫人朴氏墓碣识》；“墓碣铭”34篇，如《中训大夫李公墓碣铭》；“墓志铭”7篇，如《成均进士朴君配淑人礼安金氏墓志铭并序》等。其中“碣阴纪事”和“墓碣识”通篇为散文，而“墓志铭”和“墓碣铭”前面内容为散文，主要叙述墓主的生平事迹，结尾却以一段韵文结束，大多情况下为四字句，偶尔也有七字句，来总结墓主的一生，赞颂其功德业绩，抒发哀悼痛惜之情。墓主与退溪的关系有亲属，如退溪的父亲李埴、母亲朴氏、叔父李堣、二哥李瀣；有朋友，如郑之云、成守琛；有朋友的亲属，如宋麒寿的父亲宋世忠、尹鸾祥的伯兄金凤祥；有弟子的亲属，如禹性传的祖父禹成允、洪仁佑的父亲洪德演、柳云龙的姑父李德嶂等。基本上除了自己家人以外，都是与退溪交往频繁、关系比较近的人或者其亲属，退溪碍于情面不能推辞而写，这一点在他的文章中也多次提到。从墓主的性别来看有男有女，男性居多，但是也有少量女性成为退溪的撰写对象，一共有9篇，包括自己的母亲，朋友、弟子的母亲、退溪的二嫂等。

退溪笔下以行状和墓碣志铭为代表的写人叙事类散文具备一定的艺术审美价值，概括其文学风貌，主要包含以下三个方面。

## 一、人物形象的塑造特征

人物形象是文学作品的主要元素之一，也是衡量作家的创作是否成功的重要标准。文学实际上就是“人学”，是围绕人们所经历的社会生活，表达人们思想情感的一种艺术形式，所以人物形象塑造也是文学创作当中的关键环节。退溪的写人叙事类散文当中就塑造了许多个性突出、丰满立体的人物形象，如《秋峦居士郑君墓碣铭并序》[①]中的郑之云（1509—1561）。他是退溪的好友，其曾祖父官任通礼院引仪，祖父和父亲都隐居不仕。郑之云自幼天资不凡，树立了远大的求学志向，跟随多位贤师学习性理之学，曾作《天命图说》，请退溪帮他订正。郑之云家境穷困，连一间自己居住的屋子都没有，妻妾们通过绩麻搓线来换钱度日，也常常是食不果腹，吃了上顿没下顿。在如此艰苦的环境中，他却能淡然处之，从不为此感到忧伤，颇有颜回之风。他忠于孝道，侍奉父母尽心尽力，父母过世之后，守丧期间十分哀恸悲伤，超过了丧礼的要求。他的老师思斋先生逝世以后，他也像对待自己的亲人一样守丧三年，可谓情深义重。他虽然家贫，却从不为斗升之米而降低

① 《退溪先生文集·内集》卷六十四，《秋峦居士郑君墓碣铭并序》，见《陶山全书》第三册，韩国精神文化研究院，1980年，第349—350页。

自己的志向，一生向往宁静悠然的隐居生活，其乐观向上、安贫乐道、重情重义的形象给人留下了深刻的印象。《崇政大夫行知中枢府事聋岩李先生行状》[①]中的李贤辅（1467—1555），曾经官至宰相，是退溪的忘年交，二人经常一起赏景、饮酒、诗歌唱酬。李贤辅祖上世代为官，他以第一名的优异成绩进入仕途，为人刚正不阿，被称为“烧酒陶瓶”。他虽然外表看起来朴实无奇，但内在却刚烈正直、清纯高洁。他曾经向燕山君谏言，史官应该在离君主近的地方，才能及时看到和听到君主的言行，以方便记录，而不是像现在这样俯伏在很远的桌子上，容易遗漏重要的内容。废主燕山君听了以后，心里很不高兴。他表面上同意了李贤辅的提议，后来却借机将他关进监狱，然而还是因为废主的笔误，应该释放他名字后面的那个人，却在名单上误点了他的姓名，就这样李贤辅又被释放出狱，这段经历可谓离奇曲折，充满了传奇色彩。之后他担任各种官职期间都尽心竭力，为国为民操劳不休，受到了大家的尊敬和爱戴。他天性淡泊，不喜名利，家里悬挂描绘陶渊明的《归去来图》，向往辞官归隐的生活。年老之后回乡隐居，官职却一再上升，人虽然离开朝廷，职位却保留在朝中，这一点和退溪十分相似。他生活俭朴，不求奢华。热爱大自然，遇到美景沉醉其中，流连忘返。外出之时，“或竹杖芒鞋，穿林陟巘，或篮舆两奴，傍野巡溪。自田夫牧竖见之，不知其为宰相也”。如果和好友相聚在景色优美的山水间，“必班荆而坐，得意欣然。饮酒不过三两杯，谈笑亹亹，终日不倦，风神潇洒，岸韵森逸，无一点富贵尘埃气。间出篇章，立意清新，有非少年盛作所可及也”。李贤辅为官从政时殚精竭虑、忠于职守、刚正不阿、任劳任怨；辞官归隐后寄情山水、淡泊名利、生活简朴、怡然自乐。他达到了儒家知识分子理想中的做人境界，是大家普遍推崇的忠臣贤士的典型代表与集中体现。《佥知中枢府事洪君墓志铭并序》[②]是退溪为其弟子洪仁佑的父亲洪德演所撰写的。洪德演的祖先来自

① 《退溪先生文集·内集》卷六十五，《崇政大夫行知中枢府事聋岩李先生行状》，见《陶山全书》第三册，韩国精神文化研究院，1980 年，第 374—379 页。

② 《退溪先生文集·内集》卷六十四，《佥知中枢府事洪君墓志铭并序》，见《陶山全书》第三册，韩国精神文化研究院，1980 年，第 347—349 页。

中国，是唐朝末期向朝鲜派遣的八位学士之一。洪氏家族人才辈出、世代显赫。洪德演自小就有常人所不能比的“奇节”，他还是弱冠之年的时候，有一次游览驼骆山，遇到了当时的宰相庐永孙等人在树林之中饮酒作乐，“公乃投书数之曰：‘方国家多事之日，黄金横带不恤群议，以醉饱为事！’座皆愕眙散去，盖丁卯年间也”。小小少年竟有如此胆量，敢于指出当朝权贵的不妥之处，国家正逢多事之秋，为官之人不体恤百姓之苦，为君分忧，竟然在这里饮酒作乐，确实不应该，所以在座的人都赶紧离散而去。他从小记忆力超群，又得到父亲的指导，学业功底很深，刻苦攻读，才华出众。为官初期，他因向上级坚决要求罢免一位依附权势、盘剥百姓的州牧而被这个州牧陷害，丢掉官职以后回乡隐居。后来把持朝政的奸臣金安老伏诛，他回到朝廷。在任永兴府使的时候，因为此地粮食连年歉收，官吏懒惰不治，百姓生活贫困，他详细询问了解实情之后，大力改革，去除种种弊端，却又因为耿直的品行得罪了小人而被改任离去。不管被派到哪里做官，他都把这个地区治理得很好。有时遇到不可避免的自然灾害，他为百姓的安危担忧，常常夜不能寐。无论遇到多么不公正的待遇和艰难困苦的险境，他始终把国家和人民放在心间，不曾有一丝一毫的懈怠。他对妻子说：“吾以官事为心，饮啄皆有命，勿以家事溷我心也。”一生为国为民，鞠躬尽瘁、死而后已，这样一位正义耿直、不惧权贵、爱民如子、为国尽忠的人物形象就在退溪的叙述描写当中，栩栩如生地展现在读者面前。

除了男性人物形象外，退溪笔下也塑造了一批坚强勇敢、忠贞孝亲、治家有方、聪明贤惠的女性形象。这是考察退溪写人叙事类散文的文学成就时不可忽略的一个方面。在以男性为主导地位的古代社会中，“男尊女卑”的思想一直深入人心，正面的女性形象在散文作品中出现的比重远远不及男性，可以说是一个相对被忽略和漠视的群体，她们没有自己的独立意志。退溪虽然是在实用性为第一的墓碣志铭中描写女性人物，但是他抓住了每个人物的个性特点，并且生动传神地呈现出来，让我们看到了这些女性在家庭中为人妻、为人母的辛苦付出以及充满智慧和德行的光辉一面。《成均进士朴君配淑人礼安金氏墓志铭并序》[①]中描写的是进士朴珩的妻子金氏，她的家乡是礼安县的。她孝顺父母、勤俭持家，侍奉丈夫、管理内务，对待家族亲戚十分真诚，赢得了大家的尊重与喜爱。“每有内集，诸妇女或以序坐为难，一言而定，人莫敢异。御卑隶有法，优其养而均其役，及其有过，虽不少饶，亦不加以峻罚，故为下者畏爱。”特别是她在教育子女方面付出了很多心血。金氏一共生了7个儿子，从他们还是幼儿开始，金氏作为母亲就言传身教，训导他们要遵守做人的正道，如果衣冠不整、出言不逊、行为散漫，必然会受到严厉的训斥。“《千字》《孝经》皆口诵以授，夜卧不辍，使知寻行画字而后转习。故诸子自幼皆知书册为己业，不为异物所移夺。”等孩子们稍微长大些，金氏又担心他们贪玩影响学业，于是早晚都会检查监督，正是在她的严格教育和辛勤培养之下，孩子们个个都成长为国家的栋梁之材。西汉的刘向在《列女传》中曰：“唯若母仪，贤圣有智，行为仪表，言则中义，胎养子孙，以渐教化，既成以德，致其功业。”[②]金氏的做法符合这一要求，是重视子女教育、培养后代成才的智能型母亲的经典化形象。《赠贞夫人李氏墓碣铭并序》[③]写的是退溪朋友宋麒寿的母亲。李氏出身王族，是朝鲜太宗大王第二个儿子孝宁大君的玄孙女，自小娴雅善良，知性理之学，闻礼仪教化。成年以后，嫁给恩泽县监宋世忠。虽然宋家家境贫困，但是她勤劳节俭、精心持家，使得丈夫没有后顾之忧。在古代社会，丈夫就是已婚女性的依靠和支柱，当这个一家之主不幸去世之后，柔弱的妻子就要撑起整个家庭的重担，这其中的艰辛和痛苦非常人所能想象。李氏就遭遇了丧夫之痛，悲痛得几乎要死去，但是痛定思痛之后，“乃曰：‘亡人既未得终丧祭，我若继逝，子幼无托，亡人葬祭谁任？’”于是强迫自己吃饭，休整身体，重新振作，然后细致周到地安葬完丈夫，又尽心竭力地养育照顾孩子们，使得他们的家庭能够支撑延续

---

① 《退溪先生文集·内集》卷六十三，《成均进士朴君配淑人礼安金氏墓志铭并序》，见《陶山全书》第三册，韩国精神文化研究院，1980年，第341—343页。

② 刘向：《古列女传》卷一，文渊阁四库全书本。

③ 《退溪先生文集·内集》卷六十三，《赠贞夫人李氏墓碣铭并序》，见《陶山全书》第三册，韩国精神文化研究院，1980年，第339页。

下去，最后儿子和女婿都在科举中登第，取得了显要的官位，这一切都是李氏勇挑重担、辛苦付出的结果。这是退溪笔下坚强勇敢的女性形象。《成均生员金公墓志铭并序》中提到了成均生员金绥的妻子。金氏持家有方，管理家庭事务周密细致、井井有条，特别是对祭祀非常重视，每次都能做到虔诚谨慎、亲力亲为。对于祭品的准备与摆放，再三核实确认，保证不出纰漏差错，符合礼节规范，而且“宾客应须，虽家务骚骚，咄嗟之顷，无不整办”，其才能之超群出众，令人佩服。祭祀是古代社会每个家庭中的大事，程颐说：“凡物，知母而不知父，走兽是也；知父而不知祖，飞鸟是也。惟人则能知祖，若不严于祭祀，殆与鸟兽无异矣。”[①]所以祭祀涉及做人的根本。在祭祀礼仪当中，女性担负的职责是准备祭品和布置场地，虽然按照礼法不能参与现场祭祀，但是前期的准备工作是女性对祖先表达的最大敬意。金氏就是这样一位恪守本职、治家有方的贤惠型女性形象。退溪作品中所描写的女性形象，除了基本的恭敬孝顺、温良贤淑、宽厚仁爱之外，各自呈现出不同的性格特点，避免了千人一面的重复枯燥，以鲜明生动的个性给读者留下了深刻的印象，取得了良好的艺术效果。

## 二、文学手法的运用技巧

作家在写作过程中，为了使文章生动有趣，取得良好的艺术效果，让读者产生强烈的心灵感应和精神共鸣，经常会使用一些特定的文学手法，从而使得文学形象的塑造更加鲜明立体，思想情感的表达更加丰富细腻，社会生活的描写更加真实具体，因而采用文学手法也成为衡量作品文学性和评价作家艺术水平的重要角度。退溪在撰写应用文体的散文作品时，巧妙运用多种文学手法，使得他笔下的行状和墓碣志铭在一定程度上突破了以往呆板严肃的文风，而呈现出生动活泼的艺术气息与文学色彩。主要体现在以下两个方面。

---

① 朱熹：《河南程氏遗书》卷一八，商务印书馆，1935 年。

一是运用语言描写、外貌描写、细节描写等多种手法来塑造典型化的人物形象。语言描写是塑造人物形象的重要手段，一个人所说的话里可以反映出他的身份处境、文化程度、性格特征与心理活动，通过不同人物各具特色的语言，读者能够深刻了解作品中人物的思想情感与内心世界。退溪塑造人物形象时就进行了丰富的语言描写，如《听松成先生墓碣铭并序》[①]描写了退溪的朋友成浑父亲成守琛（1493—1564）年少之时就特别刻苦好学，为人庄重矜持，他和弟弟成守琮一同跟随赵静庵学习理学思想，他亲自书写程颐的"涵养需用敬，进学在致知"等语句，贴在座位的角上作为自己的座右铭，时刻告诫自己。当他在学习中有体会和收获的时候，就会非常开心地说："读圣贤书方知义理之无穷，优游涵泳自有洒然处。"显示出一个热爱学习、不知疲倦、乐在其中的青年学子内心深处的真实感受。然而如果有人想要请教他，他却说："吾未能有得于斯。"退溪接下来解释说："其教人必以质悫平白可践行者，未尝敢做虚谈误后生也。"可见他并不是故意不告诉别人知识，而是以一种非常谦虚谨严的态度对待学问，要以平时可以身体力行的内容来影响他人，自己没有实践而凭空夸夸其谈去误人子弟，在他看来是十分不可取的。"吾未能有得于斯"这一句很好地表现了成守琛对待学术严谨认真的态度和为人谦虚庄重的风格。这样的语言描写为人物塑造增添了灵魂，注入了活力。《静庵赵先生行状》[②]叙写了朝鲜中宗时代著名的哲学家、政治改革家赵光祖（1482—1519）的一生经历。赵光祖，自号静庵，他的高祖是朝鲜王朝的开国功臣，官职显赫，他的父辈都是崇尚儒学的有志之士。家学渊源使他从小就颇有学者风范，入仕为官之后更是一度受到国君的器重，辅佐中宗进行革弊扶新的社会改革，大力倡导儒学思想，希望将朝鲜改造成一个王道昌盛的国家，然而他的改革却遭到了保守势力勋旧派的猛烈回击，并为此付出了生命的代价。在旧势力的诬陷迫害下，年仅38岁的赵光祖最终含冤而死。在接到

① 《退溪先生文集·内集》卷六十四，《听松成先生墓碣铭并序》，见《陶山全书》第三册，韩国精神文化研究院，1980年，第360—362页。

② 《退溪先生文集·内集》卷六十五，《静庵赵先生行状》，见《陶山全书》第三册，韩国精神文化研究院，1980年，第382—387页。

国君赐死的命令之后，他沐浴更衣，神态从容地对都事说：“主上赐臣死，合有罪名，请恭听而死。”又说：“爱君如爱父，天日照丹衷。”随后慷慨赴死。这短短的话语，寥寥几句，就勾勒出一个忠君爱国、以天下为己任、大义凛然、视死如归的英雄形象，更让我们对这样一位敢于担当、勇于奉献的仁人志士产生了由衷的敬意。《赠大匡辅国崇禄大夫议政府左议政兼领经筵监春秋馆事行崇政大夫议政府右赞成兼判义禁府知经筵事权公行状》[①]中描写权檄虽贵为宰相，身居要职，但是天性简朴，不嗜奢华，始终把自己看成是一个贫苦的读书人，过着清苦简单的生活。有一次，他看到自己的儿子骑着肥壮的骏马大摇大摆的样子，十分生气，就严厉地呵斥他说：“一命之士，苟存心于爱物，于人必有所济。汝甫得末官，瘠人肥畜如此，敢望济人乎？”通过他教育儿子的一番言论，可以看出权檄为官清廉、严格要求自己和家人，不给别人以可乘之机、低调素朴的良相风范以及父亲对子女殷切教导的良苦用心。退溪的语言描写较为成功，因为他从主人公的真实情况出发，写出了符合他们性格特点和境遇身份的话语，使得闻其声犹见其人，从而产生了较强的艺术感染力。

外貌描写通过对人物的体形、容貌、姿态、风度、衣着等外部特征的勾勒，来揭示人物的思想和性格，从而加深读者的印象。《成均进士琴君轴墓碣铭并序》写琴轴（1496—1545）“为人短小，英爽风流酝藉”。[②]虽然身材矮小，但是英姿风流，宽厚含蓄。退溪形容成守琛是“长身秀骨，仪刑甚伟，忠厚和粹，喜怒不形，言笑有时，望之俨然，即之穆如”[③]。这一段除了对身材、体形的描述之外，还有人物神态的描写。成守琛平时喜怒不形于色，从外表看觉得他很矜持庄重，似乎难以接近，然后交往之后却发现很是和蔼可亲，这

① 《退溪先生文集·内集》卷六十六，《赠大匡辅国崇禄大夫议政府左议政兼领经筵监春秋馆事行崇政大夫议政府右赞成兼判义禁府知经筵事权公行状》，见《陶山全书》第三册，韩国精神文化研究院，1980年，第394—400页。

② 《退溪先生文集·内集》卷六十四，《成均进士琴君轴墓碣铭并序》，见《陶山全书》第三册，韩国精神文化研究院，1980年，第351—352页。

③ 《退溪先生文集·内集》卷六十四，《听松成先生墓碣铭并序》，见《陶山全书》第三册，韩国精神文化研究院，1980年，第361页。

是明显的外冷内热的性格类型。《通训大夫行沔川郡守琴公墓碣铭并序》中描述琴元福（1480—1561）的体貌特征："公为人姿状秀拔，面目如画，善于容止，音吐琅然。"[①]这俨然是一个古代美男子的形象，面目清秀如画，身材魁梧挺拔，形貌举止良好，连声音都洪亮悦耳。这样的描写虽然可能会有一些溢美和夸饰的成分在里面，但是琴元福的外貌和举止仪态都超出常人这一点基本上是可以确定的。退溪的外貌描写使读者对文章中的人物有了一个比较清晰的认识，也使他笔下的人物形象更加具有自身的特点和较高的辨识度。

退溪在塑造人物形象之时还进行了细节描写。他选取了生活中一些细小又具体的典型情节进行详细生动的描绘，使得文章更具有表现力，凸显了人物与众不同的个性，从而使描写更加丰富深入，有血有肉。《晦斋李先生行状》[②]是关于朝鲜著名哲学家、诗人李彦迪的描写。李彦迪与金宏弼、郑汝昌、赵光祖并称为"朝鲜四贤"。退溪在文中通过三处细节描写，生动展现了这位大儒稳重持守、恬淡从容的心态以及他那不为外物所干扰和影响、遇事泰然处之，不以物喜、不以己悲的超然气概。第一个细节是说他小时候和众人一起读书之时，"或有嬉戏，喧怒于其侧，若无闻焉"，他仍然可以专心致志地读书，沉浸在学问世界里不为所动。第二个细节是他被奸臣诬陷遭到放逐后，生活十分艰苦困窘，但是仍然坚持每日钻研学问，天不亮就起床，著书不断。有一天，御史李无疆突然快马加鞭赶过来，一府上下的人都很惊慌失措，以为来者不善，而他却"不为动，正衣冠，坐而看书。其一视夷险，不以死生穷厄易素操如此"。第三个细节是说他曾在全州遇到节日的时候和众人一起看戏，看到有趣热闹之处，"监司金公正国，正人也，往往犹不免顾笑，先生超然如无见也"，其静心若定的功力、淡然庄重的操守显露无疑。《星州牧使黄公行状》[③]写黄俊良（字仲举）喜爱游览名山大川，陶醉于大自然的美景无法自

---

① 《退溪先生文集·内集》卷六十三，《通训大夫行沔川郡守琴公墓碣铭并序》，见《陶山全书》第三册，韩国精神文化研究院，1980 年，第 336 页。

② 《退溪先生文集·内集》卷六十六，《晦斋李先生行状》，见《陶山全书》第三册，韩国精神文化研究院，1980 年，第 388—394 页。

③ 《退溪先生文集·内集》卷六十五，《星州牧使黄公行状》，见《陶山全书》第三册，韩国精神文化研究院，1980 年，第 379—382 页。

拔，流连忘返，十分快乐。其中有一处细节，是说他和隐士李之藩决意游览若丹的岛潭、龟潭等地。黄仲举的好奇心很强，童心未泯，喜欢在结了冰的江面之上骑雪马游玩。“尝冬月江冰正合，自中原缘江取路，骑雪马，令人前绳，滑转以上，过李君而达于郡，自以为快适无比。”就这样一路滑行经过李之藩那里而后到达城内。这样纯真率直、乐观风趣的性格实在让人感觉甚是可爱，也拉近了和读者之间的距离。通过这些细节描写，退溪笔下的人物形象更加丰满、立体、鲜活，个性十足，充满了人格魅力，也显示出作者精湛的文学手法和高超的艺术成就。

二是在叙事之中引入议论，借文传道，增强文章的思想性与艺术性。如前所述，唐代文章大家韩愈将议论手法加入对死者纪念、哀悼类散文的写作当中，后来经过欧阳修的进一步发扬光大，开拓了此类散文创作在文学价值方面的新境界。退溪在创作中也运用此种文学手法，将叙事与议论结合起来，夹叙夹议，融入作者的主观情感与价值判断，提升了文章的艺术价值。《静庵赵先生行状》中写赵光祖大力提倡儒学思想，进行社会改革，结果却惨遭失败，英年早逝，令人唏嘘不已。退溪在文章中对其含冤而逝以及改革失败之事进行评论，直接发表自己的见解，在大段的议论之中彰显作者思想的深度：

> 鸣呼，天道之本有常，而人心之固难诬矣。放勋之有遗意而重华之所成美矣。自是士学因可以知方，世治因可以重熙矣。斯文可赖而不坠，国脉可赖而无疆矣。由是言之，一时士林之祸，虽可谓于悒，而先生崇道倡学之功，亦可谓渐及后世矣。①

退溪感叹大自然按照自身的规律运行变化，人心固有的天理是很难被欺骗蒙蔽的，所以唐尧建立礼法的遗愿，最后必然有虞舜来完成。这样一来，文人士子都知晓了礼法，社会因此可以重新恢复为兴盛之世，礼乐制度有所

① 《退溪先生文集·内集》卷六十五，《静庵赵先生行状》，见《陶山全书》第三册，韩国精神文化研究院，1980 年，第 386 页。

遵循而可以保持世风不坏，国家命脉能够得以沿袭而达到长治久安。所以从这个角度来看，虽然一时遭遇的士林之祸，让赵光祖蒙受冤屈，实在是令人愤懑不平，但是他所崇尚的道学志向，一定会有后来者去接续和实现。退溪高度评价了赵光祖的提倡道学之功，认为这对后世产生了重要的影响。然后退溪继续发表议论来揭示赵光祖遇害的原因：

> 用是之故，由今日欲寻其绪余，以为淑人心，开正学之道，则殆未有端的可据之处，而龂龂之徒，悠悠之谈，反不能脱然于祸福成败之间，以至世道之益偷，则乃有肆作，指目以相訾謷。行身者有所讳，训子者以为戒，仇善良者用为嚆矢，以重为吾道之病焉。呜呼！此岂是放勋之遗旨，重华之克追，以为扶斯道，寿国脉之盛意哉？此又后来圣君贤相与凡任世道之责者，所宜深忧永鉴而力救之者也。①

退溪认为赵光祖之所以会遭受这一切，原因就在于整个社会在纯正人心、促进儒学发展方面没有形成确定的法则来遵循。某些只会夸夸其谈，缺乏实际才干的人，不懂得真正的圣学之道，他们大肆散播无稽之谈，最后却能够左右局势的祸福成败，以至于世风日下，一些人胡作非为，任意诽谤，使修身之人凡事不敢不有所避讳，教育子女者也对儒学心怀戒备，这的确是儒道之危害。退溪明确提出对于如此局面，明君贤臣和有社会责任感的人士应当为此深深忧虑，重视起来，努力去实施补救的措施。他提出“故迩年以来，所以转移更张而明示好恶者，非止一二世之为”，推行儒学思想促进国家发展不是一两世可以实现的，需要代代相继，持续而共同的努力。要“尊王道，贱霸术；尚正学，排异教；治道必本于修身，洒扫应对，可至于穷理尽性”，只有这样才能真正实现国家的繁荣昌盛和百姓的安居乐业。此类文章中加入

① 《退溪先生文集·内集》卷六十五，《静庵赵先生行状》，见《陶山全书》第三册，韩国精神文化研究院，1980 年，第 386 页。

如此多的议论内容，已经不单单是记录、叙述事件的实用文体了，而更加具有浓厚的文学意味，退溪借文传道，借赵光祖改革失败，遭受士林之祸，蒙冤受死之事来阐发推行儒学，实践圣贤思想以兴邦强国的思想，使得他的此类文章散发出耀眼的理性光芒，同时也颇具文学价值。

《晦斋李先生行状》中，退溪在叙事末尾也加入议论：

> 呜呼，我东国古被仁贤之化，而其学无传焉。丽氏之末以及本朝，非无豪杰之士有志此道，而世亦以此名归之者。然考之当时，则率未尽明诚之实，称之后世则又罔有渊源之征，使后之学者无所寻逐，以至于今泯泯也。若吾先生无授受之处，而自奋于斯学，暗然日章而德符于行，炳然笔出而言垂于后者，求之东方殆鲜有其伦矣。[①]

此前一段，退溪记叙了李彦迪著书立说之事。说他虽有满腹才学，赤胆忠心，却被奸臣陷害遭到放逐。李彦迪在放逐期间，每日潜心研究圣贤之说，在学术方面取得了进步，他撰写了《大学章句补遗续》《或问求仁录》两本书，又修订了《中庸九经衍义》，书中的精髓要旨，揭示了儒学的本源，驳斥了异端邪说，其学术纯粹出于正道，是宋代诸位儒学家，特别是朱熹思想的延续，可谓是贯彻精微、通达上下，然而终未能使圣学真正全面地在社会中推广、发展与兴盛，这是为什么呢？退溪对此发表评论：我们朝鲜自古以来接受圣贤思想，从高丽到朝鲜时期，不是没有涌现出有志之士，世人都称之为儒生的人士，但是为什么圣学未传？退溪认为是“未尽明诚之实”，大多数人还是没有真正做到明信诚敬，所以后世之人无所追寻。退溪提出如果李彦迪没有踏入仕途，不为公务所累，毕生钻研此学，笔耕不辍，言传后人，一定是在学术方面无人可比的。这又再一次借李彦迪的事例抒发自己兴盛儒学

① 《退溪先生文集·内集》卷六十六，《晦斋李先生行状》，见《陶山全书》第三册，韩国精神文化研究院，1980 年，第 394 页。

的心愿，强调了专心研究圣贤之学的重要性，使整个叙事过程之中更加彰显思想之深度，使文章具有了更为强烈的文学色彩与因素。

## 三、哀悼之情的真挚抒发

行状与墓碣志铭作为记录逝者生平事迹，抒发怀念哀悼之意的文体，其中包含了相当比重的情感成分，主要展现以作者为代表的生者对已故之人的思念与缅怀。退溪在此类文章当中，详细回忆自己与故人交往的经历与过程，他们的人品风范、言行举止，他们的思想见解、音容笑貌，点点滴滴，都深深镌刻在退溪的脑海，往事历历在目，然斯人却永远离逝，只留下伤心哀痛的退溪，他在文章中充分表现了自己内心真挚深沉的情感，产生了催人泪下的艺术效果。《朝散大夫行全义县监吴君墓碣铭并序》中曰：

> 君少学于松斋之门，由是来宣城，为人蕴藉明爽，重信义，善谈谐，人之交之久而益款密。与我昆季五六人同游处，切磨义分如胶漆，未尝相舍。中岁以后，出处去住之殊，始相分携。自是别离之情，交契之厚，但付之尺素音尘之间而已。至于今日，我昆季存者二人，而君又至奄忽下世，使滉把笔而铭君墓焉。呜呼！吾何以为心哉！吾何以为心哉！①

吴彦毅（1494—1566）是退溪叔父松斋君李堣的女婿，年少之时曾求学于松斋君，而退溪自幼丧父，和兄长们一起跟随叔父学习，就这样他与吴彦毅相遇相识。退溪笔下的吴君聪明豪爽、重视信义、幽默诙谐，是一个重情重义的有趣之人。“人之交之久而益款密”，退溪越是与他交往甚久，越是能感受到他的真诚亲密。他与退溪兄弟一起同窗共读，一起研究学问，“未尝相

① 《退溪先生文集·内集》卷六十四，《朝散大夫行全义县监吴君墓碣铭并序》，见《陶山全书》第三册，韩国精神文化研究院，1980 年，第 351 页。

舍”，直到中年以后外出做官才开始分离，他们的感情深厚，情同手足，在退溪眼中，就像是亲兄弟一样。分别之后，只能通过书信来抒发彼此的思念之情，然而时至今日，退溪兄弟只有两人在世，这个如同亲兄弟一般的吴兄也要撇下他们离开人世，怎能不让退溪悲痛伤心？他只能握笔把自己的情感都倾注到文章当中，最后一句：“呜呼！吾何以为心哉！吾何以为心哉”深入表达了退溪的悲伤之深之重，不知道如何来表达这种内心感受，从而发出了痛苦而无助的悲叹。这一段文字没有什么华丽的词语，都是平常朴实的字眼，但是却深刻展现了退溪对其吴兄的真挚情感，如泣如诉，感人至深。

如果说散文的长处是便于叙事的话，韵文的优势就在于抒情，古人往往借助“一唱三叹”、包含节奏音律之美的韵文来抒发内心的深挚情感。退溪的墓碣志铭中的铭文部分，就很好地发挥了抒情的功能，表达了作者的深切哀痛。在《秋峦居士郑君墓碣铭并序》中的末尾部分，退溪写道：

> 滉情不忍，义不辞，掩泣而为之铭。铭曰：
>
> 若古为学，谁无师友？今也不然，少师壮否。厥或有之，鲜不倍负。有师无负，吾见于君。若丧其丧，终身云云。生秉之异，有德之熏。式揭其志，式廓其闻。穷诣者超，遗功者碍。我有斯好，人所忿类。大不俚口，混混心痗。晚岁相遇，同我感慨。图书丽泽，性命啄玉。相斯究业，遽尔分席。何知一别，九原永隔。契许沦坠，明侪痛惜。高阳先垄，是君攸宅。铭以诏来，庶无樵牧。①

退溪难以抑制心中的悲痛之情，义不容辞地为好友郑之云撰写铭文。他用四字句的韵文形式，总结回顾了郑之云一生的主要事迹，赞扬他对待老师如父亲一样的恭敬孝顺，回忆他们二人昔日共同切磋学问，探讨《天命图说》的美好场景，最后表达自己对好友去世的沉痛哀悼和悲伤怜惜之情。“何知一

① 《退溪先生文集·内集》卷六十四，《秋峦居士郑君墓碣铭并序》，见《陶山全书》第三册，韩国精神文化研究院，1980 年，第 350 页。

别，九原永隔。契许沦坠，明侪痛惜”，在简洁凝练的语词中包含了作者深沉的喟叹和满腹的哀伤。

退溪的墓碣志铭中的铭文绝大多数都是四字句，偶尔也有七字句式抒发感情的，如《通训大夫行沔川郡守琴公墓碣铭并序》中的铭文部分：

铭曰：

嗟公气岸何揭揭，譬若骏马超凡骨。少孤失学长自拔，跅弛覂驾非屑屑。崭然头角晚乃出，凛凛不是蓬蒿物。始试胪句班序秩，束带端笏趋跄疾。声铿金石风采逸，啧啧人称礼无缺。出宰百里入台察，到处能声如出一。两县走集久困竭，大州浩繁多牵掣。公能游刃刃不折，兴替补弊靡疎脱。辨职俗吏古憎绌，只缘炫能无恻怛。如公能辨又能恤，去后民思久不辍。不贪之实公所悦，矧多老境闲日月。豪气难除事戈毕，宁同妇女藏闺室？飙鹰电犬自驰突，逐鹿射虎穿云雪。忽蒙君恩宠耆耋，顶玉煌煌被朱绂。虽遭醉尉不嗔喝，却有野老相夸说。呜呼！此乐莫与匹，奈婴疾病医无术。我忝内外有瓜葛，向来情亲义复密，盘石游踪痛永绝，殁不抚棺葬未绋，力疾题铭泪洒笔。①

琴元福是退溪的亲戚，退溪的外祖母李氏是琴元福的姨母，而琴元福的原配夫人则是退溪姑母的女儿。琴元福平时待退溪很好，所以他去世的时候退溪十分悲伤。他在铭文之中高度赞扬了琴元福的才学能力、声音相貌完美无缺，叙述总结他为官在任时的忠于职守、任劳任怨，因为政绩突出而受到百姓拥戴等种种事迹，最后表达对其深深的怀念和悲伤之情。特别是末尾的“呜呼！此乐莫与匹，奈婴疾病医无术。我忝内外有瓜葛，向来情亲义复密，盘石游踪痛永绝，殁不抚棺葬未绋，力疾题铭泪洒笔”，强调自己与琴公的感

① 《退溪先生文集·内集》卷六十三，《通训大夫行沔川郡守琴公墓碣铭并序》，见《陶山全书》第三册，韩国精神文化研究院，1980 年，第 337 页。

情亲密，情谊深重，他就这样突然离开了人世，再也不能和他一起游玩相聚，互诉衷肠了。他去世的时候自己没能去抚棺痛哭，安葬之时也未能牵引灵柩，送他最后一程，实在是无比愧疚难过，只能流着眼泪奋笔疾书，希望他的功绩与品德能够永远被后人铭记，灵魂得到长眠安息。这一段七言韵文感情真挚、内容丰富、语句凝练、意味深长，充分展现了退溪内心深处对琴元福的怀念与哀悼，韵文长于抒情的特色也显露无疑。

## 第二节　议论说理类散文的艺术成就

议论说理类散文围绕中心观点，采用列举事实、阐发道理、明辨是非的方式来剖析事物、论述道理、发表作者的意见和主张。其中，议论是其主要的表达方式，阐明一定的观点是文章的主要目的，因此与叙事类散文中运用大量描写性语言来详细展示事物风貌不同，议论文的语言要求简洁明确、层次清晰、劲健精练、逻辑严密。与写人类散文通过刻画人物形象间接表达作者的思想情感不同，议论文通常是直接表达，其思想观点清楚明晰，内蕴情感强烈直率，文脉气势纵横恣肆。而与感性思维占首要位置、主观性较强的抒情类散文不同，议论文则强调理性思维，注重客观性，论据充分、论证合理、思维缜密。除了专门的学术性著作，《退溪先生文集》当中，以议论说理为主的政论性文章有很多，退溪通过此类散文来阐发自己的政治主张，向国君进献治国良策；传播其学术思想，促进性理学的深入发展等。比较具有代表性的是奏疏、札、经筵讲义等。这些文章较为鲜明地展示了退溪议论说理类散文的艺术风格，表现了退溪自然流畅的文风、深邃严谨的思维和纵横跌宕的气势。

奏疏是大臣向国君进言奏事的一种文体，“奏”是动词，原本是指向帝王进言献策的行为，“秦始皇将大臣的‘上书’改称为‘奏’，‘奏’开始成为上行公文的统称。汉初定仪则，把向皇帝进言的文书分为四种，其二为奏"[①]。刘勰在《文心雕龙·奏启》提出："陈政事，献典仪，上急变，劾愆谬，总谓之奏。"[②]他将"奏"这种文体所包含的内容做了具体阐释。"汉代又将向皇帝奏事的文书称为'疏'，如贾谊的《陈政事疏》《论积贮疏》、晁错的《论贵粟疏》、匡衡的《上疏言政治得失》《上疏戒妃匹劝经学威仪之则》等，或陈政事，或献典仪，其实质都是奏文……'疏'正取'疏条其事而言之'(《汉书》颜师古注)之意。郝经《续后汉书》在谈到奏时，认为'其文亦书、疏也。'可见奏、疏异名同质。后世学者往往将奏、疏连称，并成为章奏之总名。"[③]关于奏疏的文体特征，刘勰认为"夫奏之为笔，固以明允笃诚为本，辨析疏通为首"[④]，所以奏疏要以清楚明晰、贴切允当、真实诚恳为根本，要以辨理透彻、分析精确、疏通流畅为首要条件，文辞典雅，文风庄重。退溪的奏疏类文章主要有《甲辰乞勿绝倭使疏》[⑤]。他在文中向国君进言，为了国家的稳定安宁和百姓的休养生息，不要拒绝日本使者的求和。《戊辰六条疏》[⑥]是退溪向国君进献的六条治国理政、修身自律的箴言，希望国君能采纳并践行：一曰重继统以全仁孝；二曰杜谗问以亲两宫；三曰敦圣学以立治本；四曰明道术以正人心；五曰推腹心以通耳目；六曰诚修省以承天爱。这六项代表了退溪政治主张中的精华内容。还有《戊午辞职疏》《戊辰辞职疏》《戊辰辞职疏二》，都是退溪向君王上书，请求允许自己辞去官职，回归故乡的奏疏。

札实际上也属于奏疏类的政论文体，是臣下向君上进言的文章。古代奏疏类的文章种类较多，虽然名称不一，但功能大体一致，都是下对上的上行文，行献言论谏之事。札兴起于北宋，因其格式简单，限制较少，相比起其他官府文书，应用起来比较灵活方便，所以在当时一度繁盛，后来逐渐向私

① 吴承学、刘湘兰：《奏议类文体》，《古典文学知识》第4期，2008年，第93页。
② 刘勰著，周振甫注：《文心雕龙注释》，人民文学出版社，1981年，第252页。
③ 吴承学、刘湘兰：《奏议类文体》，《古典文学知识》第4期，2008年，第94页。
④ 刘勰著，周振甫注：《文心雕龙注释》，人民文学出版社，1981年，第252页。
⑤《退溪先生文集·内集》卷六，《甲辰乞勿绝倭使疏》，见《陶山全书》第一册，第160—163页。
⑥《退溪先生文集·内集》卷六，《戊辰六条疏》，见《陶山全书》第一册，第174—186页。

人书信方面发展和演化。退溪的札里面，比较著名的有《戊辰经筵启札一》《戊辰经筵启札二》《乞致仕归田札子一》《进圣学十图札（并图）》等。

经筵讲义是为君王讲经论史、谈论时政、阐发见解的书面性文章。经筵就是御前讲席，起源于古代的帝王教育，汉唐是经筵制度的初成时期，发展至宋代而成熟完善，之后元明清继承延续。宋代儒学复兴，要想让君王推行儒家思想治理天下，经筵教育就在其中发挥了重要的作用。经筵官能够近距离地接触皇帝，通过宣讲圣学思想、讨论时事变革，从而影响皇帝的决策，在源头部分促进儒学思想的大发展，毕竟古代君王的个人意志在某种程度上是具有决定性力量的。程颐在《论经筵三札子》中说："臣以为，天下重任，唯宰相与经筵；天下治乱系宰相，君德成就责经筵。"①由此可知经筵对君王治国思想的形成所发挥的重要作用。理学大师朱熹也曾入侍经筵，并撰写《经筵讲义》进呈君王，阐发其学术思想和政治主张。据《退溪先生年谱》记载，退溪在39岁时被任命为弘文馆修撰，兼任经筵检讨官。辞官归隐之后，52岁又被召还朝，"拜弘文馆校理，知制教，兼经筵侍读官、春秋馆记注官、承文院校理"②。《退溪先生文集·内集》中收录的经筵讲义有《乾卦上九讲义》和《〈西铭〉考证讲义》。

退溪的议论说理类散文，主要代表是实用性较强的政论性文章。这些文章在发挥本身政治功能的同时，也呈现出较多的文学元素，取得了一定的艺术成就，概括起来主要表现在以下三个方面。

## 一、说理透彻精妙

议论文的主要目的是阐发道理，使读者接受和信服，这就需要围绕一个中心论点，运用多种方法来展开论述。退溪的此类文章观点明确、说理透彻、论证有力、感染力强，他在写作中使用了不同的论证方法，取得了良好的效

① 程颢、程颐著，王孝鱼点校：《二程集》之《河南程氏文集》卷六，中华书局，2004年，第540页。

② 《退溪先生年谱》卷一，见贾顺先主编：《退溪全书今注今译》第一册，第54页。

果，主要有以下几种。

（一）以古鉴今，增强文章的说服力

历史的发展总是惊人的相似，从古至今，相同或相近的事例经常交替循环在不同的时空出现，所以用古代的经验来指导现代，可以防微杜渐、趋利避害。刘勰在《文心雕龙·事类》中说："事类者，盖文章之外，据事以类义，援古以证今者也。"[①]《甲辰乞勿绝倭使疏》中，退溪为了劝说君王同意与日本使者议和，搬出了很多中国古代历史上对待异族侵犯的处理方式，退溪曰：

> 夫廷臣之欲拒倭奴者，其意必曰彼罪大矣。今甫绝而遽和之，则无以征其恶而有纳侮之悔，是亦似矣，而有大不然者。昔匈奴冒顿围高帝于平城七日；孝惠、高后时单于遗书悖慢，而高帝后遗以自脱，惠帝卑辞以请和；文帝时匈奴一入萧关而杀北地，都尉候骑至雍甘泉，文帝赫然震怒，命张相如、乐布等击之，然至于出塞而后还，即遗书曰和，欢然若家人父子之相亲。既而匈奴背约，再入云中，杀掠甚重，烽火通于甘泉、长安，帝又名六将军分屯以备之而已。月余，匈奴远塞，则旋即罢兵。是数君者，非不知匈奴之罪大而乃与之汲汲连和者，诚以禽兽之不足与较，而以生民之祸为重故也。[②]

为什么大臣当中有很多人拒绝与日本议和呢？是因为他们认为日本屡次侵犯岛屿，罪孽深重，刚和他们绝交不久，现在又议和的话，是没有惩罚他们的恶行，反而有接受他们侮辱的嫌疑了。这样乍一听似乎很有道理，但是事实上却并非如此。接下来退溪列举了中国汉朝时期如何处理此类问题的事

① 刘勰著，周振甫注：《文心雕龙注释》，人民文学出版社，1981 年，第 411 页。

② 《退溪先生文集·内集》卷六，《甲辰乞勿绝倭使疏》，见《陶山全书》第一册，第 160 页。

例。汉高祖刘邦被匈奴单于围困在平城七天，单于派人送信给孝惠帝，言辞非常狂妄，傲慢无理。汉高祖抛弃大量粮食与物品，自行脱身。惠帝则放低姿态，自谦其辞以求和解。汉文帝时，匈奴又进犯萧关，侵害人民、掠夺财物，文帝勃然大怒，命人出兵回击，也只是把匈奴打到边塞就返回了，之后双方议和，彼此像一家人一样相处。但是没过多久，匈奴又违背和约，再次闯入云中等地，烧杀抢掠，战火迅速绵延到了甘泉、长安，文帝命令六位将军分别屯军边地，反击侵略者，保护家园。一个月之后，匈奴远离边塞而逃，汉朝军队就罢兵而归了。这么多的君主并不是不知道匈奴的罪恶，但是却和匈奴订立和约，是因为他们认为匈奴犹如禽兽一般，没有必要和他们计较得失，而是要以老百姓的生命安危和财产安全为重。接下来又针对接受日本的求和就是“无以征其恶而有纳侮之悔”的说法而列举了中国唐、宋时期的事例，进一步增强文章的说服力，他说：

> 今以蛇梁窃发之事较之于彼，虽曰同归于罪，而轻重则有间矣。若之何不许其自新之路而构祸于吾之赤子乎！且如唐之突厥合兵入寇，至渭水便桥之北而请和，则太宗许之。宋之契丹大举入寇，至澶渊而请和，则真宗亦许之。当是时，突厥有惧心，契丹已挫气，为二宗者，岂不知轻许则有纳侮之患而无征恶之计乎？乃释然解仇，宁舍陵犯之罪而与之为盟好者何哉？兵凶战危，以利社稷、安生灵为急，而禽兽跳梁之故，可置之于度外耳。故自古帝王御戎之道，以和为先。其不得已而至于用兵者，为其除禽兽逼人之害，害去则止，何必甚之而生怨，以至搏噬之患哉？①

退溪提出虽然日本人在蛇梁岛上偷窃侵害，犯下滔天罪行，但是事情要分轻重缓急，应该给他们悔过自新的机会，以免长久结仇最终遗祸于百姓民众。他以唐太宗对突厥和宋真宗对契丹之侵犯的处理方式为例子，来说明

---

① 《退溪先生文集·内集》卷六，《甲辰乞勿绝倭使疏》，见《陶山全书》第一册，第160—161页。

“兵凶战危，以利社稷、安生灵为急，而禽兽跳梁之故，可置之于度外耳”的道理，中国古代的两位君主难道不知道答应议和会“无以征其恶而有纳侮之悔”吗？他们明明知道突厥和契丹有多么可恶，但是仍然选择化敌为友，与其议和究竟是为了什么呢？是因为在战争危难之中，他们首先考虑的是国家的利益和百姓的安全，至于禽兽之流如跳梁小丑般偷窃作乱，可以暂且置之度外，这就是以大局为重，从民族的整体利益出发，以和平共处为首要的原则。最后退溪进一步总结阐发“故自古帝王御戎之道，以和为先。其不得已而至于用兵者，为其除禽兽逼人之害，害去则止”，奉劝君王借鉴古代的事例，面对倭人之患，以和为先，不得已要出兵的话，也是反击敌人侵略而带来的灾祸，一旦灾祸解除，则立即停止战争，没有必要过分动用武力，而使民众在不断积累的两国仇恨当中遭受更多的灾难与苦痛。从汉代到唐朝再到宋代，中国历朝历代的君主在处理相同事件时都是和为贵的原则，从而保护了国家民族的利益，使老百姓能够安居乐业，引用如此多的历史事件，退溪就是希望他的君工能够从中吸取经验，做出正确明智的选择。

退溪在列举这些历史事件时，还注意将正面事例和反面事例相结合，正面产生好的结果予以肯定，反面导致不好的结局进行批判，在两相对比强烈的情况之下，使人真正意识到他所阐发观点的重要性和必要性，从而心悦诚服地接受。《戊辰六条疏》中，退溪为君王进献的治国之策，第四条是明道术以正人心：

臣闻唐虞三代之盛，道术大明，而无他歧之惑，故人心得正，而治化易洽也。衰周以后，道术不明，而邪慝并兴，故人心不正，治之而不治，化之而难化也。何谓道术出于天命而行于彝伦，天下古今所共由之路也。尧舜三王明乎此而得其位，故泽及于天下。孔、曾、思、孟明乎此而不得位，故教传于万世。后世人主，惟不能因其教而得其道，以倡明于一世。是以异端乱真之说，功利丑正之徒，得以鼓惑驰骤，陷溺人心，其祸滔天而莫之救也。中间有宋诸贤，大阐斯道，而俱不得见用于世，其所以明彝教，正人心者，亦不能

> 收功于一时，而止传于万事矣。矧我东方僻在海隅，箕范失传，历世茫茫。至于丽氏之末，程朱之书始至而道学可明。入于本朝，圣圣相承，创业垂统，其规模典章，大抵皆斯道之发用也。然而自肇国至于今日，将二百年，于兹抚揽治効，而揆以先王之道，犹未免有所谦，然于列圣之心者无他焉！亦曰：道术不明，而他歧之害人心者多也。方今主上殿下，以尧舜之姿，躬帝王之学，志遵古昔，求治如渴，盖将以兴起斯文，措一世于唐虞三代之隆，诚为我东方千载一时，朝野欣欣然，莫不拭目而相庆。然于是乎，若不明先王之道术，定一代之趋尚，以表率而道迪之，亦何能使一国之人，回绩惑而舍多歧，一变而从我于大中至正之教乎？故臣愚，必以明道术以正人心者，为新政之献焉。①

退溪首先举出正面历史事件，中国历史上的“唐虞三代之盛”的原因是什么？退溪归结为“道术大明”，正是因为儒家之道的大力弘扬，没有歪门邪道的言论蛊惑毒害民众，所以人们的思想都很端正，社会治理得井然有序，退溪予以赞扬和肯定，并借此事例来强调“明道术以正人心”的重要性。接下来退溪又列举了反面的历史案例，周代末年开始，道学晦黯，奸佞邪恶之人兴起，人们的思想逐渐偏离了正道，国家陷入一片混乱，人民的教化也难以收到效果，之所以会出现这样不好的局面和状况，就是因为当时手握权力的君王没有像尧、舜、禹、汤、文王那样明道术，孔子、曾子、子思、孟子都深深懂得这一道理，但是他们没有获得天子、诸侯的权力，只能将其思想传于后代。这之后的一些君王，不能真正将道学思想发扬光大，所以各种异端邪说、争名逐利之丑恶思想不断毒害人们的心灵，造成了严重的危害。这中间虽然出现了宋代的各位贤人，大力弘扬道学传统，但是积重难返，短时间内不容易见到功效。通过这些反面事例的呈现，更让人感觉到了“明道术以正人心”的必要性，要想实现社会的安定与国家的繁荣，要想教化民众取

---

① 《退溪先生文集·内集》卷六，《戊辰六条疏》，见《陶山全书》第一册，第179—180页。

得良好的效果，就必须弘扬孔孟程朱之学来端正人们的思想。这是正反两面对比之后所作出的必然选择。退溪感慨李氏朝鲜开国近二百年，在实现王道政治方面一直有所欠缺，所以寄希望于新任君王，希望能够努力发扬孔孟程朱的大道正学，并以此为根本来端正人心、教化民众，建造一个能与尧、舜、禹、汤、文王之时相媲美的繁荣盛世。这种借古鉴今，又正反对比的手法，使得论据充分、层次分明，文章更加具有了磅礴的气势和强大的说服力。

### （二）引经据典，尽显儒学家的风范

退溪在议论说理类散文当中，经常围绕一个中心论点，引经据典、如数家珍，通过列举引用这些古代圣贤的至理名言和儒家典籍的精华内容，使得其文章中所论证之观点的权威性大大加强，从而在很大程度上提高了人们对此观点的认可度，也从中显示出退溪渊博深厚的学识功底。首先是列举古代圣贤的名言，《戊辰辞职疏》中，退溪为了请求国君再次考虑他的官职任免之事，引用了朱熹的话：

> 臣又闻宋儒朱熹之言曰："士大夫之辞受出处，又岂独其身之事而已，其所处之得失，乃关风俗之盛衰，尤不可以不审也。"故虽以如臣之愚且有罪，其于进退辞受之间，不可以无是非黑白之分焉。[①]

朱熹认为士大夫官职的任用和辞退，在这方面处理得是否恰当合适，不仅仅是涉及一个人的事情，而是关系到社会风俗的兴盛衰亡，所以要格外地谨慎和重视，退溪以此来向君王进谏，说明自己确实不适合再继续担任官职，请他从大局出发，再次慎重地考虑此事。其后又引孟子之言：

> 昔孟子告齐宣王曰："左右皆曰贤，未可也；诸大夫皆曰贤，未可也；国人皆曰贤，然后察之。见贤焉，然后用之。"今兹之举有异

① 《退溪先生文集·内集》卷六，《戊辰辞职疏》，见《陶山全书》第一册，第167页。

于是，不咨于左右，不谋于诸大夫、国人，而独采一二臣之误，启以有此命。凡臣所有欺世之虚名，媒进之贱行，负国之深罪，皆无由下察焉。[①]

孟子说左右亲近的人和诸位士大夫说此人是贤才，不能任用，需要一国之人都说他是贤才，然后通过深入仔细地观察了解，如果确实是贤才，最终才可以任用他。可见古代圣贤们对人才选拔任用的谨慎态度。退溪认为如今对他的任用，并没有经过左右、诸大夫、国人的认可，而仅凭一两个大臣的意见，就下达命令，那么他欺世盗名、有负国恩的种种罪行，君王没有深入体察，反而认为他是贤才而用隆重的礼节召他回朝任职，确实是不太合适的事情，退溪在这里表现出自我批判和谦逊的态度。由此看来，退溪通过朱熹、孟子之语，为自己辞官的理由加上了圣人之见的砝码，就使得他的请求显得合情合理，无可辩驳。《戊辰六条疏》第三条“敦圣学以立治本”中分别引用了程子、朱子、傅说、孔子的名言，希望君王努力学习圣贤学问，形成个人的优良德行，并在治理国家之时，将这些圣人治世的学说作为其践行的根本。“故程子曰：‘未有致知而不在敬者。’朱子曰：‘若躬行上未有工夫，亦无穷理处。’”“傅说曰：‘惟学逊志，念终始典于学，厥德修罔觉。’孔子曰：‘知至、至之可与几也；知终，终之可与存义也。’”[②]退溪的议论说理类散文当中，像这样的古代圣贤的至理名言还有很多，在增强论述观点之说服力的同时，深刻凸显了退溪作为一名儒学大师的素养与风范。

其次是儒家典籍的大量引用。《戊辰六条疏》的末尾，退溪引用《尚书》和《诗经》里的话来劝谏当朝君王要珍惜上天的仁爱与眷顾，重视内在的修养，时刻反省自身，真诚关心爱护自己的臣民，他在文中写道：“《书》曰：‘皇天无亲，克敬惟亲。民罔常怀，怀于有仁。鬼神无常享，享于克诚。’

① 《退溪先生文集·内集》卷六，《戊辰辞职疏》，见《陶山全书》第一册，韩国精神文化研究院，1980年，第168—169页。

② 《退溪先生文集·内集》卷六，《戊辰六条疏》，见《陶山全书》第一册，韩国精神文化研究院，1980年，第179页。

《诗》曰：‘畏天之威，于时保之。’惟圣明之留意焉，则幸甚。”[①]《尚书》说上天不会一直关爱亲近一个人，只会亲近那些能尊敬爱戴上天的人。人民没有长久地思念和归顺某一位君王，而是对他们施行仁政的君王。鬼神也没有一成不变地只享用一个人奉献的祭品，而是要看祭祀之人的心是否虔诚恭顺，所以退溪在此的言外之意就是作为君王，一定要敬爱上天，不辜负上天的期望与关爱；要施行仁政，才能得到民众的支持与拥护，祭祀要虔诚恭敬，才能使所祀之鬼神心悦，从而降下福祉，恩泽万民。“畏天之威，于时保之”出自《诗经·周颂·我将》，是周武王出兵之前向其父周文王祭祀时所祷之辞，其语言质朴，充满敬畏之情。退溪在此想提醒君王只有遵循天道、畏惧天威，上天才会时刻保佑江山社稷与国家子民。通过这些经典语句的引用，紧扣所要表达的主题，使得退溪所阐发的观点更加站得住脚，也更容易使君王接纳。《戊辰六条疏》第四条也引用了《易经》和《孟子》中的内容：“《易》曰：‘圣人久于其道，而天下化成。’《孟子》曰：‘君子反经而已矣。经正则庶民兴，庶民兴则斯无邪慝矣。’惟圣明之留意焉，则幸甚。”[②]《易经》中说君王只有长期坚持推行道德思想，天下才能自然而然地受到教化。《孟子》也强调君子只要恢复到经常的大道正学上去就可以了，只有大道学风端正，人民就会奋发兴起，那么就没有奸佞邪恶的行为了。这都是围绕“明道术以正人心”而列举的儒家经典思想内容，使得论证充满了力量，产生了良好的论说效果。

### （三）善用譬喻，化抽象枯燥为生动有趣

比喻是文学创作当中经常使用的一种修辞手法，它是将两个彼此之间有相似点的事物联系起来，用形象生动、具体浅显的一个事物来打比方，从而描绘说明另一个抽象深奥、晦涩难解的事物，这样就在读者的脑海中建立起一个相对清晰的认知，从而更加便于理解作者的表达。刘勰《文心雕龙·论

① 《退溪先生文集·内集》卷六，《戊辰六条疏》，见《陶山全书》第一册，韩国精神文化研究院，1980 年，第 185 页。

② 《退溪先生文集·内集》卷六，《戊辰六条疏》，见《陶山全书》第一册，韩国精神文化研究院，1980 年，第 181 页。

说篇》中的“喻巧而理至”[①]，说的就是这个道理。而且巧妙的比喻往往还可以增加作品的趣味性和艺术美，显示出作家高超的文学创作水平。退溪就非常擅长使用比喻这种修辞手法，从而使抽象的事理变得具体可见，把深奥的道理说得浅显易懂，他的文章也因为构思巧妙、技巧丰富而显得摇曳生姿，充满趣味。《戊辰六条疏》中第五条“推腹心以通耳目”中曰：

> 臣闻：一国之体，犹一人之身也。人之一身，元首居上而统临，腹心承中而干任，耳目旁违而卫喻，然后身得安焉。人主者，一国之元首也。而大臣，其腹心也。台谏，其耳目也。三者相待而相承，实有国不易之常势，而天下古今之所共知也。古之人君，有不信任大臣，不听用台谏者，譬如人自决其腹心，自涂其耳目，固无元首独成人之理。[②]

这里的本体是国体、人主、大臣、台谏，喻体是人身、元首、腹心和耳目，采用的是明喻的方式，将一个国家纷繁复杂的政治体制比喻成一个人的身体，国君就像人的脑袋，居于身体最上面的位置，而且在全身器官组织当中起到了统领支配的作用；大臣就像是人的腹部心脏，处于身体的中间位置，起到了担当主要躯干的作用；台谏是古代官职名，主要是给君王提出各种建议和规劝意见的官员，他们就像人身体中的耳朵和眼睛，通过发挥听觉和视力的功能，起到通达、知晓、防御的作用。元首、腹心和耳目各司其职、分工明确，以保证整个身体机能的正常运转，此三者是相互依赖、相辅相成的关系。古代有的君王，不信任自己的大臣，不听从谏官的劝告而独断专行，就好比有个人自己剖开自己的肚皮和心脏，自己堵塞自己的耳朵和眼睛一样，如此只剩下了一个头，还能成为一个完整的人吗？为了使君王深刻理解国家政治体制的组织结构以及君臣之间协作配合的关系，还有各自所发挥的职能

① 刘勰撰，周振甫注：《文心雕龙注释》，人民文学出版社，1981 年，第 202 页。

② 《退溪先生文集·内集》卷六，《戊辰六条疏》，见《陶山全书》第一册，第 181—182 页。

等，退溪巧妙地运用人体的各项器官来进行比喻，经过如此生动具体的阐释描写，使君王认识到与大臣、谏官协调配合的重要性，作为君王要推心置腹、以真诚之心对待大臣，使整个国家政治体制能够正常顺利地运行，使自己的耳目可以畅通无阻而不受任何蒙蔽等这些治国理政的道理。退溪的比喻，浅显易懂，震撼人心，达到了良好的说服效果。《戊辰辞职疏二》中，为了向国君说明自己因为年老病衰，自身能力不足以胜任目前的官职，如果强行为之，则有很大危害的事，退溪用了一个生动的小故事来进行比喻：

> 请复以一事为比而陈之。设有国君好勇购求能举重之士，先置所举之任，自十钧之轻以至百千万钧之重，每任赏金之数如其钧数焉。有人于此，力不能胜一匹雏而尝试举之，此人自知力尽，于三数十钧而病去之矣。有执虚而告君者曰，某人今可乌获之任，其君信而招之，使举五十钧，则辞曰："病。我力屈于数十钧矣！如五十何？"避而去之。又招之使举七十钧，则又辞曰："病。我曾辞五十钧矣，如七十何？"又避而去之。又招之，使举百钧之重，则其人自以老病益甚，惭惧益深，方且遁逃，辞避之不暇。人有不信其情者，告君曰："彼之不来，诚不足而赏薄故也。"于是又尽意而增益之，至于付千钧之重使举之，然则为此人者，将不计靡身之厌，绝脉之患，敢进而受千金之利为可乎？抑将却走深匿而终身不出为可乎？夫十钧之于百钧、千钧，轻重不啻悬绝矣！安有一人之力，少壮而屈于十钧者，至老病将死而能胜百千钧之理乎？此国人之所共见，知非欺罔而规避也。不知减重而就轻以议其任，而乃反每辞而辄增以督举之，不能则将以不恭之罪随之，不亦冤乎？微臣之事正类于彼，而所处之关重有甚焉。①

① 《退溪先生文集·内集》卷六，《戊辰辞职疏二》，见《陶山全书》第一册，韩国精神文化研究院，1980年，第173—174页。

退溪晚年身体病弱，归隐山林，然而朝廷却一次又一次授予其官职，他每次都诚恳请辞，但是反而越推辞官职越大，给他造成了沉重的心理负担，他深知自己身体的实际情况已经无法胜任目前的公务，在其位而不能谋其政，空拿俸禄、有负国恩是他最不愿意做的事情，为了让国君能够真正感受到他辞官的迫切与坚决，他在文章中用比喻的修辞手法来说明自己现在所面临的艰难处境，那个不能举起超过三十钧重量的人就像退溪无法挑起这些官职的重担一样，而有人禀告君王说他可以举起千钧的重担，君王就相信了，一次又一次地召他过来举重，此人能力所限，只好一次又一次地拒绝，君王让他举五十钧、七十钧、百钧的重量，就像现实中的国君授予退溪一个又一个越来越高的官职一样。年纪越来越大，身体越来越弱，各种病痛折磨，使得这个被要求举重的人不胜惶恐忧惧，想要逃走。又有人告诉国君说此人之所以不来，不是因为真的不能举起千钧，而是赏金不够，所以他不愿意来。国君又增加了许多赏赐让他来举重，这样的做法，让此人感到更加为难，他难道要冒着粉身碎骨的危险而去赢得千金之利吗？怎么能有人少壮之时只能举起几十钧的重量，而到了年老病弱的时候反而可以举起百钧、千钧的重量呢？退溪说自己目前辞官的境遇就和这个故事相类似，甚至可以说比这样的情况更加严重，因为文中所说的只是举重，而现实中为官从政，处理各项事务关系到国家和人民的利益，二者之间是不能相提并论的，那么退溪的真实处境更加引发人们的同情。退溪就这样把自己难以言说的痛苦，即使诉说了别人也难以理解和相信的事情，用一个生动浅显的故事来打比方，就比单纯只是一味地推辞更能让人理解和接受，还有他十分为难的处境和坚定无比的辞官意愿，都在这个比喻当中得到了生动而深刻地呈现。还有《戊辰六条疏》第三条中的“诸儒迭兴，逮朱氏而其说大明，《大学》《中庸》之《章句》《或问》是也。今从事于此二书而为真知实践之学，比如大明中天，开眼可观”[①]是把以朱熹的著作为理论指导去躬行实践比喻成太阳高挂天空，阳光普照大

① 《退溪先生文集·内集》卷六，《戊辰六条疏》，见《陶山全书》第一册，韩国精神文化研究院，1980年，第178页。

地，睁开眼睛就可以看见一切，强调朱熹学说的重要价值与伟大作用。“抑真知与实践，如车两轮，阙一不可。如人两脚，相待互进”[①]是把学习书本知识和在现实中实践比喻成车子的两个车轮，少一个都不能前进，还比喻成人的两只脚，相互依靠配合才能顺利走路，以此来说明二者之间的密切关系，这些比喻都十分具体生动地阐释了深奥抽象的道理，使读文章的人能够心领神会，透彻理解，可谓恰当贴切，独具匠心、妙喻连篇。

## 二、句式灵活变化

退溪为文崇尚朴实、简洁、自然，不喜华丽的语词和繁文冗句，这在他以往的言论和著作中多有体现。而一个作家的语言风格也是相对比较稳定和固化的，这与作家的生平经历、思想观点、艺术追求和审美趣味有着很大的关系。退溪作为学者和思想家，写文章时非常注重作品的内涵和实际功效，追求艺术之美的同时注意把握合适的尺度，摒弃艳丽冗长的辞藻和佶屈聱牙的语句，用凝练明畅的语言来表达深刻隽永的道理，特别是灵活多样的句式变化，在其议论说理类散文中得到了鲜明的呈现。如《戊辰经筵启札二》的文章开头：

> 私者，一心之蟊贼而万恶之根本也。自古国家治日常少，乱日常多，驯致于灭身亡国者，盖是人君不能去一私字故也。然欲去心贼拔恶根，以复乎天理之纯，不深借学问之功不可，而其为功亦难。[②]

退溪一开始就用简洁有力的语言表达自己的观点，没有晦涩难懂的字句

---

① 《退溪先生文集·内集》卷六，《戊辰六条疏》，见《陶山全书》第一册，韩国精神文化研究院，1980 年，第 179 页。

② 《退溪先生文集·内集》卷六，《戊辰经筵启札二》，见《陶山全书》第一册，韩国精神文化研究院，1980 年，第 188 页。

和曲折复杂的含义，清晰明确地指出去除私心对君王治理国家的重要性以及借助学问之功来去除私心亦非一件易事的道理，为接下来作者强调君王要时时警惕出现偏爱的私心做铺垫，显示了退溪议论文一贯的语言风格，即简洁凝练、明白畅达。

除了经常使用的陈述句、感叹句之外，退溪在议论文当中大量使用排比句和反问句来增强文章的气势，多种句式的灵活组合、自由变化，使得文章起伏跌宕，雄壮有力。排比就是把三个或者三个以上结构相同或相似、语气一致、内容相关的短语或句子排列在一起的修辞方式，目的是为了加强语言的气势，强调思想内容，凸显情感表达。因为其句式整齐、语调铿锵、气贯长虹，运用在议论说理类散文当中，就使得文章节奏鲜明、条理清晰，作者的论述详尽有力、透彻严密，而且气势强烈的语言也使论点显得大气磅礴、无懈可击，所以自古以来，排比句都是散文家十分钟情的句式，如西汉贾谊的《过秦论》，为了突出表现秦始皇曾经取得的一系列丰功伟绩，连续使用了五个排比句使句意喷薄而出："及至始皇，奋六世之余烈，振长策而御宇内，吞二周而亡诸侯，履至尊而制六合，执敲扑而鞭笞天下，威振四海。"这几句犹如巨浪袭来，有咄咄逼人之气势，"玮丽之辞，瑰放之气，挥斥而出之，而沛然其甚有余，惟盛汉之文乃有此耳"[①]。还有唐代魏徵的《谏太宗十思疏》："求木之长者，必固其根本；欲流之远者，必浚其泉源；思国之安者，必积其德义。"韩愈的《原道》："为之礼以次其先后，为之乐以宣其湮郁，为之政以率其怠倦，为之刑以锄其强梗。"这些排比句都使得文章气势浩荡、纵横驰骋，论证强而有力。退溪在他的政论文中也运用了大量的排比句，在论述对待日本人的态度时，他说："大抵国家之于倭人，许其和可矣，而防备不可以少驰也；以礼接之可矣，而推借不可以太过也；以粮币縻其情无使失望可亦，而不可因无厌之求赠赂之太滥也。"[②]对待没有信义可言的侵略者，出于国家安定和人民利益的考虑，虽然可以答应日本的求和，用礼节对待他们，用粮食

① 高步瀛选注，陈新点校：《两汉文举要》，中华书局，2000年，第13页。

② 《退溪先生文集·内集》卷六，《甲辰乞勿绝倭使疏》，见《陶山全书》第一册，韩国精神文化研究院，1980年，第162页。

钱财安抚他们，但是一定要时刻保持戒备之心，不能放松警惕，给予他们的礼貌和钱物都要把握合适的度，不可以太过。退溪用这一系列的排比句表明他的观点，冷静细致、考虑周到，因此颇有说服力。在恳请国君同意其辞官时，他说："臣闻之，晋朝以王羲之自誓之苦，而不复召；宋高宗以曾幾进退有理之愿，而许其退；本朝英宗皇帝以吴与弼老病不堪供职之恳，而听其归。古今此类，不可枚数。"[①]在这里，退溪用排比句列举了中国晋朝的王羲之、宋代的曾幾以及朝鲜本朝吴与弼的经历来说服国君，来证明允许一个不合适担任官职的人辞职是非常合情合理的事情，古今都有，不胜枚举。这样内容丰富的事例，不断加强的语气，就使得他的辞职理由显得更为充分，那么接受他的请求就是一件自然而然、顺理成章的事。

反问，又叫反诘，是用疑问的形式表达确定的意思，是一种无疑而问、明知故问来加强语气的修辞手法，目的是激发读者的感情，加深读者的印象，增强文章的感染力与说服力。如《荀子·议兵》："陈嚣问孙卿子曰：'先生议兵，常以仁义为本；仁者爱人，义者循理，然则又何以兵为？凡所为有兵者，为争夺也。'"其中的"然则又何以兵为"就是反问句，是用疑问的句式表达不需要用兵的确定的意思。退溪议论文中的反问句有很多，如《乞致仕归田札子一》："臣闻：无功而食于上，谓之不恭；失职而不能去，谓之无义。不恭与无义，何以为王臣乎？"[②]退溪认为没有功劳而白白享受朝廷的俸禄是对国君不恭敬的表现。没有能力胜任政务而又赖在那里不愿意离去是没有道义的表现，既不恭敬又没有道义，难道还可以做君王的臣子吗？虽然表面上是疑问的语气，但实际表达的是确定的意思，那就是退溪认为自己没有功劳不可以空受朝廷的恩惠，不能胜任职务就应该尽早离去，反问的句式更加强烈地表现了退溪辞官归隐的决心。《乾卦上九讲义》："比如阳气亢极而不下交，

① 《退溪先生文集·内集》卷六，《戊辰辞职疏》，见《陶山全书》第一册，韩国精神文化研究院，1980年，第166页。

② 《退溪先生文集·内集》卷六，《乞致仕归田札子一》，见《陶山全书》第一册，韩国精神文化研究院，1980年，第207页。

则阴气无缘自上而交阳，岂能兴云致雨而泽被万物乎？”[①]这里用反问句阐释了一个道理，如果阳气处于一个极为高亢的极限地位，不向下运行与阴气交汇，同时阴气也没有机会向上与阳气相合，那样怎么能使风云兴起降下雨水而滋润天地万物呢？用疑问句表达否定的意思，如果阴阳二气不能相遇交汇，就不能滋润万物的生长。反问句比直接否定的意思更为强烈。《戊午辞职疏》中说：“臣身百病，枵然无物，臣何所挟乎？惟妄托古义之讥，臣所甘心焉。虽然愚下之人，不师古义以行事，将益趋于汗下矣，则臣何以避是名哉？”[②]退溪认为自己身体患病，穷困没有什么财物，能有什么可以凭借依靠的呢？意思是没有什么可以挟持的。作为一个卑下愚蠢之人，不去学习古代圣贤为人处世的方法策略，又怎么能躲避来自他人的指责呢？无可躲避就是不能躲避，这里深入表现了退溪提出辞官的诚恳之情和归隐回乡之后想要努力钻研学问的坚定决心。

退溪的议论文中，有时还将反问与排比这两种句式，组合搭配在一起出现。反问句本身就具有加强语气、增强说服力的效果，然后又连续出现三个或以上，就使得退溪的文章气势更加充沛，论说更加有力，取得了震撼人心的效果。如退溪向君王请辞，阐发自己不适合担任官职的五种情况时，就采用了两种句式混合的形式：“然则讳愚窃位，可谓宜乎？病废尸禄，可谓宜乎？虚名欺世，可谓宜乎？知非冒进，可谓宜乎？不职不退，可谓宜乎？持此五不宜，以立本朝，其于为臣之义，何如也？[③]退溪连发五问：难道隐瞒自己的愚昧而窃取官位，这是合适的做法吗？接下来又说身体有病，不能处理政务，白拿国家的俸禄；空有其名，欺骗世人；自己本身没有能力，仍然贪图朝廷提升的官职；不能胜任官职，又不辞退官职这些行为都属于符合君臣大义的适宜恰当的做法吗？五个反问句的组合排列出现，构成了退溪辞官的强大理由，面对如此情形还要继续留任他做官，真的是不可谓“宜乎”了，

---

① 《退溪先生文集·内集》卷六，《乾卦上九讲义》，见《陶山全书》第一册，第210—211页。

② 《退溪先生文集·内集》卷六，《戊午辞职疏》，见《陶山全书》第一册，第165页。

③ 《退溪先生文集·内集》卷六，《戊午辞职疏》，见《陶山全书》第一册，韩国精神文化研究院，1980年，第165页。

同时也表现了退溪对于官场没有一丝一毫的留恋以及内心深处无可挽回的离去之意。说到自己的病痛和现实状况，大家都有目共睹的时候，退溪曰："至如臣之至愚极陋，病入膏肓之状，国人谁不知之？诸大夫谁不知之？左右大臣谁不知之？"①三个"谁不知之"就是强调说明自己病入膏肓，虚弱的身体随时都有可能倒下的事实是明摆在每个人眼前的，不是自己故弄玄虚，故意不为国家出力，实在是自己的身体不允许，这样两种句式的灵活组合、叠加出现，就大大增强了论述和表达的效果，使得退溪之言更加诚挚，也更加深入人心。

## 三、结构严谨细密

一篇好的散文作品的诞生，离不开作者巧妙的结构安排和精心的谋篇布局。几个词语组成一个句子，几个句子组成一个段落，几个段落组成一篇完整的文章，这期间选择什么样的词语，句子和句子之间如何排列，段落与段落之间如何衔接，都需要经过作者的细心布置与合理组织，目的就是为了更好地表现主题。王充在《论衡》中说："文字有意以立句，句有数以连章，章有体以成篇。篇则章句之大者也。"②字、句、章、篇是构成一篇文章的四个结构单位，而以"意"的表达为中心组合成一体。刘勰曾经专门论述过文章结构的组织安排，他在《文心雕龙·附会篇》中说："谓总文理，统首尾，定与夺，合涯际，弥纶一篇，使杂而不越者也。若筑室之须基构，裁衣之待缝缉矣。"③一篇结构合理的文章应该从四个方面去努力，即层次要分明，结构要清晰，开头与结尾要前后呼应，文中的支撑材料要精心挑选，最后才能熔铸结合成一篇成功的文章。他又说："凡大体文章，类多枝派，整派者依源，理枝者循干，是以附辞会义，务总纲领，驱万涂于同归，贞百虑于一致，使众

① 《退溪先生文集·内集》卷六，《戊午辞职疏》，见《陶山全书》第一册，韩国精神文化研究院，1980年，第163页。

② 王充：《论衡》，上海人民出版社，1974年，第427页。

③ 刘勰著，周振甫注：《文心雕龙注释》，人民文学出版社，1981年，第462页。

理虽繁，而无倒置之乖，群言虽多，而无棼丝之乱；扶阳而出条，顺阴而藏迹。首尾周密，表里一体，此附会之术也。”①作者在构筑一篇文章时，有很多思路、头绪，具体到不同的段落与层次如何安排呢？“整派者依源，理枝者循干”里的“源”和“干”就是其中的窍门，“源”是文章的主题意旨，“干”是文章的结构纲领，组织安排段落、区分层次脉络只要遵循文章的主旨与纲领，就没有“倒置之乖”“棼丝之乱”。现代学者万陆在《中国散文美学》中说道：“重视谋篇几乎是我国古代文章共有的特点，文论亦是如此。文论家在锤炼观点时就都注意到表达效果，孔子之说‘辞达’，就包括材料取舍、布局照应、波澜跌宕等因素在内。”②而从议论文的性质来看，结构的重要性不言而喻。只有结构严谨、层次分明、条理清晰、重点突出，才能使读者深刻理解作者的中心论点，才能使整篇文章的论述说理成功，直达人心。退溪的议论说理类散文的结构严谨细密，首尾一致，表里一体，独具匠心，很好地表现了文章的主题，也显示出作者缜密的逻辑思维和娴熟的创作功底。总结起来主要有以下三种结构形式。

### （一）逐层递进式

逐层递进式就是在文章开头亮明作者的中心论点，然后围绕这个总目标分层次逐步深入地展开论述，整个文章的结构是环环相扣、层层推进的。这种条理清晰的结构方式在中国古代散文作品中由来已久，如宋代的学者李性学在《文章精义》中说：

> 《孟子·公孙丑下》首章起句，谓“天时不如地利，地利不如人和”，下面分三段：第一段说天时不如地利；第二段说地利不如人和；第三段却专说人和，而归之“得道者多助”，一节高一节，此是

① 刘勰著，周振甫注：《文心雕龙注释》，人民文学出版社，1981年，第462页。

② 万陆：《中国散文美学》，中州古籍出版社，1989年，第344页。

作文中大法度也。[①]

退溪的《戊辰经筵启札二》[②]就是采用这种逐层递进的结构方式组织全篇。文章开头作者就摆出自己的中心论点，即私心是万恶之本，人君治理国家必须去除一己偏爱之私心，才能取得安定繁荣的局面。接下来逐层深入进行论述，全文分成三个层次，第一层次：既然去除私心非常重要，那么怎样做才能去除私心呢？退溪提出必须借助于深厚的学问工夫，而且这种能够克服私心的工夫很难获得，就算暂时能够去除，也不能保证长久没有私心。第二层次：去除私心需要深厚的学问工夫，那么古代学问很好的圣贤们应该很容易做到吧？然而事实上即使学问功底深厚的圣人，在面临这个问题的时候也是非常困难的，他们时常保持一颗警惕戒惧的心，不断反省和审查自己，每天如履薄冰、如临深渊地小心防备，克制自己以防陷入私心的危险境地。其中列举了颜回、孔子、箕子的事例来强调克服私心的不容易和重要性。第三层次：既然学问如此高深的圣人们都对此事如此谨慎，如此小心翼翼地努力防备，认真去做，那么没有达到圣人境界的普通人则更需要付出百倍的努力，更要认识到这件事情的重要性。对于国君来讲，没有私心，才能使政治清明；没有偏爱，才能使王道坦直。要想拥有一个太平盛世和百姓的拥护爱戴，做一个载入史册的贤君，就要摒除自己的私心，把仁爱恩泽推及每一个臣民。这样一层意思比一层意思更加深入，一个环节扣着一个环节逐步论说阐发道理的方式，使得文章读起来如行云流水，自然通畅，没有拖沓与混乱之感，也使所论之理层次分明，便于深入地理解。

（二）归纳总结式

归纳总结式就是围绕全篇的主旨大意，从不同的方面分别论述，最后再

---

① 李性学：《文章精义》，见王水照主编：《历代文话》第二册，复旦大学出版社，2007年，第1168页。

② 《退溪先生文集·内集》卷六，《戊辰经筵启札二》，见《陶山全书》第一册，韩国精神文化研究院，1980年，第188页。

统一总结回归到文章的中心论题，这就是现代散文写作中经常提到的“总—分—总”的结构方式，相对于逐层递进式的步步深入，归纳总结式则是全面开花，从问题的多个角度、不同方面进行详细论述。这种结构的好处是开头点明主题，总领全文，中间从不同方面安排论述内容，最后结尾部分总结全篇，照应开头，做到了首尾呼应，进一步深化和凸显主题。如贾谊的《铜布》一文，开篇表明作者的中心论点：“铜布于下，为天下灾”。作者写这篇文章是想要告诉文帝，如果把铸造钱币的权利下放到民间，就会引发极大的危害，应该将其收归国家所有。接下来他从三个方面详细论述了私人铸钱所导致的灾祸。一是“铜布于下，则民铸钱者，大抵必杂石鈆铁焉，黥罪日繁”。私人铸钱，有些人为了从中获取私利，就会昧着良心在铜币中掺入杂质，如果此风泛滥开来就不好控制，导致犯罪的行为日趋增长，这是第一个灾祸。二是“铜布于下，伪钱无止，钱用不信，民愈相疑”。私人铸钱，政府不能统一监管，就会出现很多假钱，这就导致钱币信用的降低，老百姓彼此之间互相不信任，出现人心惶惶的局面，这是第二个灾祸。三是“铜布于下，采铜者弃其田畴，家铸者损其农事，谷不为则邻于饥”。私人铸钱，人们都会竞相去开采铜矿，忙着在家里铸造货币以获得更多的财富。如果这样的话，采铜者就抛弃了他们的农田，家铸者就损害了日常的农事耕种，使得全国生产的粮食填不饱人们饥饿的肚子，这是第三个灾祸。最后总结回归到主题上：“故铜布于下，其祸博矣。”全篇文意丰富、前后连贯，作者从不同方面，多角度、深层次地揭示了“铜布于下”的危害，说理透彻、催人警醒。退溪的《乞致仕归田札子一》[①]在文章开头提出辞官的请求，接下来从八个方面分别论述自己以病衰之身还要继续担任官职的种种罪行，第一个罪是“学浅词讷，诚未格天，进对之际，无一句可以浚发睿智”；第二罪是“寒疾作痼，动辄剧发，自从至月，阙于侍讲殆六、七十日矣”；第三罪是“先王实录，莫大重事，猥忝撰局，旷仕缺职”；第四罪是“文衡之任，曾被眷命，老昏病耗，不能承当”；

① 《退溪先生文集·内集》卷六，《乞致仕归田札子一》，见《陶山全书》第一册，韩国精神文化研究院，1980 年，第 207—208 页。

第五罪是“铨曹长官，又叨隆寄，揣分量才，自求退缩”；第六罪是“吉凶孝享，百僚奉承，毕精殚义，臣独何人，稀与骏奔”；第七罪是“事不辞难，臣子职分，每事窥避，难诿老病”；第八罪是“识虑疏短，不通世务，一有筹书，乖舛难行”。这八宗罪涉及退溪的学识、身体、性格、处理公务的能力、实际执行力等各方面的缺陷和不足，虽然有自谦的成分，但也确实详细全面地阐发了自己继续担任官职的种种不合适之处。在退溪看来，时间长了会更加“罪孽深重”，所以最后总结全文，再一次表达自己请求辞官的深切期盼。这样安排布局，使得整篇文章主题突出、脉络分明、条理清晰、情真意切，产生了较强的感染力，给人留下深刻的印象。

### （三）正反对比式

正反对比式就是围绕主题思想从正、反两个方面去详细论证，通过二者颇有差异的对比效果来更加鲜明地突出作者的论点，正面进行夸赞肯定，反面给予贬抑批判，从中透露出强烈的情感趋向与价值判断，进一步增强文章的气势，使整篇结构布局纵横开阖、波澜起伏，极具论辩性和说服力。古人撰写文章，讲究文势的顺与逆，就是将正面论述与反面描写结合在一起，这样的文章才跌宕有趣，充满吸引力。如清人包世臣在《艺舟双楫·文谱》中提出：“文势之振，在于用逆；文气之厚，在于用顺。逆顺之于文，如阴阳之于五行，奇正之于攻守也。”[①]苏洵著名的《六国论》就是正反对比式的典型代表，全文围绕中心论点“六国破灭，非兵不利，战不善，弊在赂秦”，分别从赂秦与不赂秦，秦攻取所得之城与接受六国贿赂之城，六国在战争中战败失去的土地与拱手送给秦国的土地，长久赂秦之频繁与“一夕安寝”的短暂，以及六国局势与北宋现状等多个方面的正反对比，大大增强了“弊在赂秦”这一论点的鲜明性、深刻性，使得全文逻辑严密、结构完整，无懈可击，字里行间展现出作者希望北宋统治者吸取六国赂秦的教训，不要重蹈覆辙的良苦用心。退溪的议论说理类散文当中，也在一些段落和篇章中呈现出正反对

① 包世臣：《艺舟双楫》，广智书局，1935 年，第 5 页。

比式的结构，如《戊午辞职疏》中，退溪说道：

> 昔先王之用人也，量才而授任，大以任大，小而任小，大小俱不合者，则退之。一有不幸，上之人不知而误用之，为士者又必自量其才之不堪，辞而乞退则听之。夫朝廷之不枉才如此，士得行其志亦如此，故大臣无覆餗之讥，小臣无尸禄之愆。贤者在位，能者在职，莫不奋忠效力以济治于上。其不才者，许其屏处于野，得以安其分食其力，亦守其礼义廉耻以象治于下，此隆古之时所以贤愚得所，礼让兴行，而治道成也。苟为不然，用人者不量其才之所宜，以小为大，以短为长，舛施而强责焉，虽其人自知其不能而却顾辞退，非惟不听又从而加委重焉。彼为士者，亦不免于束缚驰骤之势，黾免而当其责矣。及乎蚊不能负山，梃不能支厦，则旷阙之刺，污贱之耻且不暇言，而诛罚已加乎其身矣。若是者，其士之变节而颠踣者固可罪，然使士而至此，非朝廷枉才之致乎？非朝廷不听其辞而强责之故乎？此叔季之世，所以枉直倒置，廉耻道丧，而政理紊也。[①]

退溪首先从正面论述了善于用人的君王如何管理使用人才，根据每个人的能力大小授予合适的官职，使得“朝廷之不枉才如此，士得行其志亦如此”，收到的良好效果是“大臣无覆餗之讥，小臣无尸禄之愆。贤者在位，能者在职，莫不奋忠效力以济治于上”，如果不这样做的话会怎样呢？作者笔锋一转，以“苟为不然”一句开始，从反面来进行论述，用人不善的君王“不量其才之所宜，以小为大，以短为长，舛施而强责焉，虽其人自知其不能而却顾辞退，非惟不听又从而加委重焉”，使得为官之人束缚在升迁的巨大压力之中，勉强任职，就像蚊子背负不起大山，小的木头不能支撑起大厦一样，直至后来身遭惩罚，甚至被诛杀的下场，这是朝廷浪费人才的结果，最终会

① 《退溪先生文集·内集》卷六，《戊午辞职疏》，见《陶山全书》第一册，韩国精神文化研究院，1980年，第163页。

导致“枉直倒置，廉耻道丧，而政理紊也”。这样强烈的对比结果，足以引起人们的重视，从而更加清醒地认识到现实情况，也使得文章的气势跌宕起伏，充满感染力。《戊辰六条疏》末尾写道：

> 内以自反于身心者，一于敬而无作辍。外以修行于政治者，一于诚而无假饰。所处于天人之际者，无所不用其极，如前所云云，则虽有水旱之灾，缝警之至，犹可施恐惧修省之力，而承天與仁爱之心。如臣所论六事者，亦将以次而消除更化，以臻于治平矣。如或不然，不本于身而望治于世，不恒其德而责报于天，平时则不知敬天而恤民，遇灾则但举文具而泛应，则臣恐否泰相极，治乱相乘，数百年升平之末，国事之可忧，将日倍于今时之弊，而天心之仁爱殿下者，反为殿下之自弃也。①

退溪在文章中提出了六条治国理政、修养身心的建议，希望君王能够身体力行，最后结束的时候他用正、反两方面的论述告诉君王，如果做到了这六点，则可以获得太平盛世，即使偶尔有危险也可以化险为夷，因为上天眷顾与爱护他。“如或不然”，则恐怕会“否泰相极，治乱相乘，数百年升平之末，国事之可忧，将日倍于今时之弊”，而上天关爱君王的心也会被君王自己丢弃。这样正反结合的结构方式，在强烈的对照比较之下，使君王更加清楚地意识到这六条治国修身箴言的重要性，从而使全篇的观点更具有说服力，文势也变幻多姿，盎然生趣。

① 《退溪先生文集·内集》卷六，《戊辰六条疏》，见《陶山全书》第一册，韩国精神文化研究院，1980年，第185页。

# 小　结

本章选取了退溪散文作品中具有代表性的两类，即写人叙事类和议论说理类，通过不同类型具体作品的考察与分析，探讨和总结了退溪散文创作的整体面貌与成就特色。

退溪作品中，以行状和墓碣志铭为代表的写人叙事类散文具有较高的文学价值与成就。行状最早起源于汉代，起初是选拔官员的荐举材料，后来到南朝时渐渐演变为官员死后记录其一生行事供朝廷定其谥号的公文，发展至唐代逐渐定型、宋代更加完善成熟，不但篇幅容量大为扩展，而且对于国家官方正史的编写修订产生了更大的支持和影响，成为国史馆修撰臣僚传记的重要史料来源。退溪现存行状文一共有8篇，状主的身份有国君、宰相、各级官吏，与退溪的关系有君臣、同僚、好友、亲属等，性别主要是男性。格式与唐代定型期的行状文比较接近，行状文篇幅没有宋代那么长，通常在四五千字左右，风格朴实，文字简洁，详略得当。墓碣志铭作为古代刻在石碑上用以缅怀和纪念逝者的文字，具有铭记祖先美德与功勋，惠泽恩施后世子孙的功效。中国历朝历代不乏精品涌现，比如韩愈的墓碣志铭不落窠臼，创新变化结构格式，注重对人物形象的刻画，将其生平事迹描写得绘声绘色、生动精彩。特别是韩愈将议论手法带入墓碣志铭的撰写当中，对后世产生了深远的影响。宋代欧阳修在韩愈的基础上进一步发展，将议论手法更加广泛地运用，直接表达作者的思想与情感。而且欧阳修在一定程度上打破了金石文字严肃、庄重、深奥的固有风格，在创作中大量使用平日里生动流畅的文字，并注入作者强烈的主观感情，从而使刻在石碑上的文字具有了鲜活而生动的魅力，为墓碣志铭的创作开拓了一个新的文学境界。退溪的墓碣志铭，根据《陶山全书》的收录情况来看，一共有46篇，撰述形式有“碣阴纪事”“墓碣识”“墓志铭”“墓碣铭”。其中，“碣阴纪事”“墓碣识”通篇为散文，而“墓志铭”和“墓碣铭”前面内容为散文，主要叙述墓主的生平事迹，结尾却以一段韵文结束，大多情况下为四字句，偶尔也有七字句，来总结墓主的一生，赞颂其功德业绩，抒发哀悼痛惜之情。墓主与退溪的关系有亲属、朋友、朋友的亲属、弟子的亲属四类。退溪写人叙事类散文的文学风貌主要体现在三个方面。一是人物形象的塑造特征。退溪笔下涌现出许多个性鲜明、栩栩如生的人物形象，如乐观向上、安贫乐道、重情重义的郑之云；为官从政时殚精竭虑、忠于职守、刚正不阿、任劳任怨，辞官归隐后寄情山水、淡泊名利、生活简朴、怡然自乐的李贤辅；正义耿直、不惧权贵、爱民如子、为国尽忠的洪德演。除了男性人物形象之外，退溪也着力塑造了一批坚强勇敢、忠贞孝亲、治家有方、聪明贤惠的女性形象，展现了她们在家庭中为人妻为人母的辛苦付出以及充满智慧和德行的光辉一面，如进士朴珩的妻子金氏、宋麒寿的母亲李氏等。这些人物形象各自呈现出鲜明生动的个性特点，避免了千人一面的重复枯燥，取得了良好的艺术效果。二是文学手法的运用技巧。退溪的行状和墓碣志铭在一定程度上突破了以往呆板严肃的文风，而呈现出生动活泼的艺术气息与文学色彩。比如他使用语言描写、外貌描写、细节描写等多种手法来塑造典型化的人物形象，还有在叙事之中引入议论，借文传道，增强文章的思想性与艺术性。三是哀悼之情的真挚抒发，产生了感人至深的艺术效果。如在《朝散大夫行全义县监吴君墓碣铭并序》中，退溪运用平常朴实的词语，通过回忆日常生活细节，深刻展现了退溪对其吴兄的真挚情感。

以奏疏、札、经筵讲义为代表的议论说理类散文是退溪用来阐发自己的政治主张，向国君进献治国良策，传播其学术思想，促进性理学深入发展的重要载体。退溪的奏疏类文章主要有《甲辰乞勿绝倭使疏》《戊辰六条疏》《戊午辞职疏》《戊辰辞职疏》《戊辰辞职疏二》。退溪比较著名的札为《戊辰经筵启札一》《戊辰经筵启札二》《乞致仕归田札子一》《进圣学十图札（并图）》。《退溪先生文集·内集》中收录的经筵讲义有《乾卦上九讲义》和《〈西铭〉考证讲义》。退溪的议论说理类散文的艺术成就，概括起来主要有三点。一是说理透彻精妙，具体方法有三：以古鉴今，增强文章的说服力；引经据典，尽显儒学家的风范；善用譬喻，化抽象枯燥为生动有趣。二是句式灵活变化。退溪作为学者和思想家，为文崇尚朴实、自然。除了陈述句、感叹句等常用句式之外，他还在议论文当中大量使用排比句和反问句来增强文章的气势，多种句式的灵活组合、自由变化，使得文章起伏跌宕、雄壮有力。三是结构严谨细密。退溪的议论说理类散文的结构严谨、首尾一致，表里一体、独具匠心，很好地表现了文章的主题，也显示出作者缜密的逻辑思维和娴熟的创作功底。主要有三种结构形式。一是逐层递进式，在文章开头亮明作者的中心论点，然后围绕这个总目标分层次逐步深入地展开论述，使得文章结构环环相扣，层层推进，如《戊辰经筵启札二》。二是归纳总结式，围绕全篇的主旨大意，从不同的方面分别论述，最后再统一总结回归到文章的中心论题，这就是现代散文写作中经常提到的“总—分—总”的结构方式，如退溪的《乞致仕归田札子一》。这种结构的好处是开头点明主题，总领全文，中间从不同方面安排论述内容，最后结尾部分总结全篇，照应开头，做到了首尾呼应，进一步深化和凸显主题。三是正反对比式，围绕主题思想从正、反两个方面去详细论证，通过二者颇有差异的对比效果来更加鲜明地突出作者的论点，正面进行夸赞肯定，反面给予贬抑批判，从中透露出强烈的情感趋向与价值判断，进一步增强文章的气势，使整篇结构布局纵横开阖、波澜起伏，极具论辩性和说服力，如《戊午辞职疏》。退溪的散文作品从总体上来看，虽然其实用性较强，但同时也体现了丰富的文学性和较高的艺术价值。

# 第六章　结论

退溪李滉是朝鲜儒学界的泰斗，其学术堪称朝鲜性理学思想的最高峰。他开创了涵盖哲学、史学、文学、数理学、教育、政事、书法等领域的退溪学派，内容丰富、体系宏大，取得了令人瞩目的辉煌成就。特别是他深研朱熹著作与思想，并结合实际情况进行充实与发展，使得朱子学在异域重新焕发了生机与活力，对于东亚儒学的发展作出了卓越的贡献。除此之外，他在文学方面的成就也是有目共睹，朝鲜学者洪万宗在《小华诗评》中说退溪："非徒理学为东方所宗，文章亦越诸子。"[①]李瀷（1681—1763）在《星湖僿说类选》中评价退溪的文章："句句飞动，俊爽可掬。虽华岳峰尖，寒雕睇野，无以逾此。彼锦湖之平生豪吟，未及逮也。"然而中国学界目前对于退溪的研究主要集中在其思想方面，对其用古汉语写成的文学作品不太了解。韩国学界虽然在退溪文学方面取得了较为丰硕的研究成果，但主要集中在其文学观和诗歌部分的单项研究，对其散文作品的文学性考察还未充分展开，也没有从整体上对其文学总体面貌进行全局式的观照与探究。鉴于退溪与中国古代文学家、思想家的文学观和文学创作之间的密切关系，本书主要以中国古代文学发展史为视野和角度，在此背景下去综合考察退溪在文学观、诗歌创作和散文创作方面所取得的成就与价值，通过与中国古代相关作家作品、中国古代儒家文学观的分析比较，来凸显退溪文学的自身特色与个性风采，以便开辟退溪文学研究的新思路与新方法，进一步扩大退溪学的研究空间与价值，更好地彰显中华优秀传统文化的国际影响力，促进中韩两国在古代文学方面进行更深层次的交流与互动。现综合全书的研究内容，总结概括各章节的主

① ［朝鲜］洪万宗：《小华诗评》，见《韩国历代诗话类编》，亚细亚文化社，1988年，第158页。

要研究内容如下。

第一，考察退溪文学的形成背景，从生平经历、为学之道和文学活动三方面入手，可以发现退溪丰富曲折的一生和身兼学者与文学家双重身份的多样化面貌。他的一生可以划分为三个时期：修学期（1～33岁），发奋读书、刻苦努力，很早就对性理学思想萌发了浓厚的兴趣，醉心探究《周易》中的义理，为其日后的学术研究打下了坚实的基础；出仕期（34～49岁），恪尽职守、清正廉洁，却因正直的品性得罪权贵而被陷害，连续遭遇士祸的影响，饱受挫折与坎坷，使得原本以学术研究为毕生追求的退溪更加淡泊名利，思慕归隐；讲学期（50～70岁），回归家乡、教育弟子、努力著述，在学术研究和文学创作方面都取得了很高的成就。虽多次被朝廷授予官职，退溪却每每请辞、一心向学，直到生命的最后时刻也没有放弃对学问思想的追求，其不同阶段的人生经历和思想情感都成为退溪文学创作的重要素材，并对其文学思想和审美趋向的形成产生了重要的影响。

退溪一生最主要的身份是学者，是成就卓越的性理学大师。考察其文学成就，不能离开对其学术思想和为学之道的把握与理解。他在学术上宗法朱熹，并在多个方面创造性地扩展了朱子学的意蕴，形成了独具特色又自成系统的退溪学，被称为“海东朱子”“东方儒宗”。退溪为学主张立志为先，要求居敬涵养、持之以恒、循序渐进。他始终保持对学术的敬畏之心，谦虚谨慎、踏实勤勉，严谨细致、周详谨慎，这是退溪作为一名学者的气质与风范。而与此同时，他也参与了许多内容丰富、形式多样的文学活动，如与家人、朋友、同僚等一起出游，酬唱赠答；对文学作品进行鉴赏品评，喜欢意境宏阔、涵意深远、清新自然的诗歌；修改辨析诗歌作品，特别是对朱熹的创作把握得相当准确与深刻，这些都显示出退溪作为一名文学家的专业素养与真实面貌。他是身为理学巨匠的同时又兼通文学这一群体当中的杰出代表，对于探讨理学家的文学、理学对文学的影响等问题具有重要的价值与意义。

第二，文学观是指导文学创作实践的理论基础，其中包含文道观、文学创作论与文学批评论等诸多内容。退溪的文道观从理学家的立场出发，重道轻文而不废文，甚至在很大程度上表现出对“文”的重视与喜爱。如果将退溪放置于中国古代文道观发展演变的大背景中来进行考察，他接受孔子和朱熹的影响是最大的，这也是与他在学术上远祖孔子、直宗朱子有很大关系。将他与同时期中国明代理学家文道观进行比较，可以发现退溪的文道观思想更偏向于宋代理学家，是朱熹思想在文学方面的体现与延续。退溪在文学创作论方面提倡学习古人和遵守法度，希望初学者熟练阅读经典文章，并且在创作诗歌时要反复锤炼加工，不断斟酌修改。关于文学创作中的“奇正”问题，退溪主张“奇”要在遵守一定规则法度的基础之上进行，不能任意发挥，在“奇”与“正”之中，更加强调和重视“正”。

在文学批评论方面，退溪非常重视作品的思想内涵，关注其所发挥的现实效果与社会功能，体现了中国传统儒家文学观对其产生的直接影响。退溪喜欢古雅朴实、清新自然的风格，不提倡奇诡华丽和浮华庸俗的文字，这与其自身的性格和学术思想有着密切的关系。退溪对中国古代作家作品的认识与评价，有着自己独到的见解，其中不乏真知灼见。他给予了陶渊明很高的评价，与宋代理学家的观点颇为一致。而关于陶渊明归隐的原因则提出“不事二姓”，更接近于唐人的说法。退溪从邵雍的诗歌《清夜吟》出发来分析评价其人品，并指出邵雍“快乐无涯”的诗学特点。退溪认为朱熹的文章平实而委婉，但是其中蕴含的深义需要细细体会。退溪对中国古代典籍的认识评价也较为中肯，他抓住了孟子文章善用譬喻的特点，对《诗经》《论语》的内涵主旨也把握得相当准确。退溪的文学批评观继承了传统儒家的思想，注重思想价值和道德教化功能，同时又受到中国历朝历代特别是宋人的影响，形成了学习前贤又有自身创见的丰富内容。

第三，退溪一生写作诗歌大约有3150首，留存至今的一共有2214首，产量颇丰。其中，七言绝句的数量达到了1105首，在退溪诗歌中位居榜首，可见退溪对于七言绝句这种诗歌形式的偏爱，比起律诗的格律严密和种种限制，相对自由的绝句更加能够符合退溪“重道”的创作倾向，从而更有利于表达他的思想。退溪的诗歌创作主要集中在他人生的后半段，即50～70岁的讲学期，一共写诗1497首，占据其全部诗歌的半数以上。由此可知，退溪的诗歌成就与他的学术研究是呈正比例趋势增长的。这也反映出诗歌对于退溪“载道”“正心”的意义与价值。从思想内容上来划分，退溪的诗作可以分为哲理诗、劝学诗、咏物诗、山水诗、题画诗、纪梦诗、挽诗七类，内容丰富、类型多样。退溪的诗歌意境，总体上可以划分为宁静淡泊、旷达开朗、清冷寂寥三种，营造出浑然天成、回味无穷的艺术境界。退溪的诗歌风格特色鲜明，可以用清、正、淡、远四个字来：清，为清新雅致、脱尘拔俗；正，是雅正敦厚、高尚纯净；淡，为平淡自然、质朴淳真；远，是悠长深远、意味隽永。这四个字较为鲜明地体现了理学家文学的特点与风貌，颇具典型意义与代表性。

退溪作诗主张效法古人，他最喜欢的四位中国古代诗人是陶渊明、杜甫、朱熹与苏轼。他们对退溪的诗歌创作都产生了重要和直接的影响，同时退溪在学习和摹仿的基础上进行创新和改造，形成了自己的特色与风貌。因为陶渊明与退溪所处的社会环境、个人经历有很多相似之处，陶渊明清高直率，不同流合污、不趋炎附势的人格精神深深打动了退溪，而且陶渊明平淡自然的诗歌作品使得退溪产生了精神上的强烈共鸣，所以受到退溪的极力推崇和高度评价。退溪在诗歌创作中接受陶渊明的影响首先表现在思想主题方面的热爱自然山水和向往归隐田园；其次，陶渊明诗歌中驰骋想象、神奇瑰丽，充满理想主义色彩的浪漫情怀在退溪作品中得到了理想化的呈现；再次，退溪作品中出现很多与陶渊明有关的人名、地名及诗歌意象等；最后，退溪的诗歌作品中还多处化用和效仿陶渊明的诗句。退溪奉宋代理学思想为圭臬，深受宋人推崇的杜甫，自然成为退溪敬仰与学习的对象。退溪称赞他是“集诸家之所长，会众流而一之者”，认为杜甫的创作是儒家心目中标准的“载道”之文。而杜甫诗歌中忧国忧民的思想倾向以及用典和炼字等艺术手法，都对退溪产生了较大影响。退溪倾慕、学习陶杜之诗，实现了出世与入世、浪漫主义与现实主义的统一与结合。学术思想上的差异与不同并没有影响退溪在文学方面对苏轼的肯定与认可。他大量学习借鉴苏轼的诗歌作品，使得他的文学创作“颇似东坡”。退溪创作了很多和苏诗，并在原作基础上结合自身情况加以扩展创新，呈现出崭新的意境与氛围。而且退溪在诗歌创作中多处借用苏轼诗句，频繁运用与其相关的典故，使得其诗歌带有了苏诗的风格与痕迹。退溪不仅在学术上推崇朱熹，在诗歌创作方面也受到朱熹的很大影响。特别是晚年，他非常喜欢朱熹的诗，写出来的诗作与朱熹的格调如出一辙。退溪的诗歌作品中多次提到朱熹，具体名称有紫阳、紫阳翁、晦庵、晦翁、晦父、朱子、文公、考亭等，主要表达对朱熹为人的仰慕、敬仰，对其学问思想的追慕和赞美以及对其诗歌作品的喜爱与学习，以及叙述朱熹的生平事迹，借圣贤的事例来抒发自己的所感所想等。退溪在理趣诗创作方面受到朱熹的很多影响，他的作品是诗情和理趣相互融合的哲人之诗。朱熹有很多清新自然的山水诗，退溪十分喜爱并模仿创作，同时也进行了一些创新与改造，朱熹的诗歌创作在各方面都对退溪产生了重要的影响。

第四，退溪的散文创作，其文学性和艺术性虽然没有诗歌作品强，但是其中也表达了作者内心丰富而诚挚的情感，塑造了一些鲜明生动的人物形象，反映了当时客观真实的社会生活以及灵活运用了多种文学手法等，代表了退溪在散文方面所取得的艺术成就。以行状和墓碣志铭为代表的写人叙事类散文中，现存行状文一共有8篇，状主的身份有国君、宰相、各级官吏，与退溪的关系有君臣、同僚、好友、亲属等，性别主要是男性。格式与唐代定型期的行状文比较接近，篇幅没有宋代的长，通常在四五千字左右，风格朴实，文字简洁，详略得当；现存墓碣志铭一共有46篇，撰述形式有“碣阴纪事”“墓碣识”“墓志铭”“墓碣铭”。其中，“碣阴纪事”“墓碣识”通篇为散文，而“墓志铭”和“墓碣铭”前面内容为散文，主要叙述墓主的生平事迹，结尾却以一段韵文结束，大多情况下为四字句，偶尔也有七字句，来总结墓主的一生，赞颂其功德业绩，抒发哀悼痛惜之情。墓主与退溪的关系有亲属、朋友、朋友的亲属、弟子的亲属等。退溪写人叙事类散文的文学风貌主要体现在人物形象的塑造特征、文学手法的运用技巧、哀悼之情的真挚抒发三方面，取得了良好的艺术效果。

退溪以奏疏、札、经筵讲义为代表的议论说理类散文集中表现了自然流畅的文风、深邃严谨的思维和纵横跌宕的气势。其艺术成就表现为三个方面。一是说理透彻精妙，具体创作手法包括以古鉴今，增强文章的说服力；引经据典，尽显儒学家的风范；善用譬喻，化抽象枯燥为生动有趣；二是句式灵活变化，除了陈述句、感叹句等常用句式外，还在议论文当中大量使用排比句和反问句来增强文章的气势，多种句式的灵活组合、自由变化，使得文章起伏跌宕、雄壮有力；三是结构严谨细密，主要有逐层递进式、归纳总结式、正反对比式。退溪的此类散文结构严谨细密、首尾一致，表里一体、独具匠心，很好地表现了文章的主题，也显示出作者缜密的逻辑思维和娴熟的创作功底。

李退溪在文学观、诗歌与散文创作方面都取得了很大的成就，代表了理学家文学的特点与风貌，也呈现出自身的个性与创造。他虽然没有到过中国，但创作水平即使与同时期的中国文人相比亦毫不逊色，甚至可以说在中韩古代理学家群体当中，退溪的文学思想与创作都属于卓尔不凡的。对其文学领域的总体观照与系统考察，可以更加完整地勾勒出退溪学的真实面貌。李退溪在哲学领域和文学方面都作出了卓越的贡献，他不仅是一位伟大的理学家，也是一位出色的文学家。

# 参考书目

## 一、古代书籍


《陶山全书》，韩国精神文化研究院，1980年。

《增补退溪全书》，成均馆大学大东文化研究院，1987年。

《韩国文集丛刊》，景仁文化社，1996年。

［朝鲜］许筠：《国朝诗删》，亚细亚文化社，1980年。

刘向：《古列女传》，文渊阁四库全书本。

王充著，北京大学历史系《论衡》注释小组注：《论衡注释》，中华书局，1979年。

蔡邕：《蔡中郎集》卷三，四库全书本。

范晔：《后汉书》，中华书局，1965年。

刘勰著，周振甫注：《文心雕龙注释》，人民文学出版社，1981年。

任昉著，陈懋仁注，方熊补注：《文章缘起》，邵武徐氏丛书。

贾岛著，李嘉言新校：《长江集新校》，上海古籍出版社，1983年。

柳宗元：《柳宗元集》，中华书局，1979年。

李延寿：《南史》，中华书局，1975年。

姚思廉：《梁书》，中华书局，1973年。

皎然：《讲古文联句》，《四库唐人文集丛刊》，上海古籍出版社，1992年。

韩愈：《昌黎先生文集》，上海古籍出版社，1994年。

王安石：《王文公文集》，上海人民出版社，1974年。

程颢、程颐撰，王孝鱼点校：《二程集》，中华书局，1981年。

胡仔纂集，廖德明点校：《苕溪渔隐丛话后集》，人民文学出版社，1962年。

苏轼：《苏轼文集》，中华书局，1986年。

周敦颐撰，徐洪兴导读：《周子通书》，上海古籍出版社，2000年。

程颢、程颐：《二程集·河南程氏遗书》，中华书局，1981年。

朱熹：《四书章句集注》，中华书局，1933年。

朱熹：《晦庵先生朱文公文集》，上海古籍出版社，2002年。

陈骙、李性学：《文则·文章精义》，人民文学出版社，2016年。

欧阳修著，郑文校点：《六一诗话》，人民文学出版社，1962年。

陆游著，钱仲联校注：《剑南诗稿校注》，上海古籍出版社，2005年。

朱熹：《河南程氏遗书》，商务印书馆，1935年。

邵雍著，陈明点校：《伊川击壤集》，学林出版社，2003年。

邵雍撰，郭彧整理：《邵雍集》，中华书局，2010年。

邵雍著，陈明点校：《伊川击壤集》，学林出版社，2003年。

严羽：《沧浪诗话校笺》，上海古籍出版社，2012年。

罗大经撰，孙雪霄校点：《鹤林玉露》，上海古籍出版社，2012年。

张戒：《岁寒堂诗话》，中华书局，1985年。

黎靖德编：《朱子语类》，中华书局，1986年。

吴曾：《能改斋漫录》，上海古籍出版社，1979年。

脱脱等撰：《宋史》，中华书局，1977年。

陈绎曾：《文说》，文渊阁四库全书，台湾商务印书馆，1983年。

方回选评，李庆甲集评校点：《瀛奎律髓汇评》，上海古籍出版社，1986年。

王慎中：《遵岩集》，文渊阁四库全书本。

李开先撰，卜键笺校：《李开先全集》，文化艺术出版社，2004年。

茅坤撰，张大芝、张梦新点校：《茅坤集》，浙江古籍出版社，1993年。

袁宏道：《瓶花斋集》，上海古籍出版社，1995年。

袁宏道撰，钱伯诚笺校：《袁宏道集笺校》，上海古籍出版社，1981年。

方孝孺:《逊志斋集》，宁波出版社，2000年。

薛瑄撰，孙玄常等点校:《薛瑄全集》，山西人民出版社，1990年。

罗钦顺:《困知记》，文渊阁四库全书，台湾商务印书馆，1983年。

王畿:《王龙溪全集》，台湾华文书局，1970年。

邹守益撰，董平编校:《邹守益集》，凤凰出版社，2007年。

王守仁撰，吴光、钱明编校:《王阳明全集》，上海古籍出版社，1992年。

陈献章著，孙通海点校:《陈献章集》，中华书局，1987年。

何景明撰，李淑毅等点校:《何大复集》，中州古籍出版社，1989年。

王廷相:《王氏家藏集》，明嘉靖刻清顺治十二年修补本。

徐祯卿撰，何文焕辑:《历代诗话》，中华书局，1981年。

胡应麟:《诗薮》，上海古籍出版社，1958年。

吴讷著，于北山校点:《文章辨体序说》，人民文学出版社，1998年。

徐师曾:《文体明辨序说》，收入《文章辨体序说·文体明辨序说》，人民文学出版社，1962年。

况周颐著，王幼安校订:《蕙风词话》，人民文学出版社，1960年。

王琦注:《李太白全集》，中华书局，1997年。

吕留良等辑:《宋诗钞》，上海三联出版社，1988年。

沈德潜:《国朝诗别裁集》，中华书局，1983年。

俞琰:《咏物诗选》，成都古籍书店，1987年。

王夫之:《张子正蒙注》，中华书局，1975年。

阮元校刻:《十三经注疏》，中华书局，1983年。

彭定求编:《全唐诗》，中华书局，1960年。

刘熙载:《艺概》，上海古籍出版社，1978年。

孙星衍:《周易集解》，上海书店，1998年。

黄宗羲:《明儒学案》，中华书局，1985年。

董诰等编:《全唐文》，中华书局，1983年。

包世臣:《艺舟双楫》，广智书局，1935年。

朱彝尊:《静志居诗话》，人民文学出版社，1990年。

## 二、今人著作

[韩] 安赞淳:《明代理学家文学理论研究》, 万卷楼出版社, 2016年。

陈来:《宋明理学》, 生活·读书·新知三联书店, 2011年。

成复旺:《中华文化通志》, 上海人民出版社, 1998年。

成复旺:《新编中国文学理论史》, 中国人民大学出版社, 2010年。

陈鼓应:《老子注译及评价》, 中华书局, 2009年。

陈植锷:《诗歌意象论》, 中国社会科学出版社, 1990年。

陈寅恪、邓广铭:《寒柳堂集》, 生活·读书·新知三联书店, 2001年。

褚斌杰:《中国古代文体概论》, 北京大学出版社, 1990年。

陈华文:《丧葬史》, 上海文艺出版社, 2007年。

丁福保:《历代诗话续编》, 中华书局, 1983年。

丁福保:《清诗话》, 上海古籍出版社, 1978年。

邓承奇:《孔子与中国美学》, 齐鲁书社, 1995年。

冯友兰:《中国哲学史新编》, 人民出版社, 2007年。

高令印:《李退溪与东方文化》, 厦门大学出版社, 2002年。

郭绍虞:《中国文学批评史》上册, 商务印书馆, 2010年。

郭绍虞:《中国历代文论选》(第二册), 上海古籍出版社, 1979年。

郭绍虞主编:《宋金元文论选》, 人民文学出版社, 1984年。

郭齐笺注:《朱熹诗词编年笺注》, 巴蜀书社, 2000年。

何文焕:《历代诗话》, 中华书局, 1981年。

胡经之:《中国古典文艺学丛编》, 北京大学出版社, 2001年。

胡经之:《中国古典美学丛编》, 中华书局, 1988年。

贾顺先主编:《退溪全书今注今译》, 四川大学出版社, 1996年。

[韩] 李秀雄:《朱熹与李退溪诗比较研究》, 北京大学出版社, 1991年。

李文初:《陶渊明论略》, 广东人民出版社, 1986年。

李壮鹰、李春青:《中国古代文论教程》, 高等教育出版社, 2005年。

逯钦立辑校:《先秦汉魏晋南北朝诗》, 中华书局, 1983年。

逯铭昕:《石林诗话校注》，人民文学出版社，2011年。

莫砺锋:《朱熹文学研究》，南京大学出版社，2000年。

毛瀚:《诗美创造学》，西南师范大学出版社，2002年。

马骏麒、朱建华:《人物志全译》，贵州人民出版社，2009年。

门岿:《中国历代文献精粹大典》上册，学苑出版社，1990年。

钱锺书:《谈艺录》，中华书局，1984年。

钱穆:《朱子新学案》，巴蜀书社，1986年。

钱穆:《理学六家诗钞》，九州岛出版社，2011年。

钱穆:《中国近三百年学术史》，中华书局，1987年。

谭家健:《中国散文史纲要》，山西教育出版社，2011年。

王运熙、顾易生主编:《中国文学批评史》，上海古籍出版社，1985年。

王立:《心灵的图景——文学意象的主题史研究》，学林出版社，1999年。

闻一多:《闻一多全集》，生活·读书·新知三联书店，1982年。

万陆:《中国散文美学》，中州古籍出版社，1989年。

吴雁南、秦学颀、李禹阶主编:《中国经学史》，福建人民出版社，2000年。

吴小如:《中国历代诗话选》，岳麓书社，1985年。

吴文治:《明诗话全编》，凤凰出版社，1997年。

吴文治:《宋诗话全编》，凤凰出版社，2006年。

王懋竑:《朱子年谱》，中华书局，1998年。

王水照主编:《历代文话》，复旦大学出版社，2007年。

许总:《宋明理学与中国文学》，百花洲文艺出版社，1999年。

许总:《理学文艺史纲》，江苏教育出版社，2001年。

许逸民校辑:《陶渊明年谱》，中华书局，1986年。

杨国荣:《心学之思——王阳明哲学的阐释》，华东师范大学出版社，2020年。

姚柯夫编:《〈人间词话〉及评论汇编》，书目文献出版社，1983年。

袁行霈:《中国文学史》，高等教育出版社，2003年。

袁行霈:《陶渊明集笺注》，中华书局，2003年。

袁行需:《中国古典诗歌的意象》，北京大学出版社，1995年。

严云爱:《诗词意象的魅力》，安徽教育出版社，2003年。

张立文主编:《退溪书节要》，中国人民大学出版社，1989年。

周月琴:《退溪哲学思想研究》，杭州出版社，1997年。

张伯伟:《全唐五代诗格汇考》，凤凰出版社，2005年。

## 三、学位论文

[韩]崔大宗:《退溪的歌辞研究》，建国大学硕士学位论文，1990年。

[韩]金显中:《退溪李滉的诗学思想研究》，成均馆大学硕士学位论文，2009年。

[韩]李琎:《退溪李滉的诗文学论》，东国大学硕士学位论文，1982年。

[韩]李权宰:《退溪李滉的诗文学研究》，朝鲜大学硕士学位论文，1995年。

[韩]李贞和:《退溪诗研究》，淑明女子大学博士学位论文，2002年。

[韩]李在植:《退溪诗的自然观研究》，公州大学硕士学位论文,2010年。

[韩]俞洪在:《退溪李滉的诗世界》，清州大学硕士学位论文，2015年。

张艳娇:《李滉梅花诗的素材研究》，嘉泉大学硕士学位论文，2014年。

[韩]郑东华:《退溪李滉的山水诗研究》，檀国大学硕士学位论文，1993年。

孟群:《退溪李滉对陶渊明文学的接受》，延边大学硕士学位论文，2011年。

马正应:《退溪美学思想研究》，山东大学博士学位论文，2008年。

李旭婷:《南宋题画诗研究》，南京大学博士学位论文，2016年。

屈伟华:《邵雍的理学思想与诗歌创作》，陕西师范大学硕士学位论文，2007年。

曲劲竹:《陈献章理学诗研究》，延边大学硕士学位论文，2019年。

文仪:《陈献章诗歌研究》，西北师范大学硕士学位论文，2011年。

杨凤琴:《唐代咏物诗研究》，上海师范大学博士学位论文，2005年。

[韩]郑美香:《陶渊明对韩国古典文学的影响——以高丽、朝鲜朝为中心》，厦门大学博士学位论文，2017年。

郑友征:《邵雍诗歌研究》，兰州大学硕士学位论文，2007年。

张公:《论高丽朝诗人对苏轼诗的接受与发展》，延边大学硕士学位论文，2010年。

瞿佳丽:《张栻与李滉的诗歌比较研究——以交游诗和山水诗为中心》，华中师范大学硕士学位论文，2019年。

## 四、期刊论文

[韩]安赞淳:《从与朱熹的比较看李滉的文学观点》，《中国语文学论集》，2019年。

[韩]金周汉:《朱子和退溪的文学观》，《退溪学报》第56辑，退溪学研究院，1987年。

[韩]金荣淑:《退溪汉诗研究的现况与课题》，《退溪学论集》，岭南退溪学研究院，2008年。

[韩]金荣淑:《退溪诗中出现的道学的性格与形象》，《退溪学论集》，岭南退溪学研究院，2009年。

[韩]李家源:《退溪学研究之诸课题》，《退溪学报》第14辑，退溪学研究院，1977年。

[韩]李源周:《退溪先生的文学观》，《韩国学论集》卷8，1981年。

[韩]李钟浩:《退溪碑志文研究现状和过程》，《退溪学论集》1号，岭南退溪学研究院，2008年。

[韩]李家源:《退溪诗的特征》，退溪学国际学术会议主题论文，1984年。

[韩]柳素真:《海东朱子李滉的和苏诗》，《中国语文学》第83辑，2020年。

［韩］柳素真：《李滉诗歌的苏轼关联用典样相》，《中国语文学志》第70辑，2020年。

王甦、李章佑：《退溪的诗学与诗教》，《退溪学报》第19辑，退溪学研究院，1978年。

王甦、成宜济：《退溪的文学观》，《退溪诗学》，退溪学研究院，1981年。

［韩］徐首生：《退溪文学的研究》，《退溪学与儒教文化》，庆北大学退溪研究所，1973年。

［韩］郑羽洛：《李滉与曹植的文学想象力及同异问题》，《韩国思想与文化》第40辑，2007年。

［韩］郑锡胎：《〈退溪集〉的体裁与意味》，《东洋哲学》，2010年。

［韩］郑尧一：《退溪的文学论》，《退溪学研究》，1990年。

［韩］张世厚：《退溪和〈退溪杂咏〉》，《退溪学报》第84辑，退溪学研究院，1994年。

步近智：《论李退溪的天人之学》，《退溪学报》第69辑，1991年。

陈锦：《李退溪文艺美学思想探寻》，《美育学刊》，2013年。

沈时蓉：《论韩愈文论观的矛盾与统一》，《北京化工大学学报》（社会科学版），2009年。

陈玉强：《“援庄入儒”与韩愈崇尚怪奇的理据》，《古代文学理论发微》，2013年。

邓红梅：《论“邵康节体”诗歌特征及其对于宋代诗坛的意义》，《山东师范大学学报》（人文社会科学版），2005年。

董国炎：《明代理学与文学思想》，《山西大学学报》（哲学社会科学版），1995年。

葛荣晋：《李退溪理学体系中的实学思想》，《退溪学报》第96辑，1997年。

贾顺先：《李退溪对儒家经学的继承和发展》，《退溪学报》第90辑，1996年。

金东勋：《朱熹与朝鲜李滉之汉诗创作联姻关系考》，《延边大学学报》

（社会科学版），2003年。

金东勋：《朱熹与李滉之诗论、诗风联姻关系考》，《延边大学学报》（社会科学版），2003年。

栾兆玉：《朝鲜之朱子——李滉的生平、著述及影响》，《山东图书馆季刊》，1999年。

吕肖奂：《从“法度”到“活法”——江西诗派内部机制的自我调节》，《复旦学报》（社会科学版），1995年。

李花蕾、敖炼：《周敦颐在文学研究上的意义》，《湖南科技学院学报》，2020年。

梁桂芳：《宋代杜甫接受的文化阐释——以杜甫与韩愈、李白、陶渊明宋代接受之比较为中心》，《文史哲》，2006年。

马正应、闵胜俊：《李退溪文道观与时调〈陶山十二曲〉》，《贵州民族大学学报》，2013年。

庞明启：《“所乐乐吾乐，乐而安有淫”——以“乐”为核心的邵雍诗学观念》，《许昌学院学报》，2018年。

钱志熙：《论〈毛诗·大序〉在诗歌理论方面的经典价值及其成因》，《北京大学学报》（哲学社会科学版），2012年。

钱志熙：《从群体诗学到个体诗学——前期诗史发展的一种基本规律》，《文学遗产》，2005年。

孙晓：《韩国朱熹关联题画诗研究——以儒学大师李滉、李珥为中心》，《延边大学学报》（社会科学版），2015年。

田博元：《退溪的经世思想》，《退溪学报》第53辑，1987年。

吴承学、刘湘兰：《奏议类文体》，《古典文学知识》，2008年。

吴河清：《今存“唐人选唐诗”为何忽略杜甫诗探源》，《河南大学学报》（社会科学版），2007年。

汪耀明：《〈诗大序〉和〈礼记·乐记〉的诗乐理论》，《太原师范学院学报》（社会科学版），2013年。

徐洪兴：《“退溪学”之形成及其特色》，《复旦学报》（社会科学版），

1996年。

谢桃坊:《略论宋代理学诗派》,《文学遗产》,1986年。

杨宪邦:《在儒学中退溪学的位置》,《退溪学报》第63辑,1989年。

于志鹏:《中国古代咏物诗概念界说》,《济南大学学报》(社会科学版),2004年。

俞樟华、林怡:《论宋代三大长篇行状》,《荆门职业技术学院学报》,2004年。

杨佳鑫:《私家传记与〈宋史〉列传关系考辨——以行状为中心》,《河南大学学报》(社会科学版),2016年。

祝尚书:《论"击壤派"》,《文学遗产》,2001年。

张品端:《李滉对朱熹理学的继承和发展》,《合肥学院学报》(社会科学版),2007年。

朱光潜:《山水诗与自然美》,《文学评论》,1960年。

周桂钿:《退溪〈圣学十图〉评述》,《退溪学报》第83辑,1994年。

张立文:《朱熹与李滉的易学思想比较研究》,《退溪学报》第43辑,1984年。

朱七星:《论20世纪中国对李退溪思想研究的概况及特点》,《延边大学学报》(社会科学版),2013年。

张海鸥:《邵雍的快乐诗学》,《中山大学学报》(社会科学版),2004年。